新诗
评论

NEW POETRY REVIEW

CSSCI 来源集刊

北京大学中国诗歌研究院
编

总第二十六辑

北京大学出版社
PEKING UNIVERSITY PRESS

图书在版编目（CIP）数据

新诗评论．总第二十六辑 / 北京大学中国诗歌研究院编．—北京：北京大学
出版社，2023.12

ISBN 978-7-301-34738-6

Ⅰ.①新… Ⅱ.①北… Ⅲ.①新诗评论—中国 Ⅳ.① I207.25

中国国家版本馆 CIP 数据核字（2023）第 240423 号

书　　　名	新诗评论（总第二十六辑）
	XINSHI PINGLUN (ZONG DI-ERSHILIU JI)
著作责任者	北京大学中国诗歌研究院　编
责 任 编 辑	黄敏劼
标 准 书 号	ISBN 978-7-301-34738-6
出 版 发 行	北京大学出版社
地　　　址	北京市海淀区成府路 205 号　100871
网　　　址	http://www.pup.cn　新浪微博：@ 北京大学出版社 @ 阅读培文
电 子 邮 箱	编辑部 pkupw@pup.cn　总编室 zpup@pup.cn
电　　　话	邮购部 010-62752015　发行部 010-62750672
	编辑部 010-62750112
印 　刷 　者	天津联城印刷有限公司
经 销 者	新华书店
	660 毫米 ×960 毫米　16 开本　16.5 印张　242 千字
	2023 年 12 月第 1 版　2023 年 12 月第 1 次印刷
定　　　价	58.00 元

目　录

批评何为

路边口袋（节选）——在通往无边诗学的途中 ………… 李心释（ 3 ）

断片书写：激活心智与创造力的可能

　　——略谈李心释的诗歌批评 ………………………… 张桃洲（27）

灭点转喻机器

　　——从《虚无与开花——中国当代诗歌现代性重构》谈起

　　…………………………………………………… 张光昕（35）

各家谈诗

小说与诗歌的契约 ………………………………… 王威廉（49）

球形电视，或鱼脊的割线 ………………………… 班　宇（64）

诗歌的机缘 ………………………………………… 李　唐（76）

诗人论评

蝴蝶，或在语言中自如地滑翔

　　——臧棣植物诗的语言创新 ………………… 西　渡（81）

"不透明"中的"透明"

　　——王小妮的诗与诗学观 …………………… 曲晓楠（107）

爱欲及其修辞

　　——论朱朱的诗 ……………………………… 吴丹鸿（123）

"一个女诗人的功课"

　　——诗人周瓒论 …………………………………… 李　娜（142）

文本重释

在语言的边际：元诗的绝境与出路

　　——张枣《大地之歌》解读……………………李　春（165）

张枣诗歌中的"甜美"与"虚无"

　　——从《望远镜》谈起……………………………綦文多（182）

撑伞呼救的怪鸟，或进化中途的使者

　　——张枣《卡夫卡致菲丽丝》试析……………王宇轩（199）

细读、诗学反思及其他

　　——张枣研究现状浅思………………………李海鹏（213）

也谈"重建大上海"的诗意方案 ………………………姜　涛（225）

圆桌讨论

作为声音的艺术：诗·诗剧·小说

　　——《白鲸文丛》池凌云、伽蓝、杜绿绿诗集分享会实录（235）

本辑作者简介………………………………………………（257）

编后记………………………………………………………（259）

批评何为

路边口袋（节选）
—— 在通往无边诗学的途中

李心释

1

谈论什么，总会碰到循环解释或悖论的语言怪圈。所谓"世界"，既可以作为"多"的世界名称，也可以作为"一"的假设名称。当"世界"与"意识"相对时，实际上是意识与其对象进行分离，这个对象也可以是意识自身，然而这一分离将永远溢出一个作为对象的意识之外的意识。所以说，客观性仍然属于主观的一种体验，或者说意识对自身无能的体验，绝对客观仍然属于主观的假设。如此想来，哲学就没有必要在此中纠缠打转，哲学应该教人学会澄清，澄清之后就是诗歌、艺术与宗教的事了。

3

分析也是为了唤醒，虽然分析的语言确实很难再有唤醒的力量，但迂回或比喻的说法有时也只有狡黠和迷惑人的本领，拿捏好分寸是重要的。

4

在艺术与人文领域，由于更多时候被表达的东西根本就是子虚乌有的，或者超越人的想象力的，或者只是被人的思维框为一个对象而已，表达与被表达的东西很容易就等同起来。比如对象与属性，对象也好，属性也好，这些都是表达中的命名，是从表达中产生的表达对象，但久而久之，就被当作似乎与表达无关的自然的对象。如果对象与属性不可分离，那么作为表达两者之关系的"存在"就只是表达而已，把它当作又一个对象当然就不对了，也就是说，"存在"并不存在。从这个角度看，现象学强调的"意向对象"仅仅在意识结构上是重要的，在语言中却是个很虚的东西，语言揭露的是神秘的东西而不是任何存在者。

5

茅小浪的绘画经验：一切创作，不要只注意所看到或想到的，要更注意被调试出来的东西……用最柔软的方式和语调去表现对象，像它先行被某种柔软所引来，人在其中又在其外，最后完全没有了自己，不知在何处了。调试的过程就是这样，全然接纳，无所依凭，最后只取那么一点点。

没有调试，不存在的东西就无法显现，调试了，那东西实际上也无法表达，所以让自己消失是最好的。写诗的人有比这两难还难的，这调试相当于语言，有人写诗记不得有语言这回事，也就没了调试，写不出不存在的东西；但试图用语言来调试时，语言又黏手上了，忘我做不到，取也谈不上了。

表达的愿望强于调试语言的意识时，没有诗，有也只是符合当前诗歌观念的模槽而已。

6

二元是为语言所决定的人之自然性，对立却是人为的、观念的，当"对立"流动起来，就不怎么像"对立"了。那么"对立"要流向哪里呢？流出世情之外，流向无。但这不是虚无，而是神秘，人之可贵在于心灵与神秘有感应。名相不止于名相，名不过是托词，诗歌里有"名"，却意在无名。想保留名相的必要性是很可笑的，如同伤口结疤是必然的过程，痊愈的时候去想念那个疤，岂非可笑？

7

也许我们无法真正对熟悉的再生出陌生感，艺术若不是骗人的，也至少是做作的，那些依靠阐释的艺术与阐释者一起，无意中成为严肃的骗子。更可信任的会是某种距离。事物不再变形，直到消失之前；然而当人生的重大变故（或外或内）发生了，与事物的距离便会陡然出现，那时，只有准备好了的人，才能进入事物所开启的世界第二道门。

8

艺术阐释是认知，艺术本身不是。感知与情感里有理性，但不同于认知理性。如同这些句子，已在概念区分的领域，全然没有别的声音。概念是语言中的专制力量，自赋予肢解整体的权力和合法性。所以，对于自然与艺术，最少的伤害是语言的指示用法，具体地说，是暗示，是旁敲侧击。最有利的则是本雅明口中的翻译，通过可译性，让神性的碎片趋于完整。诗与艺术之间的关系比阐释与艺术之间的关系更关乎根本。

9

语言即痕迹，这是艺术的立法。说得明白的要模糊掉，未说出的要成功暗示，否则连痕迹都不是。没有语言不等着回应，故而语言不可破碎，不可随意，否则无物存在，无所着落。这钟摆，在无感与有感之间，捉住那运动的中点瞬间，靠目力，也靠心力。

10

古典诗的教导：诗是我的情感，把语言当音符，不去看语意深浅，而去感受语言之上的情感是否深广。情感也是人对世界的反应、理解与把握，情感未见深广，说明理解还不独到。

"这个句子漂亮""这个词有味道"，这就从脚步到舞步、从衣服到时装、从住房到建筑了。不这么说就不是在欣赏诗歌。语词在表达之上的才是诗。

11

问题是语言本来就表意，诗对语言的展示还是要表意，两种表意如
何区别？从语言的直接表意（日常语言使用习惯）去读诗，读到的不是
诗，是思想或情感；看到语言的展示，并领会展示的"深意"，是惊讶、
不确定与意外的可能性。所以，有时候，不懂、晦涩会强迫你看到语言
的展示，看到语言的声、色、味的具体性，但又有艺术的抽象。在意义
领域，诗是形象的哲学。

12

一个符号打开另一个符号，有时也恰好锁住一个符号，倘若你只是
阅读，你最有可能是被锁住的那一个，而不是打开，那个来自你自己创
造的符号，才能打开你这个符号。

13

我是天生做不了批评家的。阅读不是为了照见自己，就是为了照见
无名者，让其能有尊严地活下去。这时代根本没有真批评的活路，在没
有活路的路上，批评家还能做什么？

14

语言离散连续的时空，也离散人的感知，常把某些心理效果或表现，
也视为一种事物一样的对象，如上帝、真、爱等，它们不是分析哲学家
眼中的无意义或不可证明，而原本就不是一种对象，而是从某种对象中
分离出来的光影。

15

思的语言追求脉络清晰，追根究底；诗的语言追求脉络中的缝隙，
从缝隙中逃脱，来引诱脉络的追捕。

假设我们还拥有原初语言的能力，这语言一定是双面的：不产生语

言（即反语言）的行动都是无效的行动，不产生行动的语言都不是反语言。诗语貌似旧语，却是"其命维新"，诗的否定性是天然的。

思的语言最后也会走向诗，追根究底至悖论的发现，取消一切意识形态语言的有效性，包括自身。

所以，有时在思的语言边上伴有诗，有时在思的语言结束的地方，诗继续开道。

澄清、取消是思的反语言，言之失效、不能言而言是诗的反语言。思的语言的任务是将已说的、可说的语言贡回沉默，诗的语言从沉默中再次迸发。

以此就能照见我们平时的生活究竟是个什么样子了。不产生"语言"的生活是无效的生活，不产生"语言"的人，虽生犹死。

无论如何，人是语言生命，除了上述两种否定性的语言生命，其他任何有所肯定的都是权力话语。但守着自己产生的语言，也如同守自己的坟墓，自己早已躺里头了。

17

作品要在"镜子"里不断修改，彼此受得住目光的直视，以及直觉中的直言。

写作就是写出多出你已有的感受与经验（这个起点虽不可或缺）的东西，让语言的可能性成就你。注意力要完全集中在语言的可能性上。

18

语言的旅程在语词之上而非语词之间。

对写作的最低要求是务去陈言，最高要求是"语不惊人誓不休"。

22

未到交出一个死顽固的"我"，未到"吾丧我"，未到瞥见语言里的惊鸿，写什么都是扯淡，如同过江之鲫的人渣们无不在使用各式各样的精神标签。

28

写诗实在不能太紧迫，没有感受到任何回声时就下笔是不对的。回声就是已经走出"概念"时传过来的消息，这才真的走到语言中去了。

写作时的情感倾泻不见得有回声。情感可破概念，也可能破不了，因为只要不是原生的，情感也是类型化的。

29

雅化、书面化、局域化、不及物化、非日常化，都是"概念"在起作用，还有"强写""强指""语词的超常碰撞"或"拉升"等，是突围不出"概念"时的挣扎。这一切都是语言的遮蔽，而非澄明。若想在语言中旅行，先一刀斩断眼前的语词与意义之间约定俗成的束缚。

32

灾难事件发生，诗人若只是记录还好，若写起自我的哀伤来，在我看来实在是可耻。诗人应有超越一人一事一时代的卑微，否则不足以写它。

这种纪念是被诉求的，反过来想想，被诉求者成了他的替死鬼。

诗人若在写出之后"痊愈"，不啻在吃另一种人血馒头。

诗人和众人一道只会懦弱地呻吟，那些空洞的指责依然是呻吟的变体，他们阻止了勇敢的理性的质疑，这些可悲的同谋者！

33

诗的语言，语言即诗。写诗，是在语言里，绝不可在对象和内容中写作，对象也好，内容也好，只是语言必然携带的行囊，扔掉它们，语言会饿死，不扔掉，没有诗。诗歌像数学的地方是，自己玩自己的，但无不触及宇宙的秘密。

34

一首诗之所以成立必有语言空余（过去讲留白），这空余就是诗，就是语言的风景，像草原、雪山、大海、戈壁上的空余，上面的空旷远大于下边的实在事物，但必须有下边的事物来成就它。

节奏、停顿、韵律、语调、词语的色彩等，会生出空余。诗不是在语言之中创造新的概念。诗呈现了语言的空余之本相，是语言的音乐。

我们这些人只是迫不得已去做反抗日常语言及概念的活儿，因为我们已被深深奴役。

像"平凡""初心""回归"之类的理念都带着某种语言的正向的价值，等着我们钻入诗歌里的语言套路。诗歌中只有否定，只有否定中的沉默，除此都是套路。

35

当今诗歌走三派，一玩语言，一玩真情，一玩感觉。这个语言没有空余，是强指与碰撞游戏，久而久之可形成某诗人特有的语言技巧，貌似语言直觉，实际上是概念逻辑游戏。真情则是被文化与意识形态确认的真情，类型化的，琐碎的，没有任何危险，符合古老的诗歌意识形态。在感觉中，语言是表达工具，诗人是用好工具的人而已，这一类诗低级的部分是，生活的一点感悟即可写成诗，或有奇思妙想表达成诗；高级的部分是写异常的感受，呈现特定具体情境中的灵光闪现。

当代诗人嘴巴里整天叫嚷着"语言""语言"的，但他们的语言体验实际上从未进入西方现代诗人的行列，因为语言本体对于中国这个实用民族来说实在是难以理解的，即使伊夫·博纳富瓦《声音中的另一种语言》再来一番语言观的洗礼，恐怕也是徒劳。

36

写诗时，语言不宜太快，太快了，不知不觉就会利用了语言，写作也会变成宣泄。得留出足够的时间让你对写下的语言产生反应，这才是关键。这个意味着你把语言当独立生命来对待，你得尊重它的不顺从，你的一点意思落到它的深渊里，一定会溅出别样的水花或声响。至于语言与存在的血肉关系，只有在写作大量诗歌之后才有可能领悟吧。

38

在事物面前，被改变的是诗人自己，这才是一个自我超越的位置。

39

对诗歌要凭语言直觉说话，老老实实在作品语言里体会，说不出也不能转移到经验内容上去胡诌，那会害死一个人的诗歌判断力——完全基于对语言的全方位敏感。

40

理解是概念性的理解，对生活的体验也可能是概念性的体验。语言大于概念，它是流动的精神的化身，从概念到概念的语言，不同于从沉默到发声的语言。把语言看成现实中的词句、逻辑、概念与规则，不如说它是各种意识形态的场域，一个符号的能指与所指的约定俗成是精神最小的牢笼。

43

诗起于触发，成于离开。语词与写作者产生了距离，达到是"我"所写却又不是"我"所写的地步，才有语言。

44

在诗里我与未知、不确定性、绝对他者相处，这需要我在生活中经常走到现实种种划界的边缘上。

45

不要去想表达什么，诗只能始于表达的愿望而非内容，让内容与笔下的语言同现。如果一种渴望表达的愿望也无法呈现于语言，是因为你想将一切袒露于语言（仍然是换一副面孔的表达）。须留下一些不去表达——也根本用不着表达——等于给语言以空间，让它带着你已经写出的语句走向未知。

46

什么都可能被消费，语言的空间与可能性也会被利用与消费，当它成为一种观念，人们就可以依这观念来制造作品。这是"诗歌行为"，如同行为艺术或观念艺术。诗人一般都有某种关于诗歌的观念，所写诗歌或多或少带点行为色彩，但只要不是明确的，具体到某些教条式的原则，作品就不会成为行为的注释。

48

诗学应该提这三个有点意思的问题：（1）倘若人的言说或语言本来就是为了说出人生的意义，那么语言为何自身有意义，这意义怎么跟人生的意义相分离呢？（2）若语言无意义，外部事物又何来意义？两个无意义的东西相关联，何以就有了意义？（3）具体的意义总是元语言赋予的，那么元语言又是怎么赋予的？我们如何停止元语言的上升或意义的延宕以至消失？

50

语言若真实，则越来越独立、平行于现实。

54

把符号简单地理解为某物的标志，这相当有害。符号中的规则将关系带给事物，不断创造出事物中的关系，而一个符号和另一个符号也有一种化合作用，符号由此离开了最初的指物功能。

55

诗一开始在音节与措辞上就只能是分行的，否则分行与所谓的诗句必是故弄玄虚。

56

写作能将人悄悄带离日常性和生物性，语言再不怎么样，也是文火，会逐渐把人生煮熟。

57

"有什么已经远去"，应该从这里开始，而不是从这里结束，那是真的进入语言的探险了。

58

每首诗都要有一个新的认知与遥远的心志。

59

没了张力，才空无。

60

一个伟大的思想家或艺术家，垂暮之年，依然没有一人一物于他是透明的。

61

在语言中不找到真正的异类不罢休。
诗语里流淌的是尊严。

62

诗歌无关意思，把一个侧影呈现在语言里而已。

63

写作的较高起点是直接就人的可能性而写作。

66

中国作家、艺术家都爱宣扬自己的名，而非创造者的名。他们对"作品本身就是奖赏"基本无感，而擅长后现代的魔法，独特性、超越性的标榜，都可准确到达名利目标。

67

现代艺术极端自由的形式不一定对应于极端自由的精神。观念艺术除了能够轻易破除因袭，实际上是违背艺术规律的，对艺术有极大的戕害，以践行某种诗歌观念的诗歌行为也一样。

70

诗歌对生活世界的洞察是意义，也是真，却是必须为意义所界定的真。所以哲学之求真有两种，一种是逻辑的，一种是诗歌的。

诗的对象不是"永恒"，是不断发现的与"永恒"的关联。诗歌变成哲学的婢女或脚注的症候是，诗歌总是语涉永恒的内容，充斥着二手哲学的语汇。现代诗的这条歧路，当代诗人大都没有警觉。

73

诗句断无不可解（说）之理，因为理本来就是语言，具体的语种与词语乃一种翻译，意义散落在各种元语言里。这些元语言若散失与元（原初）的联结，意义便像空洞的眼睛映照事物。

74

我们在写作，实则是把自己交给语言，等待治愈或更新。所以写的目标并不在作品，它只是检测我们有没有资格从语言中获益。所以怎么写都可以，就是不能端着架子写作，写不写诗又何妨？

75

以词的不动声色来写生活的不动声色，也可能是拿一个窠臼套另一个窠臼。

76

写长诗者中气需足，很能见一诗人功力，而长诗也最容易做作，语言啰嗦，或生拉硬拽，或自我重复，终成裹脚布。几乎所有当代汉语长诗写者，均是拿短诗功力搏长诗之虚名者。其实，只是诗篇写得长根本不配叫长诗，长诗与短诗更像两种界限分明的文体，若说短诗是抒情诗，长诗就是诗剧或史诗，长诗写得再短也是长诗。

77

你可以命名，但是命名的基础——彼此区分——并不受控；你可以有意识地写这写那，但是整体必定是个无意识的作品。知道不受控的命运，毫不犹豫地让渡一部分主体性，在明暗之间、有无之间，在非明非暗、非有非无之间，你便能体会到比你所能掌控的远为丰富的东西。

78

一首诗中充斥着"鲸鱼""黑暗""粥""浓稠的阴影""梦""偷来的时间""镜子"等等，它们属于概念与表达之上的油腻部分或泡沫，而不是非概念。

80

未被反思的当下的"真诚体验"根本也不真诚，它是顺从的，社会的，内外一致的。但真诚恰恰是分裂的，内心感受到不一致，努力保持各方是其所是。这一意义上的"真诚"是写作的一个起码条件，写作不"真诚"的作品不值一看。

81

诗中的理性，是语言直觉及对直觉的反思，它不在认知概念里，而在其之上，语言返回到流动的差异状态。拿形象来图解或戏剧性地扮演写者心里概念化的理解，是伪诗。

82

没有什么先天的自我，"我"是为世俗所捏造的泥人，也会因与无限者的"互动"而新生。放弃一部分主体、意识、理性、自我中心乃至生存利害关系，从无条件的信任、交托中接收（领悟）完全不同的讯息。面对语言也是，不丧"我"，就没法写诗。所以，写诗者的深层次问题是自我观念的顽固，有面具，不真实。

83

欧阳建的"言可尽意"，就言可言而言；荀粲的"言不尽意"，就有一部分意本来就在言外而言；王弼的"尽而不尽"，就可言却总是不能全言而言。欧阳建肯定，言可言道；荀粲否定，言不能言道；王弼肯定言可言道，但一直在言道途中。

84

艺术与现实是一种镜像关系，现实永远不可能被搬进镜子里去的，艺术之虚无或虚幻，恰恰可以消解现实的沉重与假象，艺术或为照妖镜。

94

诗歌/艺术创造了一个虚幻世界，非同寻常，但好的艺术家在于他创造了一个只属于他的世界（在他之前并不存在），但不突兀，有着非同寻常之寻常，这个世界与日常世界一样自然而真实，既虚幻又真实可信。

今天的艺术到处都显得突兀，作者只想着创造，想着独一性，种种实验，种种离谱的做法层出不穷，却从不想着内在的自然机理，从不曾将"自然"当回事。

可以把"自然"理解为一种关联，何去何从的关联，当艺术家都不知道自己的创造何去何从时，靠蒙、靠胡乱地改造传统是靠不住的。

95

普通地看，我怎么看也看不见艺术。如果说我的眼睛出了问题，这很难理解，但如果比较语言之于诗歌，我就明白自己须改造眼睛之后，才可能谈得上去看艺术，拿现成的这只眼来看，永无可能。

塞尚还在祈求眼睛的改善，何况我辈？他祷告：熟悉的山脉能放弃他，山脉不出现在被眼睛所期待的地方，而是别处，并因而诱惑眼睛。

他在圣维克多山前，眼睛长时间地固定于一点，可怕地一动不动。利奥塔认为这是一个视觉事件。这种凝视使语言化的视觉所排除了的东西从边上靠过来，而不是通过掉转视线，因为一掉转视线，那些东西就会消失。这与诗歌写作状态中的凝视一模一样，我曾在诗歌讲稿中谈凝视与离开的关系，凝视一个事物，包括词语，是产生诗歌的前提，而一首诗的形成正在于凝视中的离开——相对于凝视物是离开，相对于凝视却正是聚拢，与塞尚的绘画原理相一致。

96

克利 1914 年《日记》写道："用一只眼看，用另一只眼感觉。"看是语言的看，是识别，概念性的识别，通常的看艺术，不过是把图形或物当作文字。感觉，却不是对立于看，它既不投向语言的领域，也不直接投向外在性领域，而是同时投向这两个领域，感觉的方向是一个全新的事物——画本身，一个具有意义的图形。

学习看，就是学习如何忘记识别，忘记了识别，才可能有新的东西跳进眼睛。

97

艺术中的图形之于形象，如同诗歌中的声音要素之于格律；如同格律，形象只是图形的一个特殊类型，也如同格律被理所当然当作成诗的条件，形象也被理所当然当作成画的先决条件。这一误导须从眼睛里剔除，将形象还原为图形要素。形象里的痕迹是非任意性的，与所表现对象联系在一起，而图形要素先是自由的、任意的，在等待着一个不在场者的入住，艺术创造严格地说只存在于后者情形中。

98

凝视，是为了停止识别，在停止眼睛运动的同时，却保持视觉的巨大开放性，清晰视觉的区域越小，视网膜弯曲空间的边缘越巨大，即保持非识别部分的最大化。帕斯隆（R. Passeron）《绘画作品与表象诸功能》说了另一个方法：画家在画布前的眯眼，是为了消除那些可能吸引注意力的地方，而专心把握住一些要素之间的价值关系。这也正是为了看见被注意力压抑了的那个部分，在眯眼中，这个部分属于无意中被看见的东西，画家就是将它们与有意被看见的东西以令人惊奇（也令画家自身感到奇妙）的方式合为一体。

99

当图形要素本身成为对象时，绘画是没有外在形象性的，但有被称为抽象的内在形象性。同理，当词或声音成为对象时，诗歌中也是没有意象的，但有语象。现代艺术之所以现代，仅在于越来越趋向于以自身要素为对象。比如传统水墨更像书写现成符号的空间，而现代水墨才有未知的造型空间。

诗歌与绘画在现代走向新的联通之地正是功能性的元语言，即均以自身构成成分或语言或图形要素为对象。

100

在诗里，词语梦想成为事物的本质。语言的魔力很早就被锁在咒语中，有一部分在文字崇拜中得以延续了几千年，由此，文字倒置为原初语言，无意中成了德里达的一个脚注。

语言里的声音富有说话者个人的色彩，而文字的声音很自然地与说话者拉开了距离，容纳了他者。所以，好的写者都尽量少表达自己，多聆听语言（文字）里他者的声音。

102

诗与艺术中的思想无一不是隐喻，不可能为抽象的分析性的解说所替换，如人的整体生命力不可能归结为任何生物学、化学成因。既为隐喻，就不是非隐喻所能表达的，任何解说都是解剖，触不到隐喻生命本身。

103

最好的写诗状态是既随意又认真，随意指心身无挂碍，自由、放松，认真指对每个词语包括助词、语气词的态度都一丝不苟，注意聆听，不得使唤。

107

语言活动就是一场不断重新划界的活动，划界而越界，这才是人生，在此意义上，诗歌与艺术才是语言活动更根本的方式。

108

不落俗套，不受管制，却又自然，这就是诗性。无秩序在外，有秩序在内，有创造力的表现，大都如此。

诗性在语言上就是语言的可能性。可能性在未知领域，但既然谈可能性，必已有一部分到已知领域。这诗性（不是诗）就是此岸到彼岸的渡船。

157

只有当彻底明白，所感所见所写都是语言的规训结果，才可能真的发生对"概念"的奋起反抗。永远不要被作者意图禁锢，要想的是文本触发了你什么，你该怎么写。

我对他人文本的大胆改动，眼中没有作者，只去体会语言是否还有其他的可能性，而你们从我改动的文本里又看到怎样的可能性？如果没有，说明所改与未改很接近，如果还有问题，它是什么？如果你接着改，会怎么写？

158

从诗人之眼看出去，日常一切都是陌异的，若无陌异感，不足以写诗。唯独不能在诗里制造陌异，因为诗人不是利用语言的人。如是，语言的可能性与诗人同在。你只需时时不忘反抗日常语词与概念的捆绑。

165

思、诗不要分，要分的是直觉与概念，直觉中有语言，概念里没有，是典型的得意忘言。

思与存在的整体关联，不一定是抽象的、概念化的。思与诗更像直觉的两个面，它们往往共用一个有穿透力的语象或意象。

169

我们都是碎片，靠元语言形成整体，以消失在整体中换取存在。然而这样的元语言并不存在于世间，也不可能由人之口说出。现实中的元语言可与对象语言颠倒互换，并有任意层级，黑暗而痕迹可辨。

180

语法与禁忌是同一物。

181

对词的误用会变成对人的一生的误用，这使得语言的忧伤像一团火焰。

182

夜海，绵绵不绝地翻涌，势不可挡，席卷一切声响、梦及思绪。谁能在夜里想到一个崭新的词，谁就没有溺亡。

183

这语言就是眼睛，眼睛的结构也是语言的结构，如果你不曾故意，说出的就与看见的一模一样。不妨试试倒推，语言有牢笼，眼睛也是牢笼。我们从不曾被未知囚禁过，而是自我囚禁在眼睛里、已知里、不断重复的语言里。不妨进一步推推，熟悉也是牢笼，概念不曾俘获过世界，而恰恰是遗失了世界。诗人置身沉默，做它的喉咙。一说即走出牢笼，说完即走进牢笼。

201

作为表达的写作过于意识化了，这不是我想要的。真情书写，无论如何至诚与神圣，仍然是牢笼中的表白。写作实验，或曰破语言的牢笼，不仅是去现有习气，更是在语言中反语言，反出可能性。然而，一个人的心性并不足以对付整个文化，没有同道之间长期的相互砥砺，实验不在外部夭折，也会在自我重复中失去意义。

202

怎么反语言？一个是顺着反，就是在概念里辨析到极致，显示所有观念体系的种种矛盾与悖论；一个是逆着反，让先前的语言失效，但又是可理解的，会是怎样的语言？一为展示语言，如同杜尚拿小便池去博物馆展示，一为废话，写出废话不废。还有呢？聆听语言边上的沉默，也是反语言。

204

你看我的语气如峭壁，像坐标一样清晰而确定，我不禁怀疑自己是否爬上过，是否能爬上。它拒绝他人，也自我拒绝。我将叙述与隐喻统统杀死，自身就是死去的叙述与隐喻。所以，认知的高度都是骗人的，我不过是体验了一番语言围墙中的概念角力。

215

我是我的旁观者，旁观者的旁观者，我是一个"我"的过程。

222

谁都有个自我，那是符号，你不知？你心中还有个无法描述、无法归类的被"自我"占位的他者，那才是你。那么，自我是他者，他者才是自我，不，他者是个无穷的因而像是无内容的甚至无对象的连"无"都不是的……

225

人与环境之间应成为一种提喻关系，即在整体中去理解人，在所有诗中理解一首诗。

227

诗歌在合唱的时代，即使以非诗为诗，也在合唱。

228

在"自己"的密林里荡秋千，哪里还有"自己"？
总有一无端的无我之我。

231

那个被人叫作"语言"的东西，早已是个僵尸。

"讲什么"，无论如何也是个语言问题，而非"怎么讲"才是语言问题。

永远勿忘日常理解的语言与被召唤的语言乃是生死相距。

235

诗歌是说话之上沉默的音乐，是没有镣铐的说话之舞蹈。有对说话感到深深的无聊与厌倦。

236

写作与为人有个共同的问题，就是姿态，下笔一旦出现姿态，就一定写不出有灵性的语言。姿态是什么鬼？就是你把自己装进去的下意识的形象、知识、观念、禁忌。写的时候须倒空，怎么写都可以，没有任何"腔"，包括诗歌腔，跟着当下最朴素的直觉走，往大胆、无知里走。

238

语言最初显现自身，带给人类以狂喜和力量，尤其是在夜里，人们需要某种声音来冲破黑暗和沉默……以及命名与唤醒……所以不可忘了这个语境，不与沉默与未知相连的语言，那不是语言，而是语言的尸骨。所以我们的写作得努力把现有的语言写到沉默，写到不可写，写到各种界限边上，然后从这些地方水淋淋地带出新鲜的语言来。

239

在一首诗的语境中，每一个词的出现都是有意义的，这个意义不是概念性质的，是词在这里所起的特有的化学反应，它熔断了概念的边界。这种意义存在于诗中的词所共同构建的异象空间中，如果没有这样的空间，诗则不成立，或这些词是"多余"的。

241

不特意玩弄词语的节奏和暗示，要用心于词语的直觉和诗节之间的气息。倘若一首诗里思的成分大于诗，那么就想办法将思推向悖论，走出思的边界，诗自然出来了。

252

语言可以从分解虚无中得到一些实实在在的意味，可以像走楼梯，上去一会儿，再下来，下来时面目略有变化，比如脸的朝向变了。语言是唯一可信的，却终不可信，语言进出虚无，带点虚无之气还好，有时若只为无语而写，就处于险境了。

260

诗里也有抽象。抽象是个什么东西？抽象也是抽象的，与其说属于心智的能力，不如说是心智本身的纹路。抽象并不提取，只是分离，到提取这一步已是死去了的抽象。

第一重抽象非符号莫属，一切可感知体本身都不是符号，其自我分裂特性完全出自心智的投射。符号中存在一个解释者或者说意向性的意识，这个事实并不怎么重要，重要的是它让感知体自我分裂为符号，且为差异的系统所指派。系统内部完全为偶然性所垄断，差异构造不断运动，永无止境，而从外部看总不失为一个整体。

263

诗的远方内涵：有什么在远方，但去了远方，远方什么都没有。思念在远处方显，所以决定不再靠近。当有什么又在远处撩逗你，你就向着相反的方向离去，其实也正是在向着它靠近。

266

诗歌里充满了承诺，诗就是承诺。承诺本身（不管内容）也是人之神性的居所，它给对象、也给自己以人的尊严，在从未发生过承诺"事件"的人身上，什么都很贱。

269

一首诗在一个人心中所做的功，是否抵得上婴儿的信任，在与它眼睛的对视中，你肯定能发现结果。

283

诗人在生活中的反概念：未来从来不确定，不确定并不因为还没有到来，而是未来总是过去的未来，当现在不断成为过去，未来也就不断地被改变。所以，如果拿一个你曾经认定的未来，来解释当下的变化，有些东西很可能就视而不见了。

289

语言本身就是一种社会秩序，其中有一个从具体到抽象的连续体，设定了各种对立话语，形成言说空间——同时也是社会秩序空间。准确而娴熟地把握各种语义关系，对各种言说条件运用自如，这是现实的智慧。还有一种诗性的反向智慧，破坏各种成形的语义关系，从无处生发出有，从有处看到根本性的无，同等的准确而娴熟。生命处处是镜像。

299

讨论意义要回到没有意义的状态，讨论语言要回到没有语言的状态，这是个逻辑中的理想设想，相当合理，却又相当荒诞。没有意义即没有符号，没有符号就不可能理解，更不可能讨论得起来。没有语言可以设想，用语言之外的符号来取代，然而完全排除语言，单纯用其他符号表意，也是不可设想的，这同样必使诗歌成为诸艺术的领头羊。

300

意识的分裂，产生超越性精神，意识与行为间的分裂是精神分裂的病征。知与行具有"肉体性的层次"，无行的知根本上还是无知。现代诗中的"知"之谓也。

307

语言自有内容，语言与内容分不了。诗歌若着眼于内容的感受与表达，不仅忽视了语言本身的可能性，还看不见语言的遮蔽。真正的语言永远大于我们所能理解或设想的内容，比如正因为不懂哑语，切断了内容，便看到了哑语本身的可能性和表现力。

309

一个词若无庞大的语言系统的支撑，它能言说什么？语言真的有结构吗？语言学说有，且持续不断地在描述了；哲学说没有，有也不可说。心理学说感觉、知觉都有结构了，何况语言？结构使其拥有者稳定，能设想一种流动的结构吗？每当说出什么，都会有一个默认的点，或默认的时空，或某种承诺。说了即否定，即推翻，即重新说，即任意说，即使每一次说都有结构，也便是新的结构，这样就流动起来了。诗歌的语言表现与这样的佛、道智慧是相通的。

311

诗人不可将所受的伤害或苦难占为己有，在现实社会层面，去讨说法，讲义理；在心灵层面，直面它，保住真性情。不因惧怕或渴望，以无所谓和漠然来掩盖，或躲在"大义"背后舔舐伤口。即使怀疑一切，即使对外界感到无望，也不放弃灼热的直面目光，通过写作，成为一个长时段中的人类全体的正义。

写作即反抗，但是反抗谁？不专注于自己，是假参与，自己的问题一点未变，这便是姿态。一切反抗都与被反抗的同构，即被反抗对象不止在外部，更在自身，我们身上的每个问题就是专制的暴力。

312

平行人生不可知，平行世界可以有。语言"不变"，但多出一个平行世界来，这是某一种诗的目标。或者说，语言的"自然"不可破坏，相当于"同样的语言"讲了不同的故事。

断片书写：激活心智与创造力的可能

—— 略谈李心释的诗歌批评

张桃洲

近年来，出于对被认为已然模式化的所谓学院批评的反拨，一种轻松活泼的"随笔体"写作慢慢流行开来。不过，遗憾的是，大多数"随笔体"著作有形无神，松散的内质、轻飘的文字、不着边际的自说自话，离预期相去甚远。很多倡行者误解和滥用了尼采的断片式的格言体，以为那不过是一些灵光乍现的机警语句的连缀，殊不知尼采的诸多断片式著作均浸透着其深厚的古典学、语文学素养。还有人浮浅地将福柯、德里达指认为反学院书写的旗手，却在皮相的效仿之中让"随笔体"写作滑入了某种"任性妄为"的泥沼。实际上，"随笔体"写作并非基于对谨严的学术标准的降低或稀释，它仍然须葆有经过学院训练后的历史意识和方位感，以及一般研究所应具有的问题洞察力与文字穿透力。

如此期许之下，中国当代诗论中的少许断片书写显示了可延展的活力，如"当代新诗话"丛书里的耿占春《退藏于密》、陈超《诗野游牧》、臧棣《诗道鳟燕》等，它们贡献了一些关于诗歌的洞见。其中，陈超《诗野游牧》中的"游牧"显然来自法国哲学家德勒兹，后者以《游牧思想》为题谈及尼采的格言体特征时认为："一个格言不指意、不表意，它既非所指，亦非能指。倘非如此，文本的内在连贯性仍未被扰乱。一个格言是诸力之嬉戏。"[①] 陈超将之理解为："寻求差异性、局部性、偶然性、无

---

① 德勒兹：《游牧思想》，载汪民安、陈永国编《尼采的幽灵——西方后现代语境中的尼采》，社会科学文献出版社，2001年，第162页。

政府状态的表意策略，像是一场自由的'游牧'，开阔、流荡、丰富、散逸而鲜润"；在他看来，"'游牧'式言说，既是一种特殊的创造性写作，其实也是一种特殊的认知世界的'思想方法'"。[①]这亦可看作当代诗歌批评转换话语方式的尝试。

无论如何，一种批评的断片书写不应被视为一种轻佻、率性的行为，也绝非对思想和观念的"偷工减料"式压缩和折损。事实上，很多时候它产生于个体或群体的"危机时刻"（如恩斯特·布洛赫曾面对的那样），探索着德勒兹"游牧"式的表达，以期更直接地抵达存在。耿占春谈到他另一部断片著作《沙上的卜辞》的写作动机时坦陈："每个片段是思想或感觉的一个瞬间形态。一般而言，我不再从逻辑和知识上铺展它们，就让它们停留在思想与感知的瞬间形态上。一个片段有自身的结构，这是片段的秘密。它包含着自己的瞬时性，显露着自己出现时的感性机缘。这些片段如果有一些意味的话，就在于不隔断与逐渐变暗的语境之间的微弱联系。"[②]的确，严肃的断片书写更像是思想长期酝酿后的猝然而收束的表达，尽管展现的只是去除繁缛枝蔓后的骨架，但连接着漫长蓄积中形成的巨大底座，犹如划过夜空的一丝灿烂的火光，不能脱离其周围广袤的暗区。

李心释于近期完成、由《路边口袋》《以花为镜》等构成的诗学著作《无边的诗学》，在上述背景下的诗论断片书写中显得颇为别致。此著虽然冠以"诗学"之名，按一般路数似乎要论及关乎诗歌的一些基本问题，如诗的属性、功能、创作、接受等，但该书的断片形式和极富个性的见解与行文，决定了它不会是一部面面俱到、四平八稳的诗学原理著作。"路边口袋"这一怪异题目标识了其文字得以生成的特别的空间与状态——"路边"开敞、空阔（我愿意在海德格尔"林中路"的意义上理解此处的"路"），"口袋"随性、自如（包括柔韧度和收纳能力）。"以花为

---

① 陈超：《后记一》，载《诗野游牧》，陕西人民教育出版社，2015年，第217页。

② 耿占春：《自序：关于我的小书"沙上的卜辞"》，载《沙上的卜辞》，北京航空航天大学出版社，2008年，第2页。

镜" 这一标题则大约提示了其文字展开的方法与向度："花"，正如该标题下各篇所阐述的，从中可以抽绎出非常丰富的自然、历史、文化意涵；"镜"，所衍生的镜鉴、镜照、镜像等语词，其包括宗教在内的意蕴指向十分驳杂，作为方法论的"以花为镜"令人想到"镜花水月"，或许勾连着某种诗思、解诗路径。

尽管此著并不孜孜于一般"诗学"的议题，却也没有回避对"何为诗歌"这类根本问题的探询。书中有一句论断："诗歌是说话之上沉默的音乐，是没有镣铐的说话之舞蹈。"这里虽借用音乐、舞蹈表述诗歌的特性，但其重心在于指明诗歌与"说话"的关系（诗歌是超越或偏移于"说话"的），音乐、舞蹈不过是诗歌之声、形的外壳，"沉默的音乐"这一悖论性短语彰显了诗歌的终极形态，将与"说话"相对的"沉默"确认为诗歌的基石或内核。的确，沉默是表达的极致形式，"诗从沉默之中产生"[1]，是沉默的发声。该书另一处提出：

> 一首诗之所以成立必有语言空余（过去讲留白），这空余就是诗，就是语言的风景，像草原、雪山、大海、戈壁上的空余，上面的空旷远大于下边的实在事物，但必须有下边的事物来成就它。
>
> 节奏、停顿、韵律、语调、词语的色彩等，会生出空余。诗不是在语言之中创造新的概念。诗呈现了语言的空余之本相，是语言的音乐。

诗歌何以成为"语言的音乐"，正离不开语言本身的"空余"或空白，这空白即沉默："不与沉默与未知相连的语言，那不是语言，而是语言的尸骨"，"思的语言的任务是将已说的、可说的语言贡回沉默，诗的语言从沉默中再次迸发"，"诗人置身沉默，做它的喉咙。一说即走出牢笼，说完即走进牢笼"。倘若我们仍将诗歌视为一种命名的艺术，那么写诗就是要在词与物的联结、磨合中，把握"空余"与事体——虚与

---

[1]　马克斯·皮卡德:《沉默的世界》，李毅强译，上海书店出版社，2013年，第129页。

实——之间的分寸感，让"空余"或"虚"呈现出来，"懂得让'有'返回到'无'的人，才是真的诗人"；诗歌的技艺或有助于"生出空余"，但不是诗歌自身。

"诗不是在语言之中创造新的概念。"在上述"诗观"基础上，贯穿于此著的中心线索之一便是对"概念"的反抗。在李心释看来，"概念是语言中的专制力量，自赋予肢解整体的权力和合法性"，写作者"苦于概念语言的专制"，"迫不得已去做反抗日常语言及概念的活儿"；"概念"意味着语言的凝定与禁锢，会引发"理解是概念性的理解，对生活的体验也可能是概念性的体验"，也会让人落入概念化"熟悉"带来的惯性窠臼，由此他主张"语言大于概念"，"拒绝对一个词的熟悉，拒绝对环境的熟悉，拒绝对感知方式的熟悉，没有熟悉不是概念的，没有熟悉不是自动的、粗略的、麻木的"；对于写作者来说，"概念"究其实质是一种僵硬的"符号化"（命名），故而他建议"诗人得信任未被符号化的不知名植物，它们是我们内心温柔的来源，包括无法被符号化的日光的温润"。他还进一步提议说："写诗实在不能太紧迫，没有感受到任何回声时就下笔是不对的。回声就是已经走出'概念'时传过来的消息。"对"概念"的抵制一定程度上呼应了前述德国早期浪漫派的观点，只不过李心释反对的是诗歌创作中概念化导致的语言板结，弗·施莱格尔等人反对的是诗学理论书写中的概念化思维及表述。

而拒斥"概念"的一个重要利器，是保持语言和写作的"自然"状态。李心释反复强调："语言的'自然'不可破坏"，"不自然的语言里没有'语言'，而只有造作感"；"不言而言，意味自然而然溢出字面的语言才叫语言"；"不落俗套，不受管制，却又自然，这就是诗性"。那么，何为"自然"，又如何回到"自然"呢？他认为，"自然"即"放弃对语言的掌控"，"可以把'自然'理解为一种关联，何去何从的关联"。"何去何从"是一个关乎写作意识的根本问题，它决定了一个写作者的着力点。他指出："当代艺术/诗歌的最大问题恐怕在于不自然"，那些所谓创造者"种种离谱的做法层出不穷，却从不想着内在的自然机理，从不曾将'自然'当回事"；所致的后果是："一首诗可圈可点的地方很多，同时又到处散布着刻意、空洞"，甚至沦为"纯粹的修辞游戏"。有时他把写作中的不自然称为"姿态"，就是受"把自己装进去的下意识的形象、知识、观念、禁忌"束缚而形成的架势乃至腔调，"下笔一旦出现姿态，就一定写不出有灵性的语言"。故此，他强烈要求在写作过程中把所有这些"下意识"的"先见""倒空"。

不仅如此，李心释还提出要在写作中"丧我"——舍弃或"交出一个死顽固的'我'"，认为"不丧'我'，就没法写诗"，"好的写者都尽量少表达自己"。他视利用灾难事件"写起自我的哀伤来"的行径为"可耻"；他设问："在'自己'的密林里荡秋千，哪里还有'自己'？ 总有一无端的无我之我。"只有"丧我"之后，才能够"达到是'我'所写却又不是'我'所写的地步"。不过，另一方面，

> "非自我中心"或说"丧我"，不是说自我没有了，相反这个自我起先应该是笃定的。关键在于……"我"如何与存在之万物彼此信任与交托，生死不惊。也就是"我"将走向何种地步，在这个走向过程中，自我就不是消解而是融入。
> 语言已然决定自我不会消失，就看一个自我兼容他者的程度与能力如何。在审美里，自我"与天地合一"，"丧我"，却有了怀抱他者的"吾"。

"丧我"并非失去自我，而是通过腾挪而获得容纳他者和更多事物的能力，并析分出另一个"我"，成为自我的审视者："我是我的旁观者，旁观者的旁观者，我是一个'我'的过程。"其实，无论"倒空"种种"先见"，抑或"丧我"以至"无我"，都是为了在写作中心无旁骛，练就一双回到原初状态、充满童真的发现之眼。这需要写作者像画家塞尚那样谋求"眼睛的改善"，塞尚"在圣维克多山前，眼睛长时间地固定于一点，可怕地一动不动……这种凝视使语言化的视觉所排除了的东西从边上靠过来"；与此类似，"凝视一个事物，包括词语，是产生诗歌的前提，而一首诗的形成正在于凝视中的离开——相对于凝视物是离开，相对于凝

视却正是聚拢"，"凝视，是为了停止识别，在停止眼睛运动的同时，却保持视觉的巨大开放性"。对于诗歌写作而言，这不只是一种技巧，更是心智的注入与运用。

　　作为语言学者，李心释在此著中谈论的核心当然是诗歌的语言。他对索绪尔之后的西方现代语言学理论熟稔于心，同时对包括《庄子》在内的中国古代经典所涉及的语言论题多有思考，更重要的是，他是深入语言内部（语言的"骨髓"里）进行探究的，所以他关于语言本身和诗歌语言的谈论，远较当前诗界很多热衷于谈论语言的写作者发出的泛泛之论更为"内行"和透彻。

　　李心释将卡尔纳普、塔斯基、雅柯布森等提出并阐述的"元语言"，作为全书谈论语言及诗歌语言的基础。所谓"元语言"，简单地说就是分析语言的语言，有别于分析具体事物的"对象语言"。"元语言"一方面赋予语言及诗歌语言"根性上的特征"，另一方面提供了衡量一般语言使用及成效乃至人类生存境况的标尺。书中散落着如许观点："我们都是碎片，靠元语言形成整体，以消失在整体中换取存在"；"无差别的'道'是元语言层面的'知'"；"诗歌与绘画在现代走向新的联通之地正是功能性的元语言，即均以自身构成成分或语言或图形要素为对象"；"入乎其中，又出乎其外……入乎其中是欲，出乎其外，是理，表征是元语言"；"诗句断无不可解（说）之理，因为理本来就是语言，具体的语种与词语乃一种翻译，意义散落在各种元语言里。这些元语言若散失与元（原）初的联结，意义便像空洞的眼睛映照事物"。"元语言"包含了鲜明的自反性和不竭的意义供给源，以此为据，李心释将《庄子》看作诗歌的元语言并以专章进行论述。

　　由"元语言"衍生出了"反语言"的话题，李心释提出："诗的语言是对语言的否定，以语言反语言。""反语言"的"反"即"否定"，是与诗歌的"否定"特性联系在一起的，"反语言"与"元语言"相通："假设我们还拥有原初语言的能力，这语言一定是双面的：不产生语言（即反语言）的行动都是无效的行动，不产生行动的语言都不是反语言。"很大程度上，"反语言"是诗歌创新的动力。那么，"怎么反语言？一个是顺着反，就是在概念里辨析到极致，显示所有观念体系的种种矛盾与悖论；一个是逆着反，让先前的语言失效，但又是可理解的，会是怎样的语言？……聆听语言边上的沉默，也是反语言"。对于"思"与"诗"的关系，也可以从"反语言"的角度予以理解："思的语言追求脉络清晰，追根究底；诗的语言追求脉络中的缝隙，从缝隙中逃脱，来引诱脉络的追捕"，"有时在思的语言边上伴有诗，有时在思的语言结束的地方，诗继续开道"，"澄清、取消是思的反语言，言之失效、不能言而言是诗的反语言"。正是在此意义上，李心释将《庄子》、禅宗语言视为"反语言"的典型。

尽管李心释断言："语言若真实，则越来越独立、平行于现实"，并且他有时谈"元语言"和"反语言"时带一点形而上色彩，但他不能被称作语言至上论者，因为他意识到："语言是唯一可信的，却终不可信，语言进出虚无，带点虚无之气还好，有时若只为无语而写，就处于险境了。"这并非出于中庸的辩证考量，而是对语言的万般"风景"及可能的"险境"的洞悉。万花筒般的语言"风景"遍布于中国古典与现代、西方现代及后现代的创作和理论中，李心释辨察后加以融会贯通，逐步形成自己关于语言及诗歌语言的见解，其观念与表达方式有着多重来源。譬如，"丧我"、放弃"我执"，"'诚'也是幻，一切无明"等显然来自佛教；"语言即痕迹"，分明对接着法国哲学家德里达的关键词"踪迹"；《路边口袋》《以花为镜》的断片形式本身，特别是其中如"若不能以眼之所不能见为见，又何以为诗"等词句互驳、颇为"烧脑"的论断，则相仿于追求"羚羊挂角，无迹可寻"效果的禅语，但与时下某些故弄玄虚的箴言体大相径庭。

诚然，该著对于语言及诗歌语言的论析，大多着眼于语言自身和语言的普遍性，给人的印象是其抽离一定的历史文化和写作语境，勾画了显得静态的语言理论与景观。然而，细细品味后不难体察到渗透在字里行间的焦灼感和问题意识——可以说，这部著作产生于李心释本人的或我们的"危机时刻"，是为应对一段时间以来我们的语言和诗歌所面临的"险境"。这样，在探寻语言"根性上的特征"与跟踪变动的所谓语言"现场"之间，构成了某种张力。不能不说，此书浸润着李心释的生命体验及其对历史、现实、人性的思索，同时不忘回应或指出当今诗界的一些问题，比如："诗的对象不是'永恒'，是不断发现的与'永恒'的关联。诗歌变成哲学的婢女或脚注的症候是，诗歌总是语涉永恒的内容，充斥着二手哲学的语汇。现代诗的这条歧路，当代诗人大都没有警觉。"

我们是否处在汉语和汉语诗歌的"危机时刻"？十多年前，小说家韩少功就感慨"优质的汉语正离我们远去"："各种语言载体都在实现爆炸式的规模扩张，使人们的语言活动空前频繁和猛烈"，"有人说这是一个语言狂欢的时代。其实在我看来也是一个语言危机的时代，是语言垃圾到处泛滥的时代"。[①] 而十多年后的今天，"语言垃圾到处泛滥"的景象不但没有改观，反而愈演愈烈，语言被各种嚣声严重污染了，到处漂浮着语言的泡沫，"语言早已经不是作为精神存在的东西了，从声音学角度来说，仅仅作为噪音而存在"，"噪音语末端所有的只是一种真空的边缘，一无所有的空无"。[②] 随着语言腐败的加剧，诗歌从创作到理论的书写能力开始现出退化的迹象。

断片书写会是改善或挽救诗歌颓势的良策么？不管怎样，它或许能成为撬动固化的写作观念和方式的一根杠杆。这部著作的《以花为镜》部分，李心释采用断片形式重写了他以往的文字，他由此感到了书写的"自由"。书中不时闪现的精警与机敏令人佩服，我相信不同读者将从中获得不同启示。

---

① 韩少功：《现代汉语再认识》，载《天涯》2005 年第 2 期。

② 马克斯·皮卡德：《沉默的世界》，第 158、159 页。

灭点转喻机器

—— 从《虚无与开花 —— 中国当代诗歌现代性重构》谈起

张光昕

1

大导演希区柯克在接受特吕弗的一次访谈时，曾提到有一种叫作"麦格芬"的东西，常出现在他的悬疑电影中。究竟什么是"麦格芬"？希区柯克模仿自己的影片《火车怪客》，设想了两个陌生的乘客在车厢里的一段对话：

A 问 B："您放在行李架上的包裹是什么？"

B 回答说："是一个'麦格芬'。"

A 继续问道："'麦格芬'是什么？"

B 说："哦，它是一种在阿迪朗达克山里捕狮子的工具。"

A 一脸疑惑："可是阿迪朗达克山并没有狮子啊！"

于是，A 就此下了个结论："这样的话，它就不是'麦格芬'好了。"

当然，A 的结论还有另一个版本："瞧，'麦格芬'已经起作用了。"

读罢这段对话，我们仍旧一头雾水，不知到底什么才是"麦格芬"。其实，"麦格芬"并不指代具体的事物，尽管在希区柯克的影片中，它常被各种各样的物件所扮演，从发动机设计图到缩微胶卷，从防御条约里的秘密条款到一段神秘歌曲，我们永远都无法揭开它的真实面目，哪怕到故事的尾声。它一度处于事态的中心，仿佛所有人都在为它而奔忙，但又似乎完全无关紧要。希区柯克大概是想提醒我们，千万别想太深了，"麦格芬"只是一个肤浅的表象，甚至叫它别的名字也可以。它充其量只是偶然间促发了一连串的讨论和行动，是一个启动叙事的理由，但本质上是一个空无的能指，不携带任何意义。它像我们熟悉的三维景观中的灭点，看似占据了整个画面的中心，为空间立法，但实际上只以它自身为目的。

对于征服过七大洲最高峰的登山家黄怒波来说，阿迪朗达克山脉或许不会入他的法眼；对于声名赫奕的中坤集团董事长黄怒波来讲，捕猎一头狮子也没什么大惊小怪；1984 年，黄怒波还是中宣部的一个副处长，某一天在中南海里骑自行车，吼着让走他在前面的两个人闪开。当两人回头，他定睛一看，居然是胡耀邦带着秘书在散步。后来黄怒波弃官从商，出落为改革开放时代的弄潮儿，用另一种方式参与到改变中国的行动中，直面各种艰险、瓶颈和断崖。当一切东西都烟消云散了，到底什么事情才对他构成吸引和挑战，让他觉得有意义呢？可能，也只剩下跟诗歌有关的工作了。在祛魅的年代里，不必将诗歌看作神圣的事业，跟登山和下海相仿，它是一种迎向虚无的创造。写诗、成为诗人、出版诗集、开作品研讨会，请名人作序，大量囤积一个强者的文化标签和象征资本……对他已不再有新鲜感。于是，他投在北京大学中文系谢冕教授门下攻读博士学位，在这块学术高地再度"崛起"，这次他决定调转方向，一头扎进诗学研究的深水区，并于 2021 年出版了他长达 26 万字的博士论文：《虚无与开花——中国当代诗歌现代性重构》。

作为一位热爱登山的知名企业家，一部诗歌研究著作的问世，意味着他已然问鼎一座不存在的新大陆和它的最高峰，站在他问题世界的中心，望尽天涯路。黄怒波曾在本书"后记"中一吐心曲：

> 书稿撰写期间，我完成了全世界七大洲高峰的登顶，徒步到达了南极点、北极点，其中一次从珠峰南坡登顶，两次从珠峰北坡登顶。历经艰险，几次与死神擦肩而过，有一些山友永远留在了冰雪之中、高峰之上。我向他们献过哈达，现在奉上这部作品，以作心

愿的了结。因为他们，我知道了活着的幸福，有了完成这部作品的动力。这些都是我在冰雪中、高山上思索过的书稿撰写的意义。其中许多章节是在与绝望、痛苦以及死神搏斗的时候考虑形成的。

从行万里路到破万卷书，在群峰之上为诗歌殚精竭虑的黄怒波，貌似永远无法固定在一个单一的身份上。为了远避人生的无意义，他要在不同的行当里干出漂亮的业绩，跟虚无捉会迷藏，用另一种象征仪式安葬那些被灭点吞噬的友人。他活着归来，但已死去千百次，这一系列难以复制的经历，将他高大的身躯锻造为一部转喻机器：他是他自己，同时又是千百个别人；他既跟虚无保持距离，又绕着它旋转，踏步在多种频道的痛痒之中，却永不定居。在强者时代，多数精英和学阀习惯将自身隐喻化，将能指（学术业绩）扑向所指（权力、资本、财富），做强势转化，并将两者紧紧铆合在一起，凝结为领主思维、权贵世袭、利益同盟等超级符号，他们早早到达并固守顶峰，占尽世间好处，当最大赢家。这早已成为当下文化生态的残酷现实。与这类腐朽的灭点动物不同，在这个强者云集的时代，黄怒波是少数能实现自身转喻化的精英，他有意识地让自己的能指并不耽溺于那些诱人的所指，而是倾向于让这些能指围绕灼人的灭点快乐地流动。在当代中国这座象征体系大乐园中，他总是从一个身份滑向另一个身份，他精神世界里一个能指总是指向另一个能指，以致开辟出一条没有终点的旅程。

这一次，他不再扮演任何创业、攀登故事里的英雄，而是曲身钻进象牙塔，尝试去讲述一段无终结的观念变形记，成为一场诗学内爆的话事人。借用巴塔耶的概念，黄怒波正在实践着一种"太阳经济学"。跟大多数传统商人对资本积累的迷恋相反，黄怒波宁愿遵循一种耗费的观念。在积累达到一定的阈值，就必须要牺牲掉过度和膨胀的部分，必须勇敢地浪费，才能更有效地建立和维系一种象征秩序。忽然有一天，一个完美的投资人对那么多接踵而来的项目都不感兴趣了，他决定花几年时间去写一本关于诗歌的博士论文，并正式出版。这不是一种令人炫目的耗费，又会是什么？

2

《虚无与开花——中国当代诗歌现代性重构》一书历数当代新诗四十余年沧海桑田，它的作者梦想穿越一片高寒、缺氧的无人区，渴望在虚无中等待"开花"，摆上一席行云流水的"夸富宴"（马塞尔·莫斯语）。在这场波诡云谲的旅行中，作者跟"先知""烈士""坏蛋"和"戈多"并肩而行，试图在里尔克的"豹"身上发现食指的"疯狗"，让这只历史困兽冲破心的栅栏，在那里铸成一座活动的雕像，修一扇肉身的旋转门。它在虚无里兀自转着，诠释着一种耗费的运动。在那里，他为失落的价值招魂，重整现代性烂摊子，不断生产、回收和革新那些太过脆弱的人生意义：

> 强韧的脚步迈着柔软的步容，
> 步容在这极小的圈中旋转，
> 仿佛力之舞围绕着一个中心，
> 在中心一个伟大的意志昏眩。
>
> ——里尔克《豹》，冯至译

这部研究虚无主义与当代新诗的学术专著填补了该领域的空白。作者从个体（或诗歌写作者）的虚无体验出发，牵出近四十余年中国诗人的整个命运共同体。之所以能够形成这种强烈的认同感，盖因吾侪皆视虚无主义为头号劲敌。这只多头的怪兽出没于更广阔的历史现场，穿梭于迥异的社会背景之间，制造了数不清的事端和创伤，如今已到无孔不入、人人喊打的地步。天下苦虚无主义久矣，我们的文学博士遏制不住愤怒的波涛，他打开装备齐全的工具箱，准备编织铁笼、绘制地图、发起巡猎、伺机围捕。该书既没有系统地清理虚无主义的思想史，也没有展示太多以虚无主义为对象的研究综述，只是抓住一些代表性观念和典型命题，急促地奔赴尚未尘埃落定的当代诗现场。此间的诗歌作品，要么被虚无主义附体，带上神秘性面罩；要么与虚无主义搏斗，留下暧昧的疤痕。本书作者无不望闻问切、嘘寒问暖，以图明察宿疾、治病救人。

试看黄怒波的长篇诊断报告，依旧絮叨不止、欲说还休，总是在即将接近要害处，突然陷入中断和沉默，遂转入别处和他途。这本战斗与疗救之书，也不经意间被营造为一座囚禁作者本人的豹房。那些迂回的话语线和跌宕的步伐，那些固执而纯真的幻想，让这本书遗忘了自己的"超我"，因而读上去更像一部蹀躞于当代诗内外的成长小说，抒情式命题和感觉式逻辑四下弥漫。它以自身为目的，组建了论说秩序，痛说革命家史；围绕一个难缠的概念，开启阅读的漫游。本书的读者也因此获得一种特殊的旋转门体验，让视点环绕着灭点，"一个伟大的意志昏眩"；作品的清奇骨骼和野蛮躯体被唤醒了，尝试练习一段刚柔并济的"力之舞"，让我们在血色黄昏中眺望永夜微光。

本书努力做到历时性和共时性并举，纵贯中国当代诗歌的法定景观和基本问题，一路打造出"朦胧诗"以来当代新诗的经典化秩序，系统解读了诸多代表性作品。此外，作者还目光独到地发掘了新诗学者、批评家的诗作对这一秩序的建构之功，是全书不小的亮点。以虚无主义为坐骑，本书踏上螺旋式征程，满载一个现代知识分子的启蒙责任和现实焦虑，同时也不回避旅途中意外的悲智、必要的圣愚、失控的谵妄和偶然的短路。登山家在登顶前的复杂体验、矛盾心理，甚至过早降临的感叹和幻灭，在本书中一览无余。作者有意识地借助西方现代人文科学的视野和方法，注重对中外哲学、诗学资源的甄别、吸收和转化；出出进进，尽是如雷贯耳的大师之名；此起彼伏，更有各位资深学人的深刻洞见。

鉴于此，在解读和解析具体作品和问题时，作者不吝对心仪观点和文献做大段引用。但有时搬来的"他山之石"，更接近一种直接地话语移植，还没来得及考察它们与论证环境之间的融贯性。如果这种引用篇幅过长、频次过多、来源驳杂、排列密集，多少会破坏全书的独立论调和气息，伤害到整部论著的系统性和有机性。每段引文之间、每个作品评述单元之间，甚至各章节之间，更像儿童层层垒高的积木块，而非紧致的榫卯结构。但作者胃口和魄力之巨大，犹如企业升级时的融资，亦如运动极限处的吸氧，凭借的是生命脆薄处爆发的蛮荒之力。

这种强制性思维，直观地体现在各章标题的构句特点上，夸张点的，如第四章标题——"新世纪的幽灵：符号的咒语及'戈多'破门而入之后的'开花'"——瞧瞧，太多的引号，过于拧巴的语法，不是吗？许多原生语境中被赋予特殊含义的概念和形象，被强行安排在一个新的表达情境中，既遗失了经典时刻的原义，又难以建立新的意义，不得不说是一种言说的尴尬。这种看似复杂的表述，无益于纾解复杂性本身，并未给读者带来认识上的启示和方便，反而暴露了作者在使用学术话语时的"运动失语症"（弗洛伊德语）。一个句子中各成分之间、一个小节各论述单元之间、各章节之间所仰赖的能指的"邻近性"关系，在本书作者的写作无意识中，并未得到有效的组织和运作。因而，他实际能献上的，只有一些孤零零的感想、碎片化的认识和彼此隔绝的局部视野，它们无法被整合进一条连贯的能指链上。

作者所呈现的语句越繁复，其实是越想掩盖这种转喻上的失败。结果是，我们只能目睹词语在差异性中不断滑动，一个词语不断指向另一词语，但无法生出什么意义。不过话说回来，这种对词语的专制和对构句的障碍，虽影响了作者的学术话语朝散文化方向自然生长，也阻碍了他的个性论述向价值判断做有效转化。不过，这也更加让人相信，作为一部在不同社会身份之间来回切换的转喻机器，作者的无意识主体形象，始终是一位诗人形象。他的著作几乎可以读成一首体量巨大的组诗，他的论辩艺术依靠的是装扮成理性风格的抒情力比多，他的结论离不开激情和叹息。

如果一定要说全书最显著的特点，相信许多读者都能心领神会，那便是黄怒波在写作中精心剪辑出的蒙太奇效果：一方面从作品出发，充满忧患地描述和阐释当代诗人主体性的变奏和变异，绘制诗歌精神的内在光谱；另一方面聚焦社会转型，不断地穿插和回首改革开放以来中国企业家圈层"群星闪耀的时刻"，讲述这批时代强人的艰难崛起、励精图治和岔道困惑。

从文献来源上，读者可以观察到一个细节：前者涉及的绝大多数诗歌作品，均来自同一个选本，即唐晓渡、张清华编选的《当代先锋诗30年：谱系与典藏》；后者故事的蓝本常追溯到两本纪实性名著：马立诚的《交锋三十年：改革开放四次大争论亲历记》和吴晓波的《激荡三十年：中国企业1978—2008（十年典藏版）》。三本书的标题中都不约而同地赫然出现"三十年"（"30年"）字样，暗示出在这段关键的历史发展时期，中国社会和文化在"务虚"和"务实"两个维度上的精神历程和创造成就。不同的是，在这个动态发展和矛盾运动的黄金成长期，前者被历史的离心力不断流放到社会边缘；后者登堂入室，成为时代宠儿，唱响了财富时代的主声部。这两种不同方向的力，集结在黄怒波一人身上，让转喻的旋转门飞速转动，制造了作者的"视差"：他试图以经济腾飞的视角讨论文学剧变，或者以精神诊断（诗歌）的方式解释市场对个体的异化，个中责任和判断真可谓用心良苦，但两者终究还是成了旋转门里的过客——外面的人从一侧进去，里面的人从另一侧出来——两者靠得那么近，却似乎水天相隔。到头来，还是让狡猾的虚无主义钻了空子。

本书看似以虚无主义为着眼点，检视了近四十余年中国当代新诗的精神历程和问题史。作为学术写作，这俨然是一场硬仗，需要清晰的方向、精密的布局、过人的膂力和持久的耐心；也必然寄托作者的求真意志、审美焦虑和人文忧思。一言以蔽之曰：现代性重构。这些条件和品质，显然满足专家读者对一种人文社科正统选题的想象，也投合权威学术认同机构的习惯口味。在这个意义上，黄怒波称得上是谢冕先生的好学生，不但多年执掌北大中国诗歌研究院的日常事务，还不忘交上一份令导师满意的专业答卷。如果通读全书你会发现，作为全书的主动脉和研究肇因，虚无主义这个令人惶惑的概念，固然是与作者展开肉搏的强劲对手和他试图清剿的对象；但从另一方面看，它成功激起了作者的兴致和斗志，让他释放出压抑多年的阐释冲动，以求治疗新诗积弊并自治。当他走进说书人的角色、建构起自己的长篇大论时，作者的理想愿景是希望看到从虚无中"开花"，在现实的消极性中实现修复、转化和创造，期待主体在"可写"的新环境里获得价值满足。如果说诗歌将危机和拯救兼收并蓄，一当我们将整个生命沐浴在"开花"的前景中时，虚无主义所带来的危机和焦虑忽然变得一点都不重要了。

好一个得鱼忘筌的辩证法。为什么会有这种感觉呢？这就要联系到前面提到的"麦格芬"了。是不是可以这样大胆地猜测：在本书里，虚无主义就是一个"麦格芬"。在当下这个强者林立、呆板无趣的泱泱学界，它只是一个义正词严的借口，一个空洞苍白的大词。别的先不论，最要紧的是，它有可能帮助我们堵住那个骇人的灭点，骗过大他者凌厉恶毒的目光，防止它过度的照耀灼伤作者的正常视觉，从而扭曲我们的世界观。虚无主义作为"麦格芬"，并非本书作者的终极猎物，而是他狩猎前的祭品，是一种伪装起来的诱饵。在"麦格芬"的担保下，作者趁此重理一段诗歌史，探究一桩理论公案，以六个章节的隆重篇幅，直面历史、移步换景、整合问题、叩问名作、关注生成、罗织互文，对"文革"后的当代新诗现场做出多元的观察和评判，并满怀憧憬和责任感地指明了未来的出路，这些似乎是比揭开虚无主义面纱更重要的工作：

> 中国当代诗歌的审美精神亦是由虚无主义显现、突破升华为"开花"的精神建构行动，使中国当代诗歌的文本获得了解放，突破了地域性、民族—国家性及传统性，具有了诗歌史上少有的生成史学现象。可以说，在下一个四十年的生成中，中国当代诗歌，不是不可能参与构建 21 世纪人类的文化精神脸谱行动。在这个论点基础上，中国当代诗歌应该是现代性历史中的"人"的精神史、文化史文本。

这是一段细读和发现之旅，一路惊心动魄、异彩纷呈，连写作上的偏颇和弱点都显得直率可爱。我们不能苛责本书作者，所有未尽之处，皆是我们在探寻世界和自我探寻时触碰到的与生俱来的缺口。扭曲是人性使然，笔直才是我们的梦想。尽管虚无主义的徽章陪伴始终，看似已渗透肌肤、彻入骨髓，几乎到了俯拾皆是、非谈不可的节骨眼上，但它可能并不是我们的主要敌人。事已至此，它并没有真正要了我们的命，人类精神也没有被可怕的虚无力量所吞噬，从而不幸地终结掉眼前所有的问题，让一切进步和意义遁入死结。与其承认虚无主义不可摆脱、处处可见，倒不如将它悬搁在某处，当它遮挡住灭点的强光后，我们索性把它当成一个熟视无睹的发光体，让一切历史的生成物在它的普照下自在地呈现。

3

《虚无与开花——中国当代诗歌现代性重构》一书给今天的新诗写作者和研究者带来一个反省的机会，那便是：虚无主义，可能并不藏在中国当代诗歌的深心之内，因此不必启用阐（铲）释学和深度模式。它更像一件透明的风衣，在一切人与事的表面似有似无地披覆着，也让诗歌在黑暗时代更加安宁从容。是的，真相就在那里。虚无主义好比光谱众色中的那缕白光，是所有颜色的公分母，是颜色中的颜色。窃以为，在当代中国，若要揭穿、认识和克服虚无主义，固然可使用黄怒波在本书中制造的范式，即围捕、困兽和转喻的方式，让理论和批评的"力之舞"围绕这个"麦格芬"旋转、生成、建立互文，进而在这迂回的过程中收获成长和内旋中的欢愉和烦恼。但我们同样可以采取另一种行动，它需要在掌握知识和建立判断之后，仍不放弃面向真相的勇气，那便是尊重事实、直言相告，像一只挣脱栅栏的豹那样直扑事物的核心。

现代性是一项持久的欲望工程，欲望的本质是转喻，是能指的不断滑移，无法固定下来，所以难以产生意义。虚无主义是现代性的一个症状，也是历史主体普遍的心理效应。虚无主义可能是存在于任何事物身上的一块无法避免又无法弥补的无意识缺口，我们必须承认它存在的可能，并被不断地历史化和自动化。虚无主义的本质是隐喻，它的症状是有意义的，至少它是为我们堵住灭点的好帮手，尽管字面上的虚无主义暗示了自身的无意义。在现代性中认识虚无主义，这已经进入了虚无的悖论之中。但必须承认这类虚无的存在，才有可能认识存在的虚无，进而认识存在的一切。存在成了虚无指向的替代物，并为虚无承担了意义，但也协助了虚无的伪装行为。

在《虚无与开花——中国当代诗歌现代性重构》一书中，作者花大力气铺陈了虚无主义在词语（二手经验）上的征象和流变，但遗憾的是，并没有澄清当代中国诗歌里的虚无主义在事实（一手经验）上的来源和运行规律。在作者的象征体系里，他将虚无主义处理成中国当代诗人一种特殊的欲望形式，它既是欲望的客体，也是欲望的成因。在某些具体的历史场合，虚无主义几乎直接化身为当代诗人隐秘追求的快感，他们正病态地享受着大他者（语言）的额外补偿。革命时代的诗歌用笃定态度和赞美语调所环绕的想象性客体，在后革命时代已经荡然无存了。那些熟悉的隐喻失去了现实的本体，那个被环绕的灭点，只残余着影子、幽灵和无边的虚无，而那些词语仍在喋喋不休地在历史的能指链上滑动着，成为诗歌的剩余快感和剩余荣耀，制造了当代中国的"诗歌崇拜"和"诗人之死"。

一个做不出博士论文的登山爱好者不是一位好企业家。黄怒波用处理欲望的方式来解读症状，用他强大的转喻气场对庞大的历史隐喻进行资产重组，这让他不得不对人性天然之扭曲和匮缺望洋兴叹，只能挣扎在自己的"视差"里，对"现代性重构"之肯綮视而不见。在精神分析的语境中，虚无主义具有临床性，属于特定主体在特定历史情境下的产物。它是具体的，需要诉诸事实和细节；它不是抽象的，无须转喻和隐喻。这个地带至今仍然晦暗不明，本书未可抵达之处，正意味着当代诗歌研究共有的无能、普遍的孱弱和结构性错位。因此，在虚无中被作者积极肯定的"开花"行为，不但是一个"可写"的乌托邦愿景，也直陈了作为历史主体的诗人自我启迪的行动意识。

在这个意义上，《虚无与开花——中国当代诗歌现代性重构》一书不仅为深受虚无主义之苦的诗人们建造了一座豹房，而且还为他们编织了一个解脱之梦。作者至少帮助我们摸到某个处于现实与梦幻之间的脐点，他的写作正围绕这个轴心开启无穷的转喻。它就像人类（以及更多胎盘哺乳动物）腹部那个神秘而无用的小孔——肚脐——保存着个体与原始母体相联结的本源记忆，也预示了我们最终的归宿。它化身为一枚肉感的 3D 图章，成为生命过往的无辜痕迹；它以自身为目的，坚持着一种朦胧性，像梦一样抵抗着理性和知识对它的全面掌控和分析。它可能就是帮助我们这些凡夫俗子追问命运的"麦格芬"：它是虚无的，从表面看上去深不可测；它性感而多褶，正是柔情似水的肉体上悄隐的一朵蓓蕾。它是为棒喝虚无而存在的一个直言式的在场；它是能够旋开身体和灵魂的钥匙孔，俨如灭点那样逗引我们旋转不休。

几百年前，基督教徒们曾提倡过一种静修方式：在祷告时注意协调呼吸，将目光集中于自己"身体的中心点"，于是发明了一个新词：navel-gazing（盯着自己的肚脐眼）。世俗化以后，这个词只保留下唯一的含义，指一种在旁人看来是浪费时间、在自己看来却无尽陶醉的精神练习。这种体验不正是在虚无中等待"开花"吗？在眼前这个价值渐次零落的年代，如果它不是指诗人的工作，还能指什么呢？相信我们当代诗虚无的肚脐终会习得"开花"的心性和技艺，朝着慈悲和幸福的方向，绽放它积极的潜能。只要我们愿意付出更多的耐心，从那道肉褶里清除掉不断被挖出的沉渣污垢，在信念里登顶的日子就一定能到来。

各 家 谈 诗

小说与诗歌的契约

王威廉

谈论诗歌对于小说家来说，并不是一件必要的事；但在我的意识深处，这是必要的事，是我迟早要去完成的。当然，这指的是一种相对正式的谈论，若是私下的谈论，那注定是无止境的。

我知道，很多诗人期待着小说家或散文作家对诗歌的那份感恩。这并非源于他们的自负，而是源于他们对诗歌文体的信念。这种信念是高贵的，也是毋庸置疑的。没有这种信念的诗人是不值得期许的。

另一方面，我是读了很多诗人的随笔文章之后，才发现一些诗人也是喜欢读小说的，他们从小说中也获得了关于诗歌写作的诸多启发。这让我感到惊奇，因为我此前一直认为在这两种文体之间，诗歌是很难从小说身上得到太多的，小说跟诗歌之间存在着巨大的精神贸易逆差。

——我不知道这种想法是否偏激，我现在就来说一说，我为什么会对诗歌怀有如此之高的尊崇。

诗歌第一次来到我的生命中，我还在读高一。此前我大概知道诗是什么，在课本上也学过不少，但在课堂之外，诗是跟我无关的东西。那会儿我尽管是个爱读书的学生，可平时喜欢读的都是故事书，尤其是古代各种评书最对我胃口。某天，我在新华书店闲逛，看到了一本厚厚的《雪莱抒情诗全集》（吴笛译），打开之后便被深深吸引了。这是一个神秘的事件。突然间这么一本超出自己认知和固有兴趣的诗集竟然让我爱不释手，我至今也无法解释其中的缘由。我只知道，在此之后，我便迎来了一场青春期的诗歌仪式。

青春期给每个人留下的印迹不尽相同，我只记得大约从初中二年级的某个时刻开始，我变得躁动不安，放学不想回家，难以忍受独处。我和朋友们无休止的聊天，然后偷偷摸摸地喝酒。那不是一段光彩的日子，更不是一段令人愉悦的日子。谁能想到，那段日子的尽头却终结在雪莱的诗篇当中。

那时，诗对我来说，带来的是难以名状的感受，而青春期带来的是难以名状的躁动；难以名状的躁动被难以名状的感受所吸附，恐怕也是不难理解的吧。诗歌类似《西游记》里边的法器，为青春的伏地魔提供了禅修之所。

回忆这段个人史，我试图说明，诗歌是神奇的，它不是语文课本里的知识点，而是能赋予生命以无限能量的精神方法。"精神方法"，是我思虑良久才写下的词，我暂且无法想到另外的说法。我的意思是，诗歌不仅是语言的艺术，它是跟生命本质捆绑在一起的，它会改变我们的精神结构。如果说，禅宗让我们以忘言的方式来理解生命，那么诗歌就是以重新言说的方式来理解生命。遗忘与刷新，都是对愚妄迷失的修正。

我接下来的人生将会持续证明这点。

读雪莱一年后，诗歌开始了自我繁殖，高二的我写了一堆雪莱样式的浪漫主义诗歌，然后在同学的帮助下，将一个手抄本复印成了数十本，分送给亲朋好友。那本诗集的名字叫《月光里的夜莺》，那种 19 世纪浪漫主义的趣味显而易见。我有些惧怕读到那些诗歌，好在我应该已经找不到它们了。

高三和高考几乎让我忘记了诗歌，但噩梦让我来到了远方。这所离家极远的学校，位于南海之滨，气候、文化乃至方言的差异，让我有一种格格不入的孤独感。不远处的大海分明是一面镜子，无情地放大了这种孤独。

这时，诗歌再次来到我的生命中，让我始料未及。

我就读于物理系，想当科学家，却无端端被孤独感所折磨。我理解的科学家是不在意孤独感的，因为宇宙的浩瀚与规律的神奇，会让研究者全身心投入其间，孤独会如云烟般消散。这就像是信仰宗教的人士所体验到的那种情感。但我居然无法全身心投入其间了，青春的伏地魔突然间换了个面具，再次带来了莫可名状的躁动。诗歌的记忆被唤醒，它再次带给我平静，让我深感安慰。我钻进图书馆，接触到此前一无所知的诗集，尤其是读到从朦胧诗到当下活跃的各位优秀诗人，让我像个穴居人第一次来到高原，被星空的浩繁所震慑。这种震慑的核心是"当代性"，我居然跟他们活在同一个时空，那他们的诗跟我是有关的。

终于，诗歌又开始了自我繁殖。这次写出的诗歌，已经具有了当下的诗歌面相。然后，我在某个论坛偶然看到了征稿信息，便用电邮寄出，数周后，诗歌刊登了出来。这给了我继续写诗的动力。这下好了，我又参加了一个全国高校诗歌大赛，做梦都没想到，我的诗居然得了校级第一名，有了去北大参加决赛的机会。我跟外院的一个师姐同行，她是外文组的，我还记得我们坐在火车的卧铺下方，讨论着去餐车吃点什么好东西，因为这费用是可以报销的。

到了北大后，我忽然间对比赛本身失去了兴趣，而对北大本身产生了愈来愈浓厚的兴趣。我绕着冬季结冰的未名湖转圈子，无尽的思绪在生成和释放。北大的诗歌之行，让我下了一个决心，我意识到自己应该转换人生的学习方向。这个收获比起得不得奖实在是大太多了。经过一番努力，我离开了物理学系，来到人类学系。我特别喜爱这个研究人类文化的学科，但我没有忘记，文化研究在我这里也要归结于诗。此后，无论是学习人类学、文学还是什么别的学科，对诗意的发掘与感受一直占据着我生活与生命的核心地带。

坦率地说，我在大学毕业前完全没有想过自己能够成为一名小说家。我当然喜欢读小说，也尝试着写小说，可多么羞惭，我发现自己写不出一篇完整的令自己满意的小说。于是，我不再试着去写小说。要写那么多字，要为一个故事费尽心机，这些都让我觉得那完全是个苦力活。我梦想着自己今后能成为一名诗人，然后靠学术研究或是随笔文章来养活自己。因为我知道，在这个时代，诗歌几乎完全丧失了它的商业属性，诗人是不可能靠诗歌养活自己的。

但我毕业之后，生活的严酷超出了我的想象，我只能在生活的空隙处写诗。两年后的某一天，跟一个恶邻争吵过后，我忽然感到叙事的欲望积蓄到了我的嗓子眼。我开始写小说，我越写越多，几乎停不下来。从那以后，我就再也没有停下来，直至小说构成我的身份，直至小说成为我的职业，直至小说成为我的志业。

不过，诗意依然占据着我小说叙事的内在位置。很多时候，我写小说是被诗意驱动着。因此，我对诗歌充满了迷恋的情感，我时常提醒自己要摄入足够的诗歌维生素C，才不会患上写作的败血症。在我的书架上，可以没有小说，也可以没有哲学，但是绝不可以没有诗集。诗集以及相关诗论，以极为简洁却深刻的方式，从各个方面高效影响着我。

诗人里尔克那本薄薄的小册子是由"中国最杰出的抒情诗人"（鲁迅语）冯至先生翻译的，书名非常质朴：《给青年诗人的十封信》。这本小册子值得我用一生去读。在我看来，此书解决的是文学创作的最根本问题：写作的发生学。

很多时候，我们做批评、做研究，都属于文学的外部工作。包括大学的创意写作专业，教授如何设计作品、构思故事等等，其实对真正的写作来说，依然是外部的。写作的内在属性一定是与生命的成长息息相关的。而这一点，正是里尔克这本小册子的核心之所在。

关于在青春期开始萌芽的孤独和寂寞，里尔克这样写道："那么我就希望你能忠实地、忍耐地让这大规模的寂寞在你身上工作，它不再能从你的生命中消灭；在一切你要去生活要去从事的事物中，它永远赓续着像是一种无名的势力，并且将确切地影响你，有如祖先的血在我们身内不断地流动，和我们自己的血混为唯一的、绝无仅有的一体，在我们生命的无论哪一个转折。"原来，那"大规模的寂寞"并非我独有，那寂寞不是要排斥的洪水猛兽，而是生命内在的一种能量。这种能量催发着艺术，而他对艺术的要求是如此严苛："艺术也是一种生活方式，无论我们怎样生活，都能不知不觉地为它准备；每个真实的生活都比那些虚假的、以艺术为号召的职业跟艺术更为接近，它们炫耀一种近似的艺术，实际上却否定了、损伤了艺术的存在，如整个的报章文字、几乎一切的批评界、四分之三号称文学和要号称文学的作品，都是这样。"按照他的这种标准，我写下的都被否定了。但我如此感激这种否定，没有这种否定，我们将会面对自己写下的文字陷入自恋与迷失。

后来，我又按照大师给青年人写信的模式"顺藤摸瓜"，去读了略萨写给青年小说家的信，可我现在已经记不清里边的内容了。而里尔克的那本小册子，继续滋养着我，让我从中汲取能量。里尔克的信令人百读不厌，他提到的是生命之根，是创作之源。无论我们创作任何的体裁，任何的主题，任何的形式，只要回到那个最初始的地方，诗意诞生的地方，生命生长的地方，写作便是有力量的。

因此我倒不是特别在意自己是被称作小说家（米兰·昆德拉在中国大规模阅读之前，"小说家"这个称谓是很罕见的，他对小说文体的贡献居功甚伟），还是作家，或是批评家，就写作的发生而言，这些身份不仅不重要，还会成为某种遮蔽。写作的具体艺术技巧，以及其他的外部装置，包括修辞、结构等等，这些东西是可以学习的，但只有那个诗心是最难拥有的。

这便是有时我们说作家能培养，有时又说作家不能培养的原因所在。你可以让一个人在外部的艺术技巧上达到很高的水平，但是假若他一直没有长出强悍而绵密的诗心，他将会很快耗尽自身的生活经验乃至生命能量，从而陷入完全的枯竭。但是，如果一个人具有敏感而警觉的诗心，他甚至不需要培养，事物便会在他身上自然而然地发酵，他将不得不去书写，无尽的思绪与意象困扰着他，甚至成为一种精神苦役。

根据诗心的强悍与否，我们从作品中得到的气息都是不一样的。同样的事情，经过不同诗心的渲染，我们所看到的文字也许会截然不同。有些味同嚼蜡，有些让我们觉得为我们敞开了一个神秘的生命之门，我们可以走进作家的精神内部，简直如同向外拓展到宇宙中一般。这是写作这回事儿最令我好奇的地方，文字或语言只是符号，却可以让人的内在生命获得纵深的空间感。

我曾在一篇谈论短篇小说艺术的文章中，认为好的短篇小说应该做到"生活与诗意的平衡交汇"。如果再进一步说，好的小说应该经历从叙事模式到抒情模式的高级转换。

　　叙述一个好看的故事，这只是小说的最基本要求。在故事之外，在故事之上，其实弥漫着小说家的声音。小说家的声音笼罩着所有的叙述，那种尽量客观的第三人称，更是需要小说家加大其控制的力度。因此，小说家的声音浸染到了叙事的每一个毛孔里面，让叙事的背后都是由抒情在支配。越是伟大的小说，越是能将这种抒情的诗意贯穿叙事始终。因此，叙事与抒情在小说中其实是难以截然分开的，他们混杂在一起，形成了一种修辞学意义上的模糊性。

　　让我觉得惊奇的是，这种小说的模糊性，是一个诗人发现的。

　　诗人奥克塔维奥·帕斯在《小说的模糊性》（黄乐平译）一文中认为，小说家不是在论证什么，也不是在讲述什么，他们是在重塑一个世界。尽管他们也像历史学家一样喜欢讲故事，但他们更喜欢重新创造一个世界。"一方面他们在想象并创造诗意；而另一方面，在描述地点，事件和灵魂。小说与诗歌和故事联系在一起，与形象和地理学联系在一起，也与神话和心理学联系在一起。小说既有节奏感又是自省的过程，既是批判又塑造形象，所以它是模糊的。这种本质上的杂糅性源自于它在散文与诗歌之间、观念与神话之间不断地摇摆。它具有模糊性和杂糅性是因为它是一个社会的史诗性的体裁，这个社会是建立在分析与理性，也就是散文的基础上的。"小说之所以成为时代的核心文体（而非历史的核心文体），便是在地基上与社会同构，但又超越地基，来到了文明的腹地，在这里，小说既塑造又毁坏，既分析又悖反，既表达希望又不断绝望，没有任何文体可以获得这样的力量。而小说能够表达如此复杂的东西，全仰赖于那颗诗心与叙事之间的斗争。

　　在《小说的模糊性》的结尾，帕斯谈到了他对诗歌的认识。一篇以小说为主题的文章落脚在诗歌上，让我觉得妙不可言。他是这样说的："诗歌是人类本质的反映，是一种具体的历史体验的神圣化。现代小说和戏剧甚至在否定他们的时代的时候，也要依靠它。在否定它的时候，把它神圣化。抒情诗的目的曾经是不同的，在过去的神明死去之后，在同样的客观现实被意识否定之后，诗歌除了它自身已经没有任何可以歌颂的东西了。诗人歌颂着诗歌。但诗歌是一种交流。独白过后只有沉默，或者在所有绝望与极端之间的冒险：诗歌不会在话语中而会在生命中得以具体化。诗歌的语言将不会推崇历史，而将成为历史，成为生命。"我作为一个职业小说家，竟然无比认同帕斯的观点，那就是现代小说对诗歌的无可避免的依靠。那些失去对诗歌依靠的小说，走向的是没有出路的深渊。

尤其是诗歌提供的神圣性，对现代文学乃至文化是至关重要的。现代小说是一种反讽的叙事艺术，它在不断进行文化与人性的分析，将自相矛盾的东西呈现给读者，很多小说一路解剖到底，毫不留情，导致很多读者产生抱怨：他们想看到希望，而不想被绝望淹没。那么，希望究竟从何而来？希望，一定是从神圣性中得来。只有神圣性，才能让人拥有踏实可靠的希望。

诗歌的神圣性来自诗意，诗意则来自生命对于自身本质的那种肯定。面对科技浪潮席卷人类社会，人被无力感所裹挟，因为科技主宰的生活在大面积取消人的本能诗意。人们被迫远离诗意，不仅仅是因为远离了自然世界，更是因为人们远离了语言对诗意的创造。在拟像为主体的文化空间中，语言变成了一种功能性的东西。因为人们可以直接看到、听到，语言也要求极度透明，成为商业信息的载体。

但我们生而为人，我们建立主体性的根基依然在语言之中。即便在那个深不可测的元宇宙中，依然如此。因为人之为人，是基于语言，语言与人的文明是并生的。人的存在，本质上是一种语言结构。一种功能性的语言，将语言变得透明，但我们的人生、我们的生存本身是不透明的。这种不透明性，这种模糊的灰色，保护着我们的人性。我们幻想着未来的意念芯片，你想什么，对方就知道了，但这依然只是替代了语言的信息功能。语言的创造性是永远也不能被替代的。我们的诸多精神感受，我们的价值观，我们的幽微审美，我们的直觉，不仅仅是语言在帮我们表达出来，而是在帮我们创造出来。它们是在语言内部滋长出来的，尤其是靠诗歌这样的艺术，"无中生有"地创造而出。

这就不难理解，很多科幻小说或电影通常都是以人性的觉醒作为最终的转折与结束。这不是偶然的，这是一种必然。科幻小说最重要的外壳当然是科学及其衍生物，但其叙事哲学依然靠的是文学及其诗性原则。

当文化的神圣性越来越匮乏（在元宇宙中，人类完全取代了上帝的位置），小说家必须得到诗歌的更多滋养。不过，反过来说，小说也将会给诗歌提供更多的东西。因为小说将会描绘一个新世界，小说的叙事结构会形成一个崭新的世界图景。诗的抒情将在这样的世界图景中得到再造。

神圣性也包括它的对立面：那黑暗的深渊。我曾被一个叫阿伦茨（Jan Arends，1925—1974）的荷兰诗人震撼。他出生后即被遗弃，几度精神失常，最后一部诗集出版后自杀。他的诗有一种黑暗的力量，像一把阴暗的匕首，在我们某天清晨醒来的时候，忽然发现刀尖对着我们的眼睛。

他的诗很短，我引述几首：

我

我
五十岁
我不是
一个好人

我没有
妻室
没有后代
我过多地
自渎

因此
我玷污了
面包

面包

沾上我的

恶臭

不管我走到哪里

我就把痛苦

带到哪里

也许

我明天来

找您

提着斧头

但是

请不要惊恐

因为我

是上帝

阿伦茨的诗歌除了那种绝望和黑色的狂喊，还有敏感和脆弱的一面：

甚至

甚至

一只

抚摩的手

也会

伤害我。

那是和卡夫卡一样的心灵，但比卡夫卡还要纤弱，他的心长在了人类情感的神经丛深处：

从

从
没有
一个人
拥有地球的
一粒尘土。

他完全绝望，却又超凡脱俗，绝望中有种宗教的眼光，那是看到本质的一声太息。苦难的诗人，苦难的人，只有诗是交流，是存在，是信仰。我第一次读到阿伦茨，刚刚大学毕业，尝试了几份工作，都不尽如人意，总觉得自己在浪费生命，但也不知道自己究竟可以做些什么。因为我觉得仅仅为了生存而工作、赚钱，我会变成机器，我的诗心会窒息。我作为一个渺小的个体，又一次遭遇精神困惑与价值危机。

我在某个孤独的不眠夜仿写了一首向他致敬的诗：

纤弱的我致更纤弱的阿伦茨

从
没有人
像你那样
咀嚼人类

从
没有人
像你那样
骑着自己

从
没有人
像你那样
天天把绳索
套在脖子上
然后慢慢收紧

我知道，小说家写的诗歌向来为诗人所嘲笑。确实，大多数小说家写的诗，跟他们的小说比起来，显得简单幼稚。像我在很多时候是用诗来表达自己浓缩的哲思：

科技将词
变成了物质
就像写作把物质
变成了精神

——《元宇宙》

我有时甚至在想，当代最好的哲学都是诗人写下的。那些晦涩的隐喻、巧妙的表达，比哲学语言更生动，更不受概念的束缚。而好诗之所以经得住阐述，正因为它永远拒绝着概念，永远和生命和生活紧密地连接在一起。反过来，好的哲学家也终将以诗来锻造思想的顶峰。哲学家维特根斯坦写下的那些笔记，完全可以媲美一流的诗歌。"对不可言说的事物，应当保持沉默。"这句话假如个是出自这位哲学家，而是出现在某本诗集里，一点也不会让人感到突兀。

面对那晦暗莫测的"野未来"，我的心间出现了这样的句子：

孤独，是宇宙赐予的礼物
而未来让它变重

——《在宇宙的某个港口》

我的诗就是从某种哲思、句子的灵感中诞生，然后逐渐向四周拓展，成为一首诗。我的诗歌里面，有些内核让我念念不忘，后来被写成了小说，比如短篇小说《行星与记忆》，我就是先写了这首诗，后面才写了这篇小说。但也有相反的情况，我尝试着把一部小说重新用诗的方式来表达，看看它们的侧重点会发生什么异同。

我的诗不值一提，但我作为一个主要写小说的人，对同行写下的诗歌总有着按捺不住的兴趣。只要我发现小说家的诗歌，总会拿来读一读。我所关切的是，一个小说家写诗是出于什么样的动机，要表达什么样的东西是小说不能替代的？

我还记得我看到保罗·奥斯特的中文版诗集《墙上的字》（谢炯译）便迫不及待打开看，这位小说家认为这些诗歌是他写过的最好的文字。我能理解他的心情，我们都领受着诗歌的滋养。光看他的诗集名，"墙"和"字"的意象就很熟悉，在他小说中经常出现，甚至成为主要意象。当我读到这段诗，我的脑海里甚至浮现出了他小说中叙事人的样子，甚至是保罗·奥斯特本人，那是他自己一生写作的精神自画像：

> 名字，从来没有离开过他的嘴唇：他说服自己
> 进入另外一个身体：他发现自己的房间
> 在巴比伦塔里。
>
> ——《书写者》

有的小说家写诗，还固守曾经的格律，他会写得相当整齐。我们不能说他是墨守成规的，因为他肯定知道当代诗歌的样貌，但他还要那样去写，只能说明那种形式更符合他对诗歌的看法。也许他习惯了小说这个不受约束的文体，他更想尝试一种受到极大约束的文体，努力让诗歌回归古典的样子。我记得小说家哈金的诗，就是在新诗中努力追求整齐的形式。当然，再说远一些，鲁迅先生为中国白话文写作第一人，他嬉笑怒骂，不拘一格，皆成文章，但他写诗严格遵守古诗格律，并且还达到一流水平，这就太不简单了。

　　还有一些小说家的诗是自由挥洒的，完全没有受过诗歌的训练，但其中所展现出来的特质，却时有让人眼前一亮的东西。我想起莫言写的那几首现代诗被很多人嘲笑，那样的诗自然跟大诗人没法比，但我还是惊叹于莫言的想象力与叙事才华，即便在诗歌文体里，他所拥有的才华还是会显露出来。卡佛也是这样，他的诗自由松散，那种独特的小叙事和小独白，分明是从小说蔓延到诗歌里的，不妨说，他的诗歌几乎是他小说的浓缩版。

　　那对于写诗和写小说都是大师的博尔赫斯来说，他如何看待小说和诗歌呢？

　　在《博尔赫斯谈诗论艺》（陈重仁译）一书中，博尔赫斯调侃了乔伊斯的《尤利西斯》，他说想一想本世纪这本最重要的小说吧，我们读到了几千件关于这两个主角的琐事，可我们却不认识他们；而在但丁或莎士比亚的作品中，寥寥几笔，一个人的故事就呈现在我们眼前了，我们虽然不知道他们的几千件琐事，但我们好像跟他们更熟。

　　因此，博尔赫斯认为，小说正在崩解。"在小说上大胆有趣的实验——例如时间转换的观念、从不同角色口中来叙述的观念——虽然所有的种种都朝向我们现在的时代演进，不过我们却也感觉到小说已不复与我们同在了。"这对小说家来说，真是个悲剧！但他并没有否定全部的小说，他觉得人们听故事是不会觉得厌烦的，因此，传奇故事还会持续下去。人们在听故事的愉悦之余，"如果我们还能体验到诗歌尊严高贵的喜悦，那么有些重要的事情即将发生。"他相信诗人会重新成为创造者，并大胆预测了未来："诗人除了会说故事之外，也会把故事吟唱出来。而且我们再也不会把这当成是风马牛不相及的两件事，就如同我们不会觉得这两件事在荷马和维吉尔的史诗当中有什么不一样的地方。"他还进一步预言，这样的事情可能会发生在美国。读到这个，你会不会跟我一样揣测：瑞典评委们是不是受博尔赫斯的启发，才把诺贝尔文学奖颁给唱诗的鲍勃·迪伦？

　　博尔赫斯说完那番预言，半个世纪过去了，小说还在崩解吗？的确是的。小说继续崩解，小说家们努力寻找着新的方式、新的结构、新的语言……在崩解中小说家们试图力挽狂澜。我看到越来越多的小说具备了越来越多的诗歌质地。没有诗的质地，那些小说将碎裂成一地玻璃碴。随便举个例子，跟迪伦差不多也是近年来获得诺奖的汉德克，你拿起他的小说，如果耐着性子从第一句话读到最后一句话，你将会对当代小说彻底失去耐心。那里边连《尤利西斯》的琐事都没了，只剩下飘忽不定的情绪、感受与呢喃。你别说熟悉或认识什么人了，你只大略看到了几个人影。我这样说，不是否定当代小说，而是想说，对这类小说的最好读法是将它们作为叙事的长诗，你将获得不一样的启示与享受。

那传奇故事的流传呢？先是大众文化的兴起，我们在报纸、杂志、电影、电视里看到了太多的传奇故事；再等到网络空间的兴起，其中更是充斥着各种大大小小的猎奇之事。最终，人们被几十秒钟的短视频所吸引。花费几十秒钟就能目睹一个小传奇、小故事，这对人性有着不可遏制的吸引力。不过，在那些东西里边，跟文学关系越远的，精神营养不仅越稀薄，而且还有毒，生命力不会长久。君不见，还是《阿凡达》这类文学精神饱满的传奇故事占据着人类叙事文化的制高点。

我们必须承认：博尔赫斯是个大预言家。

博尔赫斯的预言来自他的分类法："诗已经一分为二了……一方面我们读到的是抒情诗与挽歌，不过另一方面我们有说故事的文体——也就是小说。"他的意思是，小说就是退化版的史诗。其实，无论西方还是中国，诗都是最早最主流的文学形式，是文明的菁华与源头。在这里也顺便说一下，对当代诗的热爱让我还有一大收获，那就是让我更好地理解了中国古诗。古诗与当代诗的审美系统在很多时候是割裂的，但随着对诗的深层理解，你会打开诗歌的内在精神并接续起来。以此为线索，古典文化中那些有价值的部分也有了被激活的可能。因此，用诗的思维来把握文化，肯定比出自文化内部的某个角落看问题要更加全面和清楚。

对诗人来说，万物皆诗，请看：

　　　　而整个地球就像是一首长诗，

君临其上的太阳则是位艺术家。

——米沃什《冻结时期的诗篇》(林洪亮 译)

对此，我深信不疑。今后小说家们要把自己的作品当成是地球长诗的一个章节，才会写出伟大的小说。

如果你有更伟大的志向，想要写出另一首长诗，那你就得生活在火星上。

2022.5.24

球形电视，或鱼脊的割线

班 宇

我在很大的风里走路。风从三月吹到了四月，自在盘旋，形成了一条悬空的道路，行于其间，什么都有，花粉、围墙、路标、影子与心事，只是缺少自己的家庭住址，那么也就无法召回死者的声音。我从诗里读过这一点。扩音器在喊，不分昼夜，全是祈使句，严格的警示，破碎的逻辑，底部又有一点尖尖的颤音，像是婴儿恼怒的鸣泣。我有时会想，录音的是谁呢，长什么样子，怀着怎样的心情录下这些话，他会为此得意吗，会梦见电子羊吗，还是也有羞怯，他在这样的大风里走过路吗？我走过他走的路吗？那么，我们到底要去什么地方呢？

一个老人坐在门前的阶梯上，旁边是一盆花，放了很久，叶背残缺，但没死掉，他们看来像是一对准备谈点什么的旅伴。老人的小腿伸去外面，日光温吞地照射着，他的上身向后仰去，有人经过时，就缩回来一点，相当顽固，也相当机敏。老人比我上次见到时要年轻，那时他在不停地咳嗽，右手一直捂着嘴，像是低语的农民，准备集结同伴，现在不了，他学会了忍耐，像是忍耐生命里的许多杂音。我在对面的长椅上坐下来，用手机放上几首老歌，柳絮在空气里跳舞，一辆车很慢地开了过去。春天来临，夜幕垂落，我想，我们谁都不知道应该如何把握对方，有时候需要的可能是一只手电筒。

上一个春天里，我同时读的是特德·休斯、菲利普·拉金和安·卡森，感觉到了一种惬意的紊乱。现在是李立扬和詹姆斯·K.巴克斯特，历史和云彩的旋转，别开生面的混沌比照，却总有出其不意的锋刃刺入，比如张桃洲所译的《猪岛书简》，被我暗中窃来，常常默念，与所经历的现实互文：

> 一盏街灯闪烁而降
> 在强健的水域，阴影中的身体上，
> 一张月亮白脸上的泪水，出自
> 水之坟墓的时间的话音，说给
> 那些幸运地在悲伤的人听。

很难描述这到底是一种什么样的声音，严肃、艰苦、强力、卓绝，持着审判与必将衰亡的勇气，同时也拥有足够精湛的技艺，维持着一种近乎绝对的信念。显然，这样的诗与作者的实践密不可分，写诗也是在开垦荒地，徒手劳作、供奉，为一个无所不知的神明。阅读诗歌时，我也经常怀着类似的憧憬。这种憧憬有时十分隐蔽，包含了一种难以言喻的自由与羞怯；有时则如嘶鸣的奔马一般，驰骋于心灵的草原，冲撞着身体与精神的秘密。

毋庸置疑，无所不知的神明正洞察着我们的记忆。由此，对于它的转述更像是一个致命的伦理问题，没人能够和盘托出，也没人能在虚掩的实体里穿梭自如——尽管我们自身散漫遍布的孔洞较之礁石或海绵还要诡谲、繁密，灌满了悔悟的白色泡沫，而那不仅是为了提供呼吸与逃亡的多重通道，相反，它恰好构成了一次时间视界的终极展演方式，一个活动着的、微生物式的玻片标本，一场完满、圆熟、宽忍的露天戏剧：现实从何时起始，故事又在何时终结，循着无尽的有丝分裂进程，我们可以随时冒用一个叙述者的身份和位置，扮作绅士、厉鬼与歌队，错进错出，将此种历时性的认同组装为新的共有价值。另一重解释来自英国作家伊夫林·沃，其诚实的动机也可以源自希望能够理解刚刚过去的事情，在关于特定时刻的摹仿里，完成与自我本身的交替动作，或者仅仅是取悦一个不太必要的、始终位于弱势的行动者之影。

如果诗歌的本质可以生成对这种转述的一次反驳，为人与世界之链提供一枚象征性的齿轮，以便于平行、跃升或坠落，那么，关于诗歌的追忆也从另一个维度上解释了它的基本原理。词和句，停顿和空缺，节奏和意象，连带着它们所释放的短暂幻觉，不仅作为一种"被训练的记忆"（保罗·利科语）侵入日常的节拍，塑成生活的要务，也反过来使我们得以建构其余的事物——尽管可能所剩无几，这种近似于命名的壮阔体验在一些时刻仍会发生，以自身为例，第一次读到艾伦·金斯堡的《向日葵箴言》时，不过是其中的几句：

> 我们的内心都是美丽的金色向日葵
> 我们获得自己种子的祝福，有
> 金色，多毛，裸露而有成的身体，在落日里
> 成长为疯狂的黑色正宗向日葵，我们的眼
> 在怒奔的火车头阴影下看岸边日没
> 旧金山的山景罐头黄昏孤影幻化

初中时的一个下午，盯着希腊字母、方程式、断续的辅助线，我反复默诵最后一句，旧金山的山景罐头黄昏孤影幻化，旧金山的山景罐头黄昏孤影幻化，旧金山的山景罐头黄昏孤影幻化，非常轻易地取得了一种致幻的效果。周围的空气被夕阳之焰革新了密度，水汽如远去的箭矢一般飞速消逝，桌椅变形，时远时近，唯一不变的只有挂满画像的白墙，黑板上的符号也趋于立体，勾勒出未来的、难以估量的优美弧度。也如亲临异国的落日场景，一片死寂而恢宏的末世，罕有人迹，只有废弃的乐园、铁轨和火湖，咏叹调式的汽笛声，大面积播种的向日葵，排列规整，如同夜行的军队，贪婪地吞噬着地母的毒素，朝向最终的毁灭疯狂滋长。在其背后，站着一位见不得光的救世主——你永远无法看清他的面容，唯一能与之对抗的感觉就是身上四处窜动着的、近于庆典式的无名之怒。无论做何种诠释，表面上的冷静、透彻，或根深蒂固的内在恐惧，都无法取消它的实在体验。这一境况，如织田作之助在《青春的反

证》里所说："还没有学会体会被人疼爱的感觉，但肌肤已经懂得感知冰冷的世间。"像是一桩难以启齿的隐疾、家族遗传的丑闻，也受制于经验的想象、想象的经验，无法被征服的知觉世界，临场面对先知时的口吃与慌张，总而言之，诗句如一场人工降雨，也如眼球上密布的红血丝，发热的炎症，扭转着午后的幻境。

这一段不完美的译文并非来自某部诗集，而是乐评人郝舫所著《灿烂涅槃》，副标题是"柯特·科本的一生"，出版于 1996 年，我在 2000 年左右辗转读到，关于造反之梦的降生或陨落，英雄式的书写笔法，亦舞亦歌，几乎立刻使我感染上了一种"历史性的忧郁"，显然，也与世纪末、叛逆期、内部独白、年轻的死亡等息息相关。在当时所感知的环境里，无论是诗歌、音乐或是奇异的图像，这些所产生的情感只能导向一种隐秘的心理——耻。耻于共鸣，耻于震颤，耻于沉溺与落后，耻于成为异类，耻于非共同体的觉知。不完全是实用主义的功效，它的另一层含义也在于：一切似乎已终结于"金色、多毛、裸露"的 20 世纪 90 年代，或者 60 年代、70 年代，这不重要，对我来说，它们的距离大致相等——上帝的枪声此起彼伏，在越南、在波兰、在美国。而此刻，混乱结束了，21 世纪不可避免地降临，预付了人世全部的无聊，不再有奇迹和神迹，刀斧、骑士与暴风消失于晦暗的前夜，我们终于迎来了百无聊赖的晴空，号角失声，桅上的帆一动不动，你可以选择向左，或者向右，浪潮驱动，所抵之处没什么不同。一位新鲜的，自由的，貌似独立的，无须听从或依附任何规则的遗腹子，究竟应当如何确认自己的航行坐标呢？远方隶属于虚构，无非一簇簇透支的光明，人如飞蛾，朝着它行去时，便会一点一点察觉黑洞的炙热，如隐形委员会的那本书里所言："我越想做我自己，越感觉空虚。我越想谈我自己，越无话可说。我越追求自我，越疲惫不堪。于是我像残障，用博客、财产、名声、八卦作为我的义肢，永远处于半毁损与半衰弱的状态。"

《灿烂涅槃》一书躺在我的课桌里约十五个月，期间被借阅几次，被翻得脱页，像是掉帧的影像，以致我从未按次序完整读过，却几可背诵，因所有琐碎的时间都用来研读其中的章节片段，开始是个体的成长、乐队的组建经过，十足的少年心气，接着是风华正茂的西雅图音景、一大群加尔文主义者、冒险欲望的丧失、不可撤销的毁灭之路，再后来是题记里零散的诗句与小说。在引文里，我第一次读到了艾伦·金斯堡、西尔维娅·普拉斯、迪伦·托马斯、兰波等，译文无头无尾，形似绝句，从漫长的命运历程里跳了出来，躬身登台亮相，唱诵着一曲令人费解的雅歌，剩余的部分全凭想象。至此，阅读变成了一次小心翼翼的侦破过程，需自行补全，以仅存的线索、跳跃的隐喻、臆想的逻辑拼接出一幅更为庞大也更加残缺的生命图景——近于一种实体，以撕裂或烧毁的方式进行无限重构，在消解之后，真正的形象依然存续于叙事、记忆，以及行为、行动的痕迹与副本里。这样说来，似乎又包含着一种十足的虚伪和圆滑：凡所经历的，必然完满，且有价值，如果没有，就用权力去赋予，使其正义，至少值得再次贩卖。事实上，想起过去的时刻，最接近于诗歌的，不过是一句从天而降的呓语，被地下乐队写进一首阴郁、诡魅、布满污渍的歌里：傍晚的人造长街上，光在减弱，云朵涣散，一位疯人如同钟摆，每日准时出现，提着机警的目光，走过来再走过去，形成一个不规则的、动荡的圆环，一边走着，一边急速地喊出四个字：球形电视。更像一种吞咽——四个字变成三个，两个，最后只是一个模糊的辅音。它朝向街边的树木、淋湿的石柱、阴干的衣裳，也朝向匆匆而去的行人，没有能量，没有意义，不是求救，也不是任何人的代号，只是一枚反复映射、轮番上演的透明晶体，人在其中变形，疯人变作人形。球形电视，球形电视，疯人和我们一再出现，球形电视，球形世界在转，它在转。

在转动之中，我成为一场事故的目击者，所就读的高中很像是瘫痪在床的病患，被莫名的运动分批次袭击——至少有一半的部位无法动弹，属于不可触犯的禁区，早已被封印，甚至不能提及，包括科技馆、泳池、室内体育场和图书馆。我们被告知的理由也是千奇百怪：泳池常年停水，跑道可能变旧，实验设备必定折损，至于书籍——请问，你们的课本读完了吗？我想，这些不过是借口而已，真实的原因只有一个，那就是，它们在建设之初就被下定长久的诅咒，一经破除，魔王问世，后果不堪设想。偶尔，望着夜间楼角上闪灭的红灯，如同一句警世的箴言：潘多拉，所有人都恨你，你该明白你没有这个权利，我们的幸福从此就难了。

也有例外时刻，高中二年级时，学校进行修缮改造（这项工程至今仍未终结，断续近二十年，有时我怀疑改造的对象并非建筑，而是人），之前只存在于传说中的图书馆暂时挪至大厅的角落，如一座临时搭设的中药店，一侧是无数的药柜抽屉，装载手写的图书信息卡片；另一侧是位戴着眼镜的中年妇人，体型瘦弱，衣着整齐，每日只是枯坐，不停地自言自语。有段时间，我很想听听她到底在说些什么，然而，每当有人贴近时，她的声音就会低下去一些，像是担心惊扰了他人的行走，或者被掠去残余的心神。我总会竖起耳朵来，可惜只听到过为数不多的几个无关紧要的词句，诸如：你看，其实，再说，也就是说。我猜测，她一直在为自己解释着一件非常困难的事情，偶尔也会安静片刻，过不了多久，叙说机器再次启动，如在背诵台词，周而复始。我想，这可能是一个极为痛苦的过程：列出了所有的理由，却依旧无法说服自己，似乎在哭，却没有流眼泪。全部牢固的理由一而再地动摇，化为新的未知数，而非答案。她像是一只正在老去的訛兽，背倚着的古旧书籍是毕生说过的谎言，若有人从中取借、阅读，便再也说不出真话来。

在这样的思绪里，利用午休时间，我几乎翻遍了全部的图书卡片，馆内所藏文学类书籍极少，多是实用教材、习题册，或惊奇、武侠、历史类的小说，采购于80年代，我只借回来一套书，1981年出版的《马雅可夫斯基诗选》，飞白译，上、中、下三册。出版年代较早，书却很新，依据卡片上的信息，我应是历年来的首位借阅者。这套书在我手里也放了很久，直至临近高考，才归还回去，可能也有十五个月。那时，图书馆已经搬去四楼，紧邻医务室。那位中年妇人在登记信息时，跟我说，哦，你们的班主任我教过，他很不错。我说，是吧。接着问我，想好考哪里了吗？我说，还没，要看预估的分数。她说，哦，现在可以预估分数了，你估计能考到哪里呢？我说，不知道。她说，多少分呢？我说，也不知道。她说，不该借你。我说，什么？她说，这套书，我就不应该借给你这样的。我没说话，陷入一阵恐慌之中，转身出了门，走下楼梯，一直在想的是，我这样的，我这样的，我到底是什么样的呢？

　　这个问题或许可以关联诗集的附录部分《我自己》，比之语调铿锵的、口号式的诗句，未来主义的胡言乱语，满怀热情的歌颂与控诉，以及阶梯状、搏动着的格律样式，全书只有最后的这部分离我最近，马雅可夫斯基写道：我在自己的年表里自由游泳。其中多是断片式的记录：

　　　　楼上是我们的。楼下是个小酒坊。一年一次——大车拉葡萄。酒坊榨。我吃。他们喝。这一片全属巴格达地一座非常古老的格鲁吉亚堡垒的领地。堡垒围着墙，四四方方的。堡垒四角，有木头掩盖的炮位。墙上有枪眼。墙外有壕。壕外边有树林和豺狗。树林之上是山。我长大了点儿。常常往最高峰跑。山岭向北方低下去。北边有个缺口。我幻想那就是俄罗斯。

或者：

　　　　我给他读了《云》的几段。深受感动的高尔基哭湿了我的整件背心。我用诗触动了他。我颇有点翘尾巴。很快就搞清楚了：高尔基是会伏在每个诗人的背心上痛哭的。

　　在这样的叙述里，似乎展现了另一个轻柔、鲜明的时空，用以区分那位高亢、嘹亮、深沉、热衷运动的未来主义革命者，摇曳于悠长的历代，一些恒定的景象映衬在他身后，友人与宗教，堡垒与荒原，行吟者必将不朽。与此同时，我对于摇滚音乐的喜爱程度与日俱增，此时已有差不多四五年的聆听经验，热情从未折损，每天脑子里想的都是乐队及其作品，如饥似渴地在音乐论坛里汲取着无用的知识，逛遍每一个帖子，在文学板块里，也有人谈及小说与诗歌，多是余华、王小波、凯鲁亚克、太宰治一类，诗歌部分则以垮掉派为主。艾伦·金斯堡的《嚎叫》不时出现在各个论坛里，主动或者被迫，我读了一遍又一遍，眼看着好几代最杰出的头脑毁于疯狂，次数多了，难免生出一些怀疑，依我观察，每个人似乎都认为自己具备着杰出的头脑，并且已然毁于不可逆的疯狂，虽然可能还无法参透它到底为何物。与之相衬的是南京乐队 P. K. 14 早期 Demo 作品《蓝色的月亮》，传播广泛，怪异、病态的唱腔之下，唯一能听清的歌词是"我准备好了，我准备好了，让我烂掉吧"，于是，不少人由此称自己是"烂掉的一代"，没有法则，没有行动指南，不必上路，只是等待烂掉。对于"烂掉的一代"来说，较有标志意义的读本是马克·斯特兰德编选、马永波翻译的《当代美国诗人：1940 年后的美国诗歌》，出版于 1999 年，老实说，今天看来，其中许多翻译不那么成立，略有生硬、仓促之感，但在当时，人们似乎下定决心要从中破译出来自身的形象来，约翰·贝里曼、伊丽莎白·毕肖普、格雷戈里·柯索、罗伯特·克里利竞相闯入屏幕，或长或短，错字连篇，不妨碍各人从中取用所需的那一部分，回避艰深的恐惧，以残句洗脱罪名。读此书时，我印象最深的是罗伯特·派克的《船》：

> 尘暴消失在他的眼中
> 他向下看着我。一个港口升起。
> 我问，"父亲，你死时发生了什么？"
> 他告诉我所有的水流向哪里，
> 并平静地为我穿上衣服。

这样的诗作与我读过的海子、卞之琳并不处于一个体系，必须说的是，我当时没有读到他们更多的作品，只是针对课本上的文字，产生了一种天生的抗拒，认定其必然是一种经受规训的话语，呆板、僵硬、虚假，为着某个不可告人的目标而服务，罔顾美学，只在反对的姿态里草率、鲁莽地寻求着自己的位置。至于外在原因，套用《安提戈涅》里面的台词，也就是："你们的幸福和你们那种非爱不可的生活让我恶心。"这种无因的反叛愈演愈烈，波及所有，难以遏制，我买来一本盗版的北岛诗集，读后也是十分失望，整本书里都找不到一个心意相通的句子。后来，听到同龄的朋友讲述她在领操台上朗诵北岛、激动得将诗集撕成碎片时，我非常困惑，完全不能理解。这种过分混浊的情绪在我读到李亚伟的《中文系》时到达了顶峰，在一本诗选的开篇，我读到了它的首句，立刻产生不良反应，"中文系是一条洒满钓饵的大河"，在我的想象里，那更像是一条涌动着红虫、遍布陈腐之物的脏河，没有任何生机与作物，浑浊翻涌，油污遍布，满目的饵料如同密密麻麻的尸首。我当即决定，绝不报考中文系。

　　正是这一系列褊狭、失误的读解，使得我在很长一段时间内对诗歌的态度暧昧不明。好在，我于打口碟之中重新发现了查尔斯·布考斯基与威廉·巴勒斯，他们的朗诵录音售价低廉，感兴趣的人不多，甚至被当作赠品，我得到后，反复听上许多遍：前者的声音不像是常年烂醉、口齿含糊的酒鬼，接近于一位字斟句酌的脱口秀演员，发音清晰，语调亦庄亦谐，极为高妙地控制着情绪，听众的笑声从头到尾都没有停下来过；后者更符合我对于垮掉派的认知与想象，流露着满不在乎的劲儿，节奏分明，风格多变，表演成分很强，很像是一部B级片里黑衣人的画外之音——既是上帝、杀人犯，也是小丑、浪荡子，或循循善诱的骗子。此外，威廉·巴勒斯跟许多出色的乐手合作过，从而使其诗歌、小说取得了一种更为复杂的诠释。

　　十五个月，我在校外公寓的客厅里，也躺了这么长的时间。大学二年级时，我与朋友搬出去住，分得一间过分宽敞的客厅，至少可以摆下两张乒乓球台，也许还能安置几个观众的席位。我的物品不多，只有单人床、写字桌、一把椅子、几件衣服，以及一些零散堆积的书籍，无须遵循校园的规章制度，生活变得自在一些。我很少去上课，几不出门，每天只是躺在床上听唱片，一张又一张，直至熟悉每个小节的过渡与转折，在头脑之中发展出另外一首歌曲来。偶尔，也会读一点书，以小说为主，卡夫卡、亨利·米勒、塞林格和巴尔加斯·略萨，也有诗歌——还是无法依赖图书馆，我所在的工科院校里，馆内唯一能读的文学类书籍只有杰克·伦敦，在程序设计与数据库技术的双重倾轧之间，既不太野性，也很难发出任何的呼唤。

我从朋友处得到一套外国文学出版社 1985 年出版的《美国现代诗选》，第一次得以了解美国诗歌的诸多派别，看起来像摇滚乐的风格一样眼花缭乱、令人着迷，每种流派都有着自己的发生环境，向世界展示着不同的声部。由此，我读到了罗伯特·弗罗斯特、埃兹拉·庞德、威廉·卡洛斯·威廉斯等人的诗作，在对其发生背景未做充分探究的情况之下，这套诗集反而促成了我在另外两个方向上的诗歌兴趣。其一是对俄罗斯诗人的阅读，诸如曼德尔施塔姆、阿赫玛托娃、茨维塔耶娃、帕斯捷尔纳克等，觉得他们的诗歌具备着无比的超越性，声调中正，深情、勇敢且开阔，怀着至高无上的悲苦及眷恋；其二是开始阅读一批国内诗人，起因也是一套 90 年代的自选诗集，作者分别为欧阳江河、西川、陈东东和王家新，也试着摹写过几首。很快，我的兴趣转向第三代诗人，现在想来，与其说被其诗作吸引，不如说是那些流传开来的轶闻、争论，以及充满活力的现代语言诗学主张，在这些作品背后，似乎存在着一个蓬勃、激进、旷古烁今的诗歌现场。不过在很短的时间内，我便对其丧失兴趣，觉得其中的部分观念充斥着一种悖反的实质，清除意义的同时也将自身铲除，那些残余的留白和诗意或许足够微妙，却无法令我获得更大的满足感。

对于初建整套诗歌审美系统来说，这样的阅读显然并不充足，不过我当时意不在此，主要进行的写作皆与音乐相关，诗歌对我来说，更像是一种谐振工具，用以叙事或抒情，校准音序，或抬高一个调门。比如，我在讲述一支极端金属乐队时，引用过杨炼的《诺日朗》，"强盗的帆向手臂张开，岩石向胸脯，苍鹰向心"，抛却时代和语言背景，类似的表述与聆听时的心境不谋而合；撰写另一支纽约无浪潮乐队时，则在不断地引用特德·贝里根，为此也译过几首，其诗歌的组成、运转方式与乐队的作品似乎经受过相同的精神洗礼，我很喜欢那首"列清单"式写法的《死去的人们》：

安妮·开普勒……我的女友……死于烟中毒

当她在扬克斯儿童医院演奏长笛时

在一场一个十六岁纵火犯放的火里……一九六五。

弗兰克……弗兰克·奥哈拉……在火岛被一辆卡车撞死，
一九六六。

伍迪·格斯里……死于亨廷顿舞蹈病，一九六八。

尼尔……尼尔·卡萨迪……死于冻馁，整夜他睡在

狱中在墨西哥铁轨旁……一九六九。

弗兰妮·温斯顿……还是个姑娘……在底特律安·阿巴高速
公路，

从牙医处返回时

车毁人亡……一九六九，九月。

杰克……杰克·凯鲁亚克……死于酗酒和愤怒……一九六九。

以他们的死使我心跳变慢的朋友们现在与我在一起。

　　这首诗使我想起娄·里德献给安迪·沃霍尔的歌曲《你好，是我》，不同之处在于，前者是站在故友墓碑前的交谈，特德·贝里根则是断续的低沉自语，记得所有的姓名、年份与死因，并且一直活在这些死亡之间，记忆一帧一帧漫过，省略号代表着更多的生命细节，一种深沉的悲恸在平实的记录里涌现。那些逝去的名字组成一则越来越长的咒语，无法终结，也就无法真正告别，只能等待着将自己的名字填在队列的最后。后来我读波拉尼奥时，发现他也写过一首关于特德·贝里根的诗歌，提供了一个阅读的时刻：78 年冬天，在巴塞罗那，那时候/ 萝拉还和我在一起! 十六年前/ 特德·贝里根出版了他的书/ 也许十七或十八年前他写的/ 而我在某个早晨，某个下午/ 迷失在街区电影院里试图看这本书/ 当片子结束灯光亮起的时候。

　　"片子结束灯光亮起的时候"，特德·贝里根的诗总是处于这样的明与暗、赞成与反对、感性与思辨、戏谑与严肃之间，十足忧郁的矛盾体，活在一个逐渐消散的时代，所有的人终将一去不返。大学的最后一年里，我经常走去海边，口袋里装着一本他的英文诗集，不怎么翻开，权作一

枚黑白色的护身符。天空低垂，压迫着短促的视域，海浪不倦地袭来，像在奋力埋葬着什么事物，可那到底是什么呢？告别的时刻即在眼前，但是，我们真正能够告别的又是些什么呢？我无法在诗里找到答案，这也许不是一个需要回应的问题，剩下的句子是下一次的海浪，此刻正昂起头来，越过岸边，与我对视，催促着离开。

　　直至一个傍晚，我见到一艘返航的渔船，不足十米长，木质船身被海水浸得发黑，如同某种不朽的金属，舱内结着破损的网，随风卷动，鱼在船底，人站在上面，不知究竟谁是猎物。在我的请求之下，渔人再次离岸出海，马达声覆去我们的对话，不知道将驶向何处。不多久，船停在海的中央，夕阳渐落，我见到了水天交界处那一束荧绿的光芒，像是燃烧的坚冰，映着远处平静的海面，无数的精灵时隐时现，交叉跳跃，喋喋不休。一只海鸟疾速飞过，在水上点了两下，荡出微小的波纹，如同蘸去墨汁，轻快地写下一行隐蔽的诗句，船身与其周旋，将之湮灭。我想到了两句关于水鸟的诗，一句是：有一种力量关照着你/ 教导你在无路的海滨/ 荒漠和浩渺的长空/ 独自漫游，不会迷失。另一句是：只留下翅膀上的羽毛旋转着连根拔起/ 在后来有鱼脊切割清澈空气之处。并非天惠时刻，不过确有一只身躯颀长、脊背光滑的小鱼，在此时跃出海面，周身银色，近似一块游动的锡，只一瞬间，便又落入水里，也像一片发光的叶子，刺着双目，在空气中滑开了一道晶莹的弧线，分去光明与引力，海水与次日，不存在的罗盘与口袋里的诗，长久不曾隐退。

诗歌的机缘

李 唐

　　诗歌与我的关系其实很简单：假如没有接触诗歌，也许我就不会想到选择写作。我的写作由诗歌始，虽然现在写得少了，但诗歌仍是我写作的血液。

　　我永远忘不了初中时被文学击中的场景，那是我第一次感受到文字的魅力。源自一本俄国诗人叶赛宁的诗集，80年代的旧书，薄薄一本，封面简约，蓝色和白色。应该是我爸年轻时买来的，但他完全没印象了。总之，它在家里的书架里放了二十年，直到被我重新发现。

　　叶赛宁的诗富有音乐性，通俗易懂。广袤的俄罗斯大地，风雪交加的西伯利亚，在叶赛宁的诗句中仿佛触手可及。诗歌就这样为我打开了一道神奇的门，而这种"敞开"是双重的——既有完全陌生的经验的补充，还有就是对于语言本身的震撼。

　　对于经验，诗歌浓缩为画面，向我传递了超越时空限制的异国想象，这固然是文学的魅力，不过，对于语言本身的震撼却有更重要的影响。我还记得叶赛宁形容农夫手里抱着的小狗，"就像抱着月亮"（大意）。狗为什么会像月亮？当时的我非常困惑，但我实在地感受到了，没错，那狗在农夫怀中确实如同月亮。它向我传递的不仅仅是画面或异国经验，而是语言本身。

从此我也开始写诗，为的是弄清楚语言中的魔力。我冥冥中感到诗中有某种说不清道不明的东西，它本身是反对阐释的，或许只接受呈现。语言，只有语言可以呈现这种模糊。它甚至关乎世界的真相——每个人实际上都置身于陌生且模糊的地带。一个人活着，一个人的存在，就是不断质问或感受这陌生与模糊的过程。于是，诗产生了。

假如诗歌可以得到阐释，我可能就不会再迷恋它。高中以来，我几乎读遍了能够找到的所有中国当代诗人。从朦胧诗开始，到第三代诗人，再到诗歌论坛……那几年，我沉浸在诗歌对自身存在的呢喃中。诗对我是异我般的存在，像是一个人的内心剧场，上演的戏剧比现实生活更加真切。

没有诗，我就不会写作。诗歌锤炼了我的语言，为我打开了多维度的语言空间。后来，我开始写小说，但我认为本质依然是诗的。如今我也许很少再写分行的短句，可我依然会把小说看成诗的一种形式。诗是语言的至高存在，同时也是语言的基础。当我们进入语言，也就不可避免进入了诗。那是对于存在本质的探寻，是对生存在这陌生且模糊的世界的回应。

感谢诗，如果没有爱上诗歌，我也就不会迷恋文学，更不会开始创作。导演杨德昌曾说，电影的发明使人类的生命延长了三倍，而文学岂止延长了生命，更是再造人生。我在文学中体会到了比自身丰富百倍的体验，并且以自身为回应，开始创造属于自己的文学世界，探索自身的存在。这是辛苦但无比幸福的道路。

最后，我依然想回到那本薄薄的蓝白色诗集。如今，我很少再翻阅它。叶赛宁仍然是传统的诗人，假如是现在的我初次读到，恐怕早已弃于一旁。但是，它出现得恰到好处，属于某种机缘。文字确实也离不开机缘。不知道什么时候，不知道哪个时刻，那句诗没来由地出现在我们的生命中，从此一切截然不同。

诗

人

论

评

蝴蝶，或在语言中自如地滑翔

—— 臧棣植物诗的语言创新

西　渡

臧棣最近出版了他的新作《诗歌植物学》。这是一本规模宏大的诗集，是诗人关于植物的诗歌全集，收入诗作 291 首，写作时间跨度长达 35 年，涉及植物的数目与诗篇数目约略相当。书分三卷，第一卷咏花，第二卷咏树，第三卷则分咏入食、入药各类植物。书腰上说诗集"涵盖了日常生活中所能见到的全部的植物，是诗歌史上罕见的集中书写植物的诗集"。前半句语涉夸张，后半句却是实情。即使在农耕时代，中外诗史上似乎也找不到规模相当的同类个人诗集，郭沫若当年诗歌大跃进，也只写了"百花"。与传统的植物诗相比，本书在主题、方法、风格、语言上都有引人注目的创新，可以说发明了一种具有鲜明的臧棣特色的植物诗学，或许应该说是臧棣诗学，因为其原理是普遍的，并不限于植物诗。无论从规模，还是从诗学意义的发明上看，这本诗集不但在臧棣个人创作史上，而且在当代诗史上兼有标程和标高的意义。本文拟对臧棣植物诗在语言上的创新加以分析，探讨其对当代诗歌的启示。

作为诗人，臧棣身上最不可及的是他的语言能力。臧棣将近四十年的诗歌写作生涯伴随着现代汉语表达边界的刷新，它的灵活性、柔韧性、活力和可能性的展示，以及词法、句法和章法的发明。臧棣的诗歌表达——如果他那种种语言发明也可称为"表达"的话——有鲜明的个人特征，它尊重语法，但不盲从语法；它利用语法，自如地穿行于语法，又以高超的手腕抻长语法的边界，扩大表达的领地，更新语言的秩序，但既没有非法的吞并，也不造成秩序的迷失。臧棣对语言秩序的更新始终是建设的，而非破坏的。惯于步行的语法在臧棣的诗里被诱惑跳跃和飞翔。所以，语法没有被冒犯，而是被激发。读他的诗，我们随时会遇见飞翔的汉语展示最轻盈美好的姿态。随着臧棣诗歌影响的扩大，某些由其创始的陌生表达——例如胡续冬所指出的臧氏"拉伸术""谐音术""实词手术""虚词魔术"——正从诗歌向散文传播，也许，不久的将来就会成为汉语表达的正常部分。

　　臧棣诗歌语言的一个显著特点是它的川流不息，以及与之相伴的飘逸、轻盈之姿。对这种境界，他曾引用罗兰·巴特的说法，称为"在语言中自如地滑翔"。[①] 这种流动性关联语言和意识：意识的活跃滋生了语言的流动，语言的流动也养护了意识的活性，也可以说语言和意识在臧棣的诗中实际上是一体两面，或者毋宁说是异名同实的。这种流动性以句子为基础，而不是以词语为基础，看起来像是一种散文式的行云流水。苏轼说："吾文如万斛泉源，不择地而出，在平地滔滔汩汩，虽一日千里无难。及其与山石曲折，随物赋形而不可知也。所可知者，常行于所当行，常止于不可不止。"（《文说》）又赞扬谢民师文章"如行云流水，初无定质，但常行于所当行，常止于所不可不止，文理自然，姿态横生"（《答谢民师书》）。人们通常把文章的这种境界理解为自由，但废名指出"行云流水乃是随处纠葛，他是不自由，他的不自由乃是生长，乃是自由"。[②] 表面上看，臧棣摇曳多姿的句法和章法很像东坡文章，但其实是两种性质不同的行云流水。"行于所当行，止于所当止"是以语言为表达的工具，"辞达"是它的目标，苏轼所谓"辞至于能达，则文不可胜用矣"，这种行云流水在主体是自由（驱遣语言），在语言本身则是随物赋形，是不自由（被驱遣）。这是散文对待语言的典型态度。臧棣的行云流水与此不同，它是语言自身意志的体现。在下面的诗行里，"无人区里

① 　臧棣、木朵：《诗歌就是不祛魅力》，载《青年文学》2006 年第 9 期，第 76 页。标题中的"力"当为衍文，正确的标题应该是"诗歌就是不祛魅"。

② 　废名：《以往的诗文学与新诗》，载《论新诗及其他》，辽宁教育出版社，1998 年，第 26 页。

的密丛草本，/ 以沙尘暴为洗礼，但开出的/ 紫蓝花朵却像蝴蝶同情/ 你害怕孤身一人去勘测/ 干燥的戈壁里的神迹"（《马兰花入门》），"同情"的语法功能被发挥到了极致，可以说走到了语法的边缘，但确乎是词语自身意志（"同情"）和句子能量的体现，不是随物赋形。我们再看另一个句子，"它有蚕豆的脾气，/ 茫茫戈壁里没有其他的节日，/ 于是，它将体形大于它百倍的骆驼抛向天空。/ 炎热的空气以为接住的/ 又是一个关于迷路的动物寓言；/ 一松手，原来是我们的替身/ 想偷偷地再喝一口骆驼奶"（《骆驼刺丛书》），这是把语法和语义功能都发挥到了极致。骆驼刺把骆驼抛向天空在散文的逻辑里是不可思议的，这是从"骆驼刺"这个名词所产生的想象，因为"骆驼刺"的名字确实顶着一个"骆驼"，动用一下想象的神力，谁说骆驼刺不能把骆驼抛向空中呢？但这只是诗人给我们的第一个意外。接下来，诗思的推进更加意外迭生。炎热的空气居然接住了——按正常理路应该是被抛向空中的骆驼，然而，却是——"一个关于迷路的动物寓言"，这是第二个意外。"迷路的动物寓言"把前述的"骆驼"虚化了，从外向的所指转向内向的能指，明确它是"骆驼刺"这个名词身上负载的"骆驼"，而不是外部世界的实物的骆驼。一松手，"原来是我们的替身"，这是第三个意外；接下来一转行，我们发现还有另外的意外等着我们：不是我们的替身，而是"我们的替身想偷偷地喝一口骆驼奶"。多么摇曳的想象，多么跌宕的诗思，多么花样的句法！真是行云流水之至了，但决不是随物赋形，而是语言所到之处，"物"自动显现。这是荷尔德林/ 海德格尔所谓"词语破碎处无物存在"这一反题的正题，也是"臧棣的诗几乎不会走直线"，"词语不断地做'转体运动'"[①] 的根由。如果我们用直线的散文把这些诗句的意思解释一遍，大概不外这样：沙漠上饥渴的旅人看见骆驼刺，而联想到骆驼，进而在饥渴的作用下幻想喝一口骆驼奶。这是诗歌想象的经验/ 心理依据，然而诗人从这样

---

① "臧棣的诗几乎不会走直线"出自敬文东《道旁的智慧——诗人臧棣论》（载《当代作家评论》2001 年第 5 期，第 113 页）；"词语不断地做转体运动"来自木朵《臧棣："诗歌就是不祛魅"》（http://bbs.tianya.cn/post-books-26897-1.shtml，登录时间 2023 年 3 月 10 日）。

的经验出发，创造了一个全新的诗的经验，也挑战了语法和语义的极限。令人称奇的是，曲折的诗思却并没有剥夺语言自身的意志，相反，它自始至终是从语言本身生发出来的。在这样的诗境里，不但语言的能指和所指功能被充分调动，而且语言指陈的对象和语言符号的内指/自指功能被编织在一起，结构出一种特殊的虚构文本。在《臧棣：金蝉脱壳的艺术》中，胡续冬以《月亮》一诗为例分析过臧棣诗中比喻的延展能力。臧棣先把月亮比喻为一个句号，继而反问："……我们真的说过/那些话吗？如果疑问本身/就能构成否定，那么/又是哪一种说话的口气中/所包含的力量把它/推挤到目前的位置"，从喻体"句号"衍生出"我们说过的话""说话的口气""目前（句末）的位置"，仿佛弄假成真，其实是摇曳生姿，最能表现语言的自主性。周瓒认为"臧棣的写作洋溢着语言的欢舞气氛，充满着快乐的智慧"，同时"闪烁着智性的幽光"，[①] 正是说的臧棣诗中这类独特而醒目的语言现象。

需要注意的是，臧棣诗歌句法上的这种行云流水与散文的行云流水还有一个显著区别。散文的行云流水导向句意的流畅和畅达，所谓"文理自然"，但臧棣的行云流水拒绝流畅，甚至拒绝自然。他说："伟大的诗矛盾于自然"[②]，"我从来都有意识地要求我的诗歌语言'不自然'。我不知道为什么会有那么多的外行渴望诗歌或诗歌的语言'自然'"[③]。对此，他还有一番夫子自道："在我心里，我会特别警惕像'语言的惯性'这样的东西。因为它会导致一种表面的流畅。我认为现代诗歌的目标之一，就是要抵制这样的流畅，或顺畅。一种肤浅的结构现象。"[④] 在散文中，句法的行云流水和句意的顺达是互相配合的，这就是东坡所谓"文理自然"。但在臧棣的诗中，句法的行云流水却总是遇到句意的阻碍，两者的关系是对质的。句意若崇山峻岸危崖深谷抵抗着句法的一江水流，彼此激荡，

① 周瓒：《论当代汉语诗歌的书写者——论臧棣》，载《当代作家评论》2001年第5期，第120页。
② 臧棣：《诗道鳟燕总汇》（未刊本，2016年9月14日整理）。
③ 臧棣、木朵：《诗歌就是不袪魅力》，载《青年文学》2006年第9期，第77页。《青年文学》所刊为删节版，但所引一段话又为网络上流行的版本所无。
④ 木朵：《臧棣："诗歌就是不袪魅"》。

遂而处处急流险滩，乃至暗流汹涌，造就了臧棣诗歌语言最美妙的风景。"语言的惯性"通常导向往下的"自流"，而句法的行云流水和句意的奇崛之间的对峙，像飞禽的一双翅膀导向空中的滑翔——"在语言中自如地滑翔"，"分不清什么是天生的本能，什么是后天习得的技艺"。

语言意志的内核是语言对我们的爱，语言对万物的爱。语言的这种爱博大而无形，泛滥于宇宙，所以它亲密于世上的一切，遇到什么都忍不住抚摸一下，爱抚一番，然后继续悠然抑或浩然前行，奇迹在于，那被抚摸的东西也爱上了它，语言乃携着它一起前行。语言与万物交谈，语言热爱与万物交谈。这样的语言是万物的归心。它从低处流过，万物却俯身归向它。臧棣早年也曾用高于事物的姿态或者以虚构的主体身份说话，但迟至 90 年代末期，他就开始用一种私人的、亲切、微妙而迷人的语调对读者说话——这说法不够准确，其实他不是对读者说话，而是与读者谈话——他小心地排除了宣示的、预言的、教训的、决断的语调，《在埃德加·斯诺墓前》曾经得心应手地采用的评断语调、《咏荆轲》中克制的独白语调后来也较少采用。1999/2000 年，他在回答笔者的书面访谈中谈道："现在，我基本上是通过一个普通人的身份说话。……有一阵子，我认为诗歌中最着迷的声音是解释事物时的那种语调。最近，我觉得把事物当成消息来传递时采用的声音，也非常吸引我。"[①] 臧棣诗歌中当然不只存在上述两种声调。在我看来，至少还有两种语调同样具有典型意义：一种是寓言的语调，还有一种是带有疑问、诡谲、犹豫、退让特性的评述、分析语调，可以看作《在埃德加·斯诺墓前》那种评断语调的一个演化版。这些声音姿态的共同之处是对世界，对事物采取谦卑的态度，尊重世界的世界性，也尊重事物的物性。读臧棣的诗，我们只感到一个亲密的、信任的密友、家人，与我们亲切地交换对世界的看法，另外一些时候，则与世界交换对我们的看法。更确切地说，这个声音的所有者不但是我们的家人，也是万物的家人。在我看来，臧棣诗中最令人

---

① 臧棣：《假如我们真的不知道我们在写些什么……——答诗人西渡的书面采访》，载肖开愚、臧棣、孙文波编《中国诗歌评论·从最小的可能性开始》，人民文学出版社，2000 年，第 272 页。

着迷的并不是他的想象，他的修辞，他的主题，他的智性，而是这个亲切的声音。我们会错过他的主题、智性、修辞和想象，臧棣自己有时也会错过，但我们永远不会错过他的声音的魔力，因为不管在什么题材和主题的诗中，这个声音的魔力永远在那儿，它征服我们，犹如空气。在《剥洋葱丛书》中，诗人说："也许关键并不在于有没有/ 好的办法消除他的不安，而是找不到合适的语调，像聊天那样/ 告诉他，剥洋葱剥到的空无/ 恰恰是对我们的一次解放"。这几行诗位于全诗结尾，"解放"是整首诗的最后一个词，根据全诗的主题，这个"解放"大可以看作诗对人的经验和意识的启示。在我看来，这些诗行的重要性不仅在于它们升华了这首诗的主题，更在于它们不经意地透露了臧棣诗艺的一个秘密，也就是语调的调适是诗艺锤炼的"关键"，寻找诗的切口，就是寻找"合适的语调"。对臧棣来说，这个语调的效果是聊天式的，其目的是通过这种聊天式的对话消除"他"的不安，安慰"他"的心灵。有人说臧棣是语言的魔术师，但我更愿意把臧棣看作一个卓越的匠人，魔术过于靠近一种外来的神秘力量，而臧棣和语言的关系更具有切身性，他把语言从表达的工具变成了身体的表达和表达的身体，语言不但与诗人合一，也与表达的对象合一，它诉说什么，就变成了什么。

臧棣诗歌的这种语言效果——也许应该称为语言的奇迹——密切关联着臧棣的语言态度。在我看来，臧棣的语言态度中有要点：一个我们刚才已经谈到了，就是把语言看成有生命的东西，诗人与语言始终处于亲密的互动中。或许，"看成"这样的说法，已经暴露了散文的局限，对于诗人来说，语言有自己的生命，不是一个看法，而是一个领悟，一个体验，一种行为。对此，臧棣有过极好的表达："当我越来越深陷于写作，我便感到语言有它自己的生命，有它自己的意志。……语言完全是一个活物。大约在 90 年代初期，我开始欣赏很可能是我虚构出的纳博科夫对待语言的方式：把语言作为一只美丽的蝴蝶来捕捉。语言和蝴蝶，有许多相似之处。至少把语言比成蝴蝶，会让我时常警醒语言是有自主生命的。蝴蝶在我眼里非常具有灵性。在野外捕捉蝴蝶，你就会发现蝴蝶具有一种幽灵般的能力，它能在你伸手触及它的刹那间，腾空翩翩飞起。

这对凡是自认为有能力驾驭语言的人无异是一种有力的嘲讽。……在许多层面上，作为一个好的诗人，必须展示出驾驭语言的能力；但是必须明白还有一些语言层面，我们是无法驾驭的；而只能像罗兰·巴特说的，听任我们的表达能力在语言自身上滑行。"[1] 在《诗道鳟燕》中，他说："大诗人则热衷于把自己交给语言，因为他懂得尽管这是一种极大的冒险，但却是成就生命的意义的一种方式。"诗人把自己交给语言，语言则负责把奇迹交给诗人。[2] 传统上一直被写的诗在诗人交给语言的意识下，也获得了自己的意志："而我正写着的诗，暗恋上/ 松塔那层次分明的结构——它要求带它去看我捡拾松塔的地方，/ 它要求回到红松的树巅。"（《咏物诗》）敬文东曾引此诗以证新诗的自我、自我意识、自我实现的意志。[3] 从根本上说，新诗这种自我实现的意志来源于语言的意志，"几乎每个词都冲我嚷嚷过：/ '见鬼'，或是'放下我'"（《搬运过程》）。词语对诗人的抗议，也是语言和诗人之间的谈判，盲目于语言的意志的诗人，会强使语言服从自己的意志，体察语言的意志的诗人，懂得与语言和解，向语言让步。这种态度最典型地体现在臧棣下述的声明中："我们这代诗人所能持有的最恰当的理想就是对语言的忠诚。"[4] 但臧棣的语言意识并不止步于此，它还有诗人对语言主动加以控制的一面。他说："诗歌是语言，但在某种程度上又抵制语言。也就是说，诗歌在本质上总想着要重新发明语言"。"有时，一个诗人会觉得他是语言的仆人，有时，他又会觉得他是语言的皇帝"。[5] 对臧棣来说，警醒于语言的意志并不是充作语言的仆从——20世纪80年代某些诗人的口号"不是我写诗，而是诗写我"把诗人和语言的主仆关系颠倒过来，却仍然复制了这一关系的主仆结构，不过是另一种狂妄——而是想法构建一种更亲密的关系。他说，"对我

① 臧棣：《假如我们真的不知道我们在写些什么……——答诗人西渡的书面采访》，第277—278页。

② 臧棣：《诗道鳟燕总汇》（未刊本，2016年9月14日整理）。

③ 敬文东：《新诗：一种渴望自我实现的文体》，载《文艺争鸣》2020年第7期，第133—134页。

④ 木朵：《臧棣："诗歌就是不祛魅"》。

⑤ 同上。

来说，语言是一种感官。也就是说，我希望能在自己发挥得比较好的时候，语言会成为我感知世界的一种内在的能力"。[①] 没有控制，就没有任何艺术，这是艺术的铁律。自动写作的神话在它诞生的时候就已经破产。臧棣这样有高度教养的诗人，才不会上野蛮人的当。臧棣对语言的控制力表现在他始终关怀语言与审美的关系，讲究乃至挑剔措辞。进而言之，臧棣对诗歌措辞的这种讲究不是局部的装饰，而是着眼于整体的全面更新。他说："新诗的措辞风格，在总体上面临着一次更新。"[②] 因此，"交给语言"并不是放任语言，更不是放纵语言——从这种放任和放纵中，当代诗歌已经吃过大亏。某种程度上，正是"交给语言"和控制语言之间不断的辩驳、互动、互相纠正——这里的分寸感至关重要，控制过度，语言会窒息，过度放纵，语言会反噬，或者说，语言的生命只有在这种控制与释放之间的某个最佳比例下才能得到最大程度的激发——催生了臧棣的发现诗学。臧棣的发现诗学有两个关键：其一是"语言在劳作"（见《发现》）发刊词，其二是"对于语言（也许更明确地说是现代汉语）的可能性的发现"。[③] 发现诗学把作者从一个创造者、立法者降低为发现者，其最激进的姿态则是解剖者，而发现的眼睛、解剖的手术刀都有赖于语言与诗人的亲密合作——离开语言，诗人将无事可为；离开诗人，语言将六神不安。

　　臧棣对语言态度的另一个要点体现在他对诗与散文关系的认识中。传统的诗和散文在词汇和文法上都有很大的差异。西方抒情诗从华兹华斯开始确认了诗和散文采用同样的语言的现代原则，中间虽然经历了魏尔伦"音乐高于一切"的反动，但总体上欧美现代诗就是按照诗文一致的线索演进的，中国新诗则由废名于20世纪30年代提出"文字是散文的"的原则、艾青40年代提出"诗的散文美"而确立了散文与诗的关联。那么，传统诗和散文的区别在什么地方呢？这种区别从结构的角度可以一

---

① 木朵：《臧棣："诗歌就是不祛魅"》。

② 同上。

③ 转引自周瓒：《论当代汉语诗歌的书写者——论臧棣》，第117页。

言以蔽之，诗是回环的，散文是一往不复的。诗的结构摹仿歌和音乐，它像一只不断回头咬自己尾巴的小猫，韵脚、平仄、对仗、重复都是这种咬尾巴的动作，诗的文法则是为方便这种诗的小动作成立的，散文无须这些小动作，自然用不到诗的文法（赋体等特殊的散文除外，赋从性质上说是摹仿诗的）。这样的结构决定了传统的诗在诗情和诗思上几乎没有推进或推进很慢。散文的结构则是逻辑的，线性的和推进的，没有人能够忍受文思上没有推进的散文——这就是祥林嫂的唠叨招致嫌弃的原因。为了适应现代人的智性习惯，现代诗增强了诗的智性或曰智慧属性，以深广诗的视野和洞察，为此有意学习散文的推进方式，以避免诗思的停滞。此外，现代诗的散文化也与它所意欲表现的意识的复杂性有关。传统诗的文法总的来说比散文简单，它大致能够适应抒情言志的需要，但要表达复杂的意识及其活动不免捉襟见肘。因此，散文在现代几乎成了诗人的根本挑战。实际上，有相当一部分优秀的抒情诗人在与散文的较量中败下阵来。对现代诗的这一趋势，臧棣有深刻的理解。在声韵和意义方面，他偏重意义；在听觉和视觉方面，他偏重视觉。[①] 这些都与他对新诗性质的认识有关，串联新诗与散文的姻缘。他说："诗的力量的形成与呈现，在今天多多少少与我们对现代质感的诉求有关。这种情形表明，诗人的意识在现代发生了一个根本性的转变：诗的任务不是要在诗中超越散文，剔除散文，而是要把散文带回到诗中，甚至是带到诗的深处。"他反复强调："散文是诗的命运""散文是诗的保证""散文已

---

① 在回答木朵的访谈中，他说："我对纯声韵方面的小玩意从不看重；在这方面，我仍是一个偏爱意义的人。"（臧棣、木朵：《诗歌就是不祛魅力》，第 78 页）在其诗学札记中，他一再强调视觉对于现代诗的重要性："诗的启示，唤起的首先是一种神秘的视觉经验"。"对诗的当代性而言，更为迫切的，更契合内心召唤的，是要让我们的眼睛在语言中重新睁开。换句话说，诗的眼睛必须建立在语言的眼力之上。以往的诗歌写作太依赖记忆和听觉之间的关系，它们不太在乎诗的眼睛有没有睁开，这种对视觉经验的忽略几乎是致命的。它不仅导致了诗歌美学的褊狭，也遮蔽了当代经验和诗歌洞察之间的更深切的关联"（《诗道鳟燕总汇》）。按照敬文东的看法，对视觉和意义的重视实际上是一回事，即对语言的分析性的引入，汉语由此从一种以味觉为中心的语言转变为一种以视觉为中心的语言。参见敬文东：《新诗：一种渴望自我实现的文体》，载《文艺争鸣》2020 年第 7 期。

成为诗的秘密"。在臧棣看来，"诗和散文的结合刷新了语言"，其作用
表现在几个方面：其一，在内容层面，"借助（散文）句子的张力，重新
改造诗的内在空间"。诗人认为，"这种改造的意义十分重大，没有散文
在诗的空间中的激进表现，诗的场景就会缺少一种激烈的戏剧性"。其
二，在声音层面，"在诗的内部强化语言的流动状态"，并赋予语言更强
大的能量（"诗的散文性，不仅仅是一种文体现象，它更是一种诗歌语言
的能量现象""散文，对诗而言，从根本上说，它是一种诗的语言的能量
方式""诗中的散文比散文中的诗更能激活诗的方言"），以弥补传统汉语
诗歌的不足。事实上，诗的散文化也极大地丰富了诗歌声音的可能。臧
棣诗歌的声音是诗中的散文所独造，是独特的、不可替代的，严格来说，
也是任何人声包括臧棣自己所无法模拟的。其三，在想象力层面，散文
携手诗性想象，助推诗思的演进。他说："诗中的散文，是诗的想象力的
一种生理学现象。换句话说，从想象力的角度看，诗与散文的关系不是
一种界限关系；在诗歌中，散文就是诗歌之手摊开后呈现的那些美丽的
掌纹。"①

　　当然，对散文的重视并不是否定诗与散文的区别。臧棣说："诗歌和
散文之间有一种迷人而模糊的界限。不。也许不只是一个界限，而是一
个完整的地带。""诗和散文的区别，如果有的话，那么在本质上，它只
能是秃鹰和鹅卵石的区别。"秃鹰和鹅卵石的区别是物种之间的，是活物
和死物的区别。所以，臧棣一再强调是"诗中的散文"，"不是散文化，也
不是用散文来练就诗中的措辞"，也就是说在诗中，散文始终服从诗的引
领，服从诗的逻辑。如此，散文化才会成为"汉语的新机遇"，在现代汉
语里开启"诗和散文之间的新的关系""启发新的实践"。

　　正如臧棣自己所说，他几乎全部用散文来写作。在他看来，"这其实
是诗的写作中最伟大的荣誉之一"。出于对现代写作的独特敏感，从求学
时代的写作开始，臧棣就毫不犹豫地选择了诗中的散文。他的句法是散
文的，结构是散文的；与海子等一些当代诗人不同，臧棣极少采用歌曲、

---

① 本段及以下两段引文均见臧棣：《诗道鳟燕总汇》。

谣曲那种回环或重复的结构。① 写于 2003 年的《骆驼草协会》部分使用了重复的结构（前三节），但在第四节也就是最后一节却毫不犹豫地抛弃了或者破坏了这个重复的结构。在戴望舒、卞之琳或朦胧诗人那里，一个完整的重复结构意味着诗的完美，但在臧棣这里，它意味着诗思的停滞，因此必须在它身上打开缺口。果然，缺口打开之后，诗思也大步前行了："一匹诗歌的骆驼正走向一个假球。"臧棣的这一选择让他和他的诗从一开始就面对着一种指责：太散文化了。上文我们谈到臧棣诗中飞翔的语法。这里似乎存在一个重力学上难以克服的矛盾：如何用匍匐的散文写出飞翔的诗，或者说匍匐的散文在诗中是如何飞起来的？ 在传统诗中，诗的飞翔是依靠诗的文法来实现的，而在现代诗中，诗的飞翔只能借助于诗的想象。他说："诗和散文的区分主要不在修辞，而在于逻辑。诗显示了一种想象的逻辑。""诗的根本在于它的想象性，在于它的想象向我们开放了一种生命的释放。"这个想象的逻辑的圆心就是前文谈到的"神化事物的能力"。还有与想象力相关的感受力。听起来，想象力是一种主动的能力，感受力则多少是被动的，但感受力也可以给想象力出难题。说得更明白一点，想象力如果没有感受力的激发，它宁愿昏睡，也不想为缪斯效力；换句话说，想象力的激情源于它对感受力的爱。在臧棣看来，诗的精确也"源于新的感受力"。另外一个关节就是尊重语言，敢于把自己交给语言。语言从其原始的出生来说是为了诗的，散文是语言身上的后来者。因此，把自己交给语言就是把自己交给诗。对一个内

---

① 张桃洲曾经在《穿梭于地面的技艺——臧棣诗歌论》中谈臧棣诗歌的结构："就臧棣诗歌的诗思路径来看，它们是庖丁解牛（解剖）式、步步推进的；就臧棣诗歌的主题与行文关系来看，它们则是分析的、阐释的，在层层剥离中展开——但在这些推进、分析的末尾，并没有一个突兀的、把整首诗带入高潮的结论（像很多诗歌里常见的那样），它们是自然终止的。臧棣的诗歌结构……我姑且称之为'平铺式'的递进结构：它也许是沿纵深逐渐展开的，它也许是具有多个层次的，但呈现的样态则如网状平铺开来"，所见甚是。在这个结构中，散文的句法（长句、复句、长短句的交错）、跨行、虚词乃至表示提示、引申、转折的冒号、分号、破折号等标点的使用，都承担了独具特色的功能。参见张桃洲：《穿梭于地面的技艺——臧棣诗歌论》，载《当代作家评论》2004 年第 3 期，第 25、26 页。

行的作者，谈论想象力、感受力，实际上就是谈论语言的想象力、语言的感受力。下面，我们不妨以篇幅较短的《芹菜的琴丛书》为例对臧棣诗歌的章法、句法及其与诗歌表意、诗意建构的关系略作解剖（这首诗虽然常被评者举引，但考虑到篇幅，它在我们的论证中仍然最为适用；当然，如果不是因为篇幅，臧棣其他的诗一样适用）：

> 我用芹菜做了
> 一把琴，它也许是世界上
> 最瘦的琴。看上去同样很新鲜。
> 碧绿的琴弦，镇静如
> 你遇到了宇宙中最难的事情
> 但并不缺少线索。
> 弹奏它时，我确信
> 你有一双手，不仅我没见过，
> 死神也没见过。
>
> ——《芹菜的琴丛书》

这首诗总共只有四个句子：1."我用芹菜做了一把琴，它也许是世界上最瘦的琴"。2."（它）看上去同样很新鲜"。3."碧绿的琴弦，镇静如你遇到了宇宙中最难的事情，但并不缺少线索。"4."弹奏它时，我确信你有一双手，不仅我没见过，死神也没见过。"从表达的形式看，这四个句子都是常规的散文句子，合乎形式上的语法规范，而且除第二句外，都是复句。第一句是一个顺承复句，第二个分句是对第一个分句宾语状态的补充说明；第三句是一个多重复句，是一个宾语从句套着一个转折复句；第四个是递进复句。从语法角度讲，第三句稍微特殊。从纯形式的角度讲，"碧绿的琴弦镇静如……"这个句式完全符合语法，但从内容层面分析，这个句子在散文的语境中可以被认为是一个病句，因为这个比喻的本体是"碧绿的琴弦"，喻体是"你遇到了宇宙中最难的事情，但并不缺少线索"，前者是一个具体的事物，后者是一种情境，两者的比喻关系无从建立。实际上，喻词"如"所引导的从句包含了一个省略的成分，完整的表达应该是"你遇到了宇宙中最难的事情之际的镇静"，这样两者间的比喻关系就可以顺利建立了，而后半句"但并不缺乏线索"应该看作对前半句的补充说明，并不直接参与这个比喻。从这个句子，我们可以看到臧棣对散文句式取形换魂的改造。这种改造让诗人走在语法的边缘。已经有论者指出，臧棣对"事物进行反复'拉伸'的技能"，[①] 实际上臧棣的"拉伸术"更多的时候针对语言——语言在臧棣手上就像高超的拉面师傅手下的面团，不断被抻长，拉细，再拉细，直到细如游丝，却终于细而不断。当然，就像我们之前指出的，臧棣的语言和事物本身就是一体的。通过这样的方式，语言的韧性和活力不断增强，表现力也得以提升，从而能够在有限的字句中容纳更丰富的内容，而又并不明显违背语法规范。这就是我所谓语法被诱惑而跳跃和飞翔的现象。这样的例子在臧棣的诗中比比皆是。应该说，这样的改造大大增强了现代汉语的诗意表现力。这种改造的实质是让书面语吸收口语的灵活性。这首诗的其他三个句子也都相当口语化。第二句承上省略了主语，单独成句（如果把它前面的句号改为逗号，就是书面化的表达），是典型的口语表达。第四句更书面的表达应该是："我确信你有一双不仅我从没见过，死神也从没见过的手"，与此相比，臧棣原句的表达更富于口语的灵动和妩媚。事实上，类似的表达在口语中并不会被认为是对语法的冒犯。这说明书面语被过分驯化了。这种驯化当然有助益精确表达的一面，但规范的马嚼子显然也使书面语失去活力，难以精准捕捉稍纵即逝的诗意。臧棣被视为书面语写作的代表，实际上，臧棣的诗歌语言从来不固封于书面语，也可以说，臧棣始终是兼纳书面语和口语的高于，最关键是臧棣的语吻始终是口语的或口语化的。有时，为了激发语言的活力，臧棣还会有意针对僵化的书面语进行手术矫正（胡续冬称为"实词的手术"[②]）。这种对口语、俗语、成语的加工、活用，例子很多："继续，继续，需要神会/ 一

---

① 参见胡续冬：《臧棣：金蝉脱壳的艺术》，载《作家》2002年第3期，第49页。

② 同上文，第52页。

个心领的话，加点油呗！"（《杨梅简史》）；"树叶的绿手腕/ 多到春风只剩下一口气"（《银杏的左边简史》）；"给虚无也上点眼药"（《山楂花简史》）；"本地的枫糖液/ 扭动着琥珀色的腰肢，/ 从各种陌生的角度/ 向你兜售一记老拳"（《枫糖液入门》）；"哄抬枝条的骄傲"（《紫鸢尾入门》）；"既然是替自然出头/ 就不一定/ 只有大浪，才能淘沙。/ 更何况玫瑰不仅仅看上去很美，/ 玫瑰的真正用途在于/ 它能帮我们节约大量时间；/ 如此，金子完全可以有另外的来源/……/ 也轮不着野鸽子犯浑"（《杜甫的玫瑰入门》）。"心领神会""加油""手腕""只剩一口气""上眼药""老拳""哄抬""出头""大浪淘沙""看上去很美""一寸光阴一寸金""时间就是金钱""犯浑"这类习语、成语、流行语经臧棣的灵活处理，或赋予特殊语境，重新变得陌生，焕发了新的活力。在《枫糖液入门》中，"老拳"这个俗语甚至成为整首诗构思的基础。这些例子也许足以说明，当代诗歌对口语和书面语的划界，并无足够的诗学的依据，而不过是某些没出息的诗人和批评家失败的话语伎俩。

虚词的使用也被视为臧棣散文化诗艺的一大特征。胡续冬曾说："臧棣对虚词的使用已经自成体系，那种巧妙地利用连接词、语气助词、程度副词、疑问词、否定词作为结构和意义装置之中灵活的滑轮的技艺在当代诗歌中引人注目……在最新的作品《蝶恋花》之中，'虚词的魔术'已经达到了炉火纯青的地步。"[1] 虚词在臧棣的诗中有多重作用：其一是语义上的，让意义的表达更加精确，让意识的呈现更加完整。诗歌主题转向意识，让诗歌对精确提出了比传统的情景诗更加严格的要求。其二是声音上的，让语调更自然，更复杂，也更精微，一言以蔽之更个性化，大量使用语气助词、疑问词是这个原因，有时候连词、程度副词、否定词的使用也有相近的作用。其三，虚词在臧棣的诗中还有结构上的作用，甚至是其结构的关键，因而与其文本的根本特征密切相关。在这首诗里，虚词的这些作用都有体现，"也许""看上去""同样""但""并不""不仅……也"这些副词、连词、插入语的频繁使用，既有加强口语

---

[1] 胡续冬：《臧棣：金蝉脱壳的艺术》，第 52 页。

化的效果，使语吻亲切而又留有余地，又使表达更加精确。同时，这些虚词还强化了句子的散文特征，在结构上起到类似纬线的作用，把整首诗穿织在一起，成为语言的密致织体。而旧诗除了少数例外，总是对虚词抱着敌意，其被实词充满的情景空间只有经线，没有纬线，或者只有稀疏的纬线。因此，旧诗不是语言的织体，而是语言的屏风或语言的流苏：一扇一扇的屏风、一缕一缕的流苏并置在一起，中间有很大的缝隙。

与句法、章法上的散文特征相比，臧棣这些句子表达的内容则是非同寻常的，完全是非散文的，乃至是反散文的。事实上，这种反散文的情调从第一个句子一直贯穿到最后一个句子。"我用芹菜做了一把琴"，这样的事情不可能在散文的现实中发生，完全是诗的想象；如果真有人用芹菜做了一把琴，我应该向他道喜，他已经是诗人。"它也许是世界上最瘦的琴"，用"瘦"来形容"琴"也是出人意料的，它的散文替代语是"小"，但"瘦"在诗的语境中比"小"更精确，更感性，也更有诗的骨干。"看上去同样很新鲜"，"很新鲜"形容"芹菜"只是平常，但形容"琴"就很新鲜了。然而，比起下面的句子，这样的新鲜又只是平常了："碧绿的琴弦，镇静如你遇到了宇宙中最难的事情，但并不缺少线索。""碧绿的琴弦"与"最瘦的琴"类似，都是因芹菜而来，新鲜而并不神奇，神奇的是这个比喻："碧绿的琴弦镇静如你遇到了宇宙中最难的事情，但并不缺少线索"。这个句子中突然出现了两个出人意料的东西：宇宙和你。无限、无穷的"宇宙"和微细的芹菜并置在一起，是典型的臧棣式的小大之辩和小大之变，让渺小的、日常的"芹菜"有了宇宙的深意，也让浩渺的宇宙变得亲切和日常，确有镇静宇宙的效果。"你"的作用相反，在这里有 种类似"吹绉一池春水"的扰乱的效果。典型的臧棣的诗都是对话式的。臧棣从不热衷于一个人的独角戏，或者某些人酷爱的独唱，或独白、自语。这种对话诗学总会适时地呼唤出一个作为对话者的"你"。"你"的出现让叙述者的主体状态从主体性向主体间性迁移，在这一迁移中，语调变了（从主体单向的陈述语调变为双向的、协调的对话语调），语义流动的方向也改变了。在这个句子中，"你"是作为喻体出现的，也就是说是一个配角，但这个配角一出场就显示了他/她非凡的一面：他/她遇到了宇宙中最难的事情而镇静如常。显然，"并不缺乏线索"中的线索隐喻了琴弦。那么，"宇宙中最难的事情"也许就是如何弹奏这把芹菜的琴。我们看到，这个比喻句实际上是"你"和"琴"的一个结：芹菜的琴弦镇静如"你"，"你"则被如何弹奏芹菜的琴（宇宙中最难的事情）难住了，却又从碧绿的琴弦找到了线索。果然，"你"开始弹奏这把宇宙中最难的琴了："你弹奏它时，我确信/你有一双手，不仅我没见过/死神也没见过"。这里，"你"已经成为实际上的主角，"我"则成为配角，一个倾听和观看的角色。诗的主体由此发生了彻底的转换，"我"把自己的主体性让渡给了"你"，而"你"赋予了我原先所缺少的"镇静"；当然，最重要的，"你"有弹奏宇宙中最难的琴的本事，并以此回馈于"我"。与主体性的交换伴随的，是一种"非凡"的能力的交换。这种非凡的能力先是表现在"我"的身上，"我"有一种用芹菜做世界上最瘦的琴的本领。随后，这把琴召唤出了"你"，让"你"面对宇宙中最难的事情，但"你"很快在琴弦上找到了线索，令人惊叹地，甚至令死神惊叹地弹奏了这把琴。在诗歌的结尾，"你"和"我"都具有了非凡的本领。这是一种"神乎其技"，它甚至可以战胜死神。至此，我们不难悟到，这种神奇的本领正是诗的本领。用臧棣的话说，就是"神化事物的能力"。所以，这首诗既是一首关于芹菜的诗，也是一首关于宇宙的诗，还是一首关于诗的诗。实际上，在诗人的见解中，关于诗的思考也是关于宇宙的思考，诗的精神本身就是宇宙的深意。

这首诗包含四个句子，其起承转合的形式结构很像绝句，但其实质结构却判然有别。绝句的四句两两成对，两个对句之间也是平行的关系。这种关系的性质是隐喻性的。这首诗的四句之间则是一种层层推进的演进关系，而不是平行、对仗或对照的关系，其诗思体现了散文的一往无复，完全抛弃了绝句那种回环的结构中顾影自怜的抒情姿态。其关系的性质是转喻的。

从以上分析可以看出，在臧棣的诗中，散文的形式和诗的内容表现出一种特别的关系：一方面两者紧密镶合——非这样的形式不能表达这样的内容——另一方面又构成强烈的对比，浓烈的、非同寻常的诗意挑衅性地对峙散文的句法和章法。也许，这恰恰是诗的常规状态，如废名在 20 世纪 30 年代曾经指出的那样，而那种诗的文法反而只能表现平淡的、日常的经验，并不具有神化事物的能力，尤其是在历经数千年的使用而变得烂熟以后。臧棣诗中这种诗和散文的结合也可以非表象地换算为感性和智性的结合。臧棣曾表达这样的愿望，"我希望让感性活得智性的尊严，让智性焕发感性的魔力"。[①] 在他没有失败的时候，他确乎达到了这样的目标，而他是很少失败的。敬文东曾经指出臧棣诗歌方法上的"三重关系法"，即通过三个相互界定的物象及其转换暗示"道旁物象之间切合事境实际的互相否定又互相肯定的基本关系"，也就是我们和世界的基本关系模式。在青春的认知中，只有我和世界的关系，在我和世界之间没有第三者插足的余地（在这个意义上，中国传统诗大体上是青春诗，其典型句法是暗示"我/他"关系的对仗）；只有在一种更成熟的心态中，中间项才会出现（它表明心智和心理上对他者的接纳），并调整我和世界的关系，其句法上的表现是三联句。这一关系模式的破译意味着智慧的来临，也表明心智的成熟和平衡。这一方法在这首短诗中也有体现。这首诗中的三重关系建立在"我""它（芹菜）""你"，包括"我"和"它"、"它"和"你"、"我"和"你"三重关系。"我"和"你"的关系在这首诗中居核心位置，但一开始出现的是"我"和"它"。实际上，这个"它"是中间项，其目的是召唤出"你"。也可以说，"你"一开始是作为"我""它"的中间项出现，但这个第三者到最后成功插足，替代"它"成为关系的核心，"它"退而成为中间项。其中的关系是在互动中变化的。同样，这首诗在作者、陈述、陈述对象三重关系的处理上也表现出诗人成熟的诗学认知。敬文东认为，臧棣的诗中，书写者与陈述者、陈述者与道旁物象、书写者与道旁物象之间保持了近乎均等的距离，表现了一种"老于世故"的平衡术和一种成熟心态，从而在事境（现实世界）、情景（意义世界）与语境（文本世界）的动态平衡中构筑了一个完整的智慧世界。[②] 这

---

① 臧棣：《假如我们真的不知道我们在写些什么……——答诗人西渡的书面采访》，第 272 页。
② 参见敬文东：《道旁的智慧——诗人臧棣论》。

首诗可以说为敬文东的论断提供了一个范本。最后需要强调的是，这首诗的推测性的语调还隐含对独断论的拒绝、警惕，和对读者的尊重。所以，诗中的虚词，散文的句法、结构，不仅具有语法和语义的作用，而且具有诗学的意义，可以说，它们就是臧棣诗学的一种无声的宣示。

《芹菜的琴丛书》篇幅短，句法相对也比较简单。下面我们再举几个句法更复杂或用法更特殊的例子，看看诗人是怎样出入于语法之间的。我们要举的第一个例子是《树语者简史》。这首诗由八个并列复句组成，虽然形式上中间出现过两个句号，但这两个句号都可以替换为逗号。我们无暇分析整首诗，且看其第八个并列复句："它们的叫喊/ 听上去像噪音的时候多，/ 像天籁的时候少：除非你/ 起身拍打尘土时，愿意承认/ 一个人确实不必羞涩于/ 他已能用土语，瞒过灵魂出窍，/ 和影子完成一次真实的对话。"这是一个多重复句，冒号之前是一个并列复句，冒号前后是条件复句，条件复句的从句中还包含双重的宾语从句（"一个人确实不必羞涩"到句末是"愿意承认"的宾语从句，"他已能"到句末是"羞涩于"的宾语从句），其间又有插入语、状语、定语等成分，语法成分非常复杂，在过去的诗歌表达中几乎不会出现这样的句子，而这样的句子在臧棣的诗中近乎常态。更复杂的例子来自《蒲公英简史》的前十四行半。整个这十四行半组成了一个语法关系复杂的多重复句。与之相似地，还有《真正的沙漠，或芨芨草简史》的最后十二行。要对它们做出语法分析是一件相当困难的事，也许只有语法学家才能胜任。这样的写法也只有艺高人胆大、语言能力突出的诗人才敢尝试。

上述来自《树语者简史》的复句中，有几个用法稍微特殊，我们再略作分析。第一个是"羞涩于"的"于"字。"于"字后面所携带的句子成分表示动作发生的原因，这种用法在汉语中本来存在（譬如，"他死于癌症"），但这样的用法很少会与"羞涩"这样的形容词搭配。由于"于"的介入，"羞涩"被动词化了，这是一种陌生的用法，但它却是基于汉语固有的表达法（所以它并不违背语法），从而增强了语法的韧性，也灵动了汉语的表达。第二个是"土语"。"土语"有两义，一指地方性的、当地的语言，二是指它的字面意义：土地的语言，大地的语言。表面上，诗人所用的是第一义，实际上用的是第二义。这是语言使用中的还原法，通过恢复词语的本来意义，丰富词语的语义功能。第三个是"瞒过灵魂出窍"。按正常语法，瞒过的对象应该是人或其他有灵性的生物，"瞒过一棵树"已经出格，"灵魂出窍"是人的一种精神状态，如何瞒过？实际上，这里有语义和语法功能的双重浓缩。这个句子完整的表达大概应该这样：久坐樱桃树下，他达到了灵魂出窍的状态；在某一刻，他和影子完成了一次真实的对话。这是两个并列的状态，按正常语法，应该用我采用的并列复句来表达，但诗人将其浓缩为一个单句，而把其中一个复句压缩为状语，这样既凝练了表达，同时强调了那个没有被压缩的单句的语义。臧棣一方面利用了散文句子表达复杂意义的特长，同时又加以改造，使它适应诗歌表达的节约的要求。就这样，语法被利用，又被超越。

我要举的第二个例子是《蜜蜂花简史》的第一节："向阳坡地上，唯有它们/迎着山谷里的风，在给荒野做减法；/唇形科植物，草本你见过/大世面，但只钟情于/轮回最没误解生命的安慰。"这是一个并列复句，虽然也是多重复句，但比起前一例，语法成分没那么复杂，值得注意的是几个进入语法边界地区的用法。第一个是"它们……在给荒野做减法"。这句语法上没问题，但语义上却颇有疑问。蜜蜂花如何给荒野做减法？我想这句诗表达的意思是，蜜蜂花的醒目存在让观察者把目光集中于它们，仿佛荒野中其他的事物都不存在，它们被蜜蜂花"减掉了"。这也是一个浓缩的表达。第二个是"草本"的名动用法和"你见过大世面"做宾语从句的用法。"草本"和"你见过大世面"两者有对照的意义。人作为漫游的动物，相比草本植物的扎根此地，当然算见过世面。所以，这个作为动词的"草木"有扎根、守本之意，反讽于人的"见过大世面"。这句也是高度浓缩的结果。第三个是"轮回最没误解生命的安慰"做谓词"钟情于"的宾语从句的用法。从语义上讲，轮回确头给生命提供了某种安慰，说它"最没误解生命的安慰"可以理解，植物的轮回是可见的事实，说它钟情于轮回也说得通，但连起来"钟情于轮回最没误解生命的安慰"在语法搭配上却显得陌生，至少就散文来讲，它不是正常的搭配。它也是浓缩。实际上，在臧棣的笔下，为了诗的节约、凝练，语义和语法功能的浓缩是常态。这一首中还有一个特别的句子，近乎不可解："天空蓝得如同一脚刹车/ 踩进了深渊"。到底怎样理解这个句子？"如同"这个喻词告诉我们，这是个比喻句，本体是天空，但哪个是喻体却颇费思量。正常情况下，喻词应该直接引出喻体，但这里喻词引出的是一个完整的宾语从句，它不可能成为喻体——这个比喻的喻体隐藏在从句中，是从句所带的宾语：深渊。这里的比喻关系建立在蓝天和深渊之间：天空（蓝得）像深渊。诗人由此创造了一种新的比喻类型。臧棣是一个比喻高手，下文还会涉及其他的新创比喻类型。

　　第三个例子来自《黑眼菊，或雌雄同体协会》。这首诗除了前七行半，后面的十七行半是由"如果"引导的三个并列的假设复句构成的多重复句："如果你读过/ 益母草的花萼写给小蜜蜂的信，/ 你很难不被触动，就好像/ 那意味着自然的信任/ 比心灵有着更美的结构；/ 如果你读过南瓜花的柱头写给/ 蚂蚁的信，那份叮咛/ 在将世界的耻辱渗透之后/ 仍能传递出甜蜜的回声，/ 你的共鸣难道就没受到过一点启发？/ 如果时间的神经也会/ 在命运的诡异中动摇过，而你/ 的确曾在岁月的漫长中/ 抽出过五分钟，用于阅读/ 金光菊的头状花序写给/ 蝴蝶的密信，你怎么会怀疑/ 我不可能是你。"假设复句本身又套着宾语从句、并列复句等。但在这个多重假设的内部，其逻辑却并非散文的，而是诗的，也就是说，偏句假设的条件按照散文的逻辑并不能推导出正句的结果，或者偏句假设的条件在散文的逻辑中不可能存在。换句话说，诗歌通过伪装成散文的形式来推进诗情的演进，这是诗对散文的偷梁换柱，暗度陈仓。在这个例子中，复句的结构成了诗歌结构的基础；声音效果上，假设的婉转叠加了排比的节奏，显示了一种复杂、成熟又体贴的语调。

　　以上我们粗略地考察了臧棣诗歌的句法和章法，也许我们还应该对臧棣的词法和字法有所考察。限于篇幅，对词法，我们只举《骆驼草协会》中的"走神"一例稍作考察。

　　　　你像我，就像我们的沙漠里
　　　　有宇宙浩瀚的走神。

只有走神，你才会先于我
认出我身上的骆驼。

一匹诗歌的骆驼正走向一个假球。
只有走神，你身上的那些针刺
才会刺到神秘的疼痛。
就让那些偏僻的甜，为我们决定一次胜负吧。

　　这两节诗里，用到了三次"走神"，每次都是对其日常用法的更新。
"走神"一般用作动词，指精神不集中、注意力分散，是注意力的一种消
极状态，它的主语通常是人，偶尔也可指动物，总之必须是有头脑、有
自我意志、有能力思考的人或动物。其他事物的"走神"在日常用法里会
显得怪异，假如你说你的椅子或你的餐桌走神了，会被语法学家认为是
病句。诗里的第一个"走神"用作名词，这是一个小小的改变；它的主语
是宇宙，通常我们并不把宇宙看作具有自我意志的事物，说"宇宙走神"，
这是一个很大的改变；"走神"指动作，是一个时间现象，但诗人说"浩
瀚的走神"，让"走神"具有了空间性，这是事关性质的极大的改变——
这个空间性来自它的主语"宇宙"，或者说"宇宙"把它的空间让渡给了
"走神"。此外，还有"沙漠里"的语境规定。沙漠似乎是宇宙一次走神的
结果。这是诗的想象。所以，在诗的语境和逻辑里，它又是合理的。"只
有走神，你才会先于我/认出我身上的骆驼"：在这一句里，"走神"的意
义和性质继续被更新，从注意力的消极状态变成了积极状态，而且成为
某些具有重要性的事情发生的前提。骆驼草是极少数能够突破沙漠禁忌
性的生存条件的植物，用抽象的语言说，它生存在生存的边界上或突破
了生存的边界。骆驼草的这一性质和诗的性质有类似之处。但在散文的
逻辑里，这种相似之处是被隐藏的，难以发现的："表面看去，你和我毫
无共同之处"。只有在"走神"的状态，超越散文，进入诗的逻辑，这样
的发现才有可能。骆驼草的越界能力使它得以进入"走神"的状态，"先
于我认出我身上的骆驼"。进入下一节，叙述者的越界能力也被激发出来

了："一匹诗歌的骆驼正走向一个假球。"这里的假球可能隐喻沙漠上散布的成丛的骆驼草的形象。诗歌的骆驼走向一个假球就是："我"走向另一个"我"。接着出现了第三个"走神"："只有走神，你身上的那些针刺／才会刺到神秘的疼痛"。这个"走神"的语法和语义功能与第二个"走神"相同，在诗意上有进一步强调的作用。"神秘的疼痛"是什么呢？我想是那种意识的僵化和固持状态。骆驼草以它身上的针刺刺到了、刺痛了诗人身上的僵化意识，以它的越界精神唤醒了诗人的越界精神。所以，在最后一行里，诗人说：就让那些偏僻的甜，为我们决定一次胜负吧。骆驼刺叶可以分泌一种特殊的刺糖，有治疗痢疾、腹泻、腹痛、消化不良等病的作用。"偏僻的甜"大概指此。骆驼刺在沙漠的空间地位是偏僻的，刺糖的成分和作用也是偏僻的。偏僻而尖锐。偏僻决定并加强尖锐。诗的地位和作用不也是如此吗？"决定一次胜负"是要在"越界"的能力和抵达的目标上与骆驼刺一决胜负。这是一种充满了敬意的竞争的召唤。你看，"走神"这样一个口语出身的日常词汇，就这样在诗人的使用中，改变了它的语法和语义功能，完成了一次脱胎换骨。胡续冬曾把臧棣对实词的功能性改变称为"实词的手术"，在我们的例子中，它更适合被称为"词语的夺胎术"。

"于"字的创造性用法是臧棣个人诗歌语法的标志之一，上文曾针对"一个人确实不必羞涩于／他已能用土语，瞒过灵魂出窍，／和影子完成一次真实的对话"中的"于"字的语法和语义作用做过一点分析，下面我们稍微把分析的范围再扩大一下。对"于"的各种功能发挥最淋漓尽致的是 1999 年的《蝶恋花》，这首诗一口气用了 17 个"于"字。对此，臧棣自己有过一个说明："大量使用带'于'的句子，的确是一种有意的举动。它在《蝶恋花》中实践得最彻底。……在一些动词、形容词和一些表示过程或状态的短句之间，放置'于'，会在语言层面上产生突出主观感觉的效果。……为什么要这样做呢？也同我对更新中国新诗的诗歌句法的想法有关。其实，我还作过很多类似的句法实验。另一方面，我也知道，诗歌的好坏并不仅仅是由句法来决定的。但，尽管如此，新奇的句法在诗歌的写作中仍是至关重要的。……我觉得我们这一代诗人中的一部分诗人对此有强烈的自觉，并且他们也的确有很多事情可做。因为中国新诗的句法确实有日趋僵化的问题。"① 按照臧棣自己的说法，"于"的功能在微观层面是突出主观感觉，在宏观层面，它是臧棣句法战略的一部分，目的是避免新诗句法的僵化。实际上，"于"字的灵活使用也是臧棣锻炼汉语柔韧性，拉伸汉语表现力的尝试。胡续冬在《臧棣：金蝉脱壳的艺术》中评价说，臧棣笔下的"于""获得了横穿古代和现代汉语的活力，或者说，臧棣在他个人的词汇表上重新发现了'于'字，让它承担并化解了复杂而幽微的语义"。② 这一论断显示了胡续冬作为诗艺行家的敏锐判断，遗憾的是胡续冬并未对"于"字在臧棣诗中的语法功能作具体分析。下面我们就试着来做一下这个工作。

王力《古代汉语》认为"于"在古代汉语中有三种语法功能：引进处所（相当于现代汉语中的"在"）；引进比较的对象；引进行为的主动者（相当于现代汉语中的"被"）。③《现代汉语》（第 7 版）把作为介词的"于"的功能区分为七种：在（生于某年）；向（问道于盲）；给（嫁祸于人）；对、对于（忠于祖国）；自、从（青出于蓝）；表示比较（大于）；表示被动（见笑于大方之家）。此外，它还可以做动词、形容词后缀。这些正常功能，臧棣的诗中几乎都用到了，但在此之外臧棣还赋予了它额外的功能，或者语法功能看起来合乎上面的类型，但在语义上却跃出了正常散文的边界。在这方面，《银杏夜入门》可以为我们提供好几个颇有代表性的例子。

先看第一个例子："每一次路过，它都会准时于/ 喧响的树叶像勃拉姆斯/ 也曾想去非洲看大猩猩。"此处的"于"在语法功能上相当于"在"，根据谓语"准时"的性质，它应该引出表示时间的补语，但在这个句子里引出的却是主语"它"（银杏）的状态：树叶喧响。对这个状态的比喻，"喧响的树叶像勃拉姆斯也曾想去非洲看大猩猩"也很奇特，这是隐喻形

---

① 木朵：《臧棣："诗歌就是不祛魅"》。
② 胡续冬：《臧棣：金蝉脱壳的艺术》，第 52 页。
③ 王力：《古代汉语》（校订重排本第二册），中华书局，1999 年，第 446 页。

式的转喻。表面上喻词"像"建立起了喻体和本体的相似性，实际上这种相似性并不存在，存在的是一种换喻的相邻性。勃拉姆斯是音乐家，所以把某种声音状态归于他，这是第一层的转喻，进而把它归于他的心理状态"也曾想去看非洲大猩猩"，这是第二层的转喻。臧棣诗中多此类比喻，大大拓展了现代诗比喻的空间和可能。我们回头再看句子，谓语"准时"的时间补语实际上已经提前出现在句首的时间状语中，它就是"路过"，所谓准时就是"准时于路过"。这个句子改写成散文，应该是：每次在夜晚路过银杏树，它都会准时地摇响树叶，就像勃拉姆斯想去非洲看大猩猩。诗的表达显然曲折有趣多了。

再看第二例："它清晰于人生不乏幻象，但是距离产生美偶尔也耽误大事"。对照"于"的语法功能，这个"于"是"对"的意思，但在现代汉语中作为"对"讲的"于"，后面一般跟名词、代词、名词性短语，很少跟完整的句子。如果确需完整的句子，一般需要对语序做出调整：对（于）人生不乏幻象的情形，银杏非常清晰；银杏对（于）人生不乏幻象的情形很清晰。臧棣此处"于"的用法有点文言化，使句子凝练，避免拖沓，适合诗的需要。类似的例子，还有《天物之歌，或红梨简史》的句子："它们只会盲目于/ 它们有可能不曾错过世界的真理"；《樱桃简史》："它们的毫不保留天真于宇宙绝不是一场梦"。更复杂的例子见于《马黛茶简史》："果断于真正的智慧无不来自万物的滋味对人生的孤独的大胆的沉淀"。可见，臧棣的"于"可以引出多复杂的宾语从句。

第三个例子："孤独于没有一种怜悯/ 能搂紧在它的树枝上栖息的画眉。"此处"于"所引出的宾语所述状态是孤独的原因，银杏孤独是因为"没有一种怜悯能搂紧在它的树枝上栖息的画眉"。"于"的这一功能不见于王力，也不见于"现汉"，是诗人对"于"的功能的扩大。

第四例，"如此，它高大于挺拔就好像/ 你正从峭壁的梯子上醒来。"这里"于"又一次引导了一个完整的句子，用法同第二例；但在语义上不是"对"的意思，此处"于"引导的宾语从句所述状态表示谓语的性质，比喻句"挺拔就好像你正从峭壁的梯子上醒来"（这又是有一个效果奇崛的隐喻形式的转喻），是对谓语"高大"的状态的补充说明。

我们再从《银杏夜入门》之外的诗中找一些例子。《麒麟草丛书》有句："这个秋天的这个注脚，美丽的现场/ 再三委婉于安静"。此处的"于"在语法上的作用是引进比较的对象，但它比较的不是比较对象的同一属性（例如，甲高于乙，比较甲与乙的身高），而是主语的两种性质（委婉、安静），从散文讲，这种比较是没有办法进行的。实际上，这是以比较的形式叠加了主语的两种状态：美丽的现场既委婉又安静。这种表达形式既有陌生化的效果，又起到节约的作用，使句子简劲，语调利落。《骆驼草协会》的句子"要么就是你低于/ 我还有个我没有被认出"；《杨梅简史》中的句子"灰白的头发令他矛盾于/ 信使已有很长时间没刮过胡子"，都属于这种"强比"的例子。再看《蓝玫瑰》中的诗句："你经过我的门洞，/ 豹身多于半狮，攀上/ 玫瑰的塔尖。// 浑身扎满痛苦的刺/ 令你的专注有别于/ 天使可以不是我，但必须明确：/ 这么多刺，至少意味着/ 我绝不只是/ 仅仅忍受过爱的痛苦。""豹身多于半狮"通过"于"的介入压缩了句子成分，把比喻句伪装成比较的形式，"于"字兼有喻词的功能，完整的表达应该是：蓝玫瑰既像豹身，又像半狮，但更像豹身。

"于"在臧棣的诗里还有一种歧义的功能。《鹅耳枥丛书》中有句："我敏感于天鹅，就好像人不是我的标签。"此处"于"有"对"的意思，也有引出比较对象的功能，既可以理解为"我对天鹅敏感"，也可以理解为"我比天鹅敏感"。《尖山桃花观止》有句："阳春的绽放近乎一次扭转，/ 令世界的悬念轻浮于/ 小蜜蜂的小殷勤。"此处的"于"兼有"在"和引出比较对象的双重功能。当作"在"讲的时候，"轻浮"作动词，意谓"世界的悬念轻轻地漂浮在小蜜蜂的小殷勤之上"；作引出比较对象讲的时候，"轻浮"作形容词，意谓"世界的悬念比小蜜蜂的小殷勤更轻浮"。歧义丰富了诗的意涵，也有要求减慢阅读速度，更细心地对待文本的功能。

从以上分析可见，臧棣对现代汉语语言的发挥确实已入化工：尊重语法，又不拘泥于语法；超越语法，又不侵犯语法。当然所谓化工更有可能是苦心经营的结果，而经营的目的一是为了节约，使风格简劲，文体饱满，二是为了激发诗意的可能，用臧棣自己的话来说："一个伟大的抱负"。前者是为了更好的表达，后者是为了更丰富的表达。臧棣不世出的才能和持久而有效的工作让他在这两个方向上都做出了值得珍视的贡献。当然，正如张桃洲指出的，我们不能纯技术地看待臧棣的诗歌技艺，实际上它们内在于诗歌，"就是诗歌本身"，它们参与了历史过程，"与时代的处境、现实物象发生实质性的对话"，并在此意义上成为时代处境和处境中的人的"拯救"。[①] 艾略特说但丁和莎士比亚"使各自的语言的灵魂具有形体，使自己符合他预见的那种语言的诸种可能性"，他们"传给后人自己的语言，使之比它在自己使用前更发达，更文雅，更精细，那是诗人作为诗人所能达到的最高成就"。[②] 如果要在古代汉语作家中找出类似的代表，当然非杜甫莫属。杜老在古汉语成熟的顶峰时刻，通过大胆改造诗歌的文法，发起了古汉语时代的散文化运动，极大地丰富和提高了作为诗歌语言的古代汉语，持续推高了这个顶峰的海拔。现代汉语作为诗歌语言的历史并不长，谈现代汉语诗歌语言的成熟似乎为时尚早，但大诗人的出现往往催化一个语言自然成熟的进程。臧棣一方面在当代诗歌的文法领域发起了比老杜更彻底的散文运动，另一方面又在想象、经验和意识层面发起了严格的诗化运动，并为之付出了持续几十年不懈的努力——其专注、倾心投入的程度超过了新诗史上的任何一位诗人，确乎显见地丰富了现代汉语表达——至少是诗歌表达——的功能和可能。周瓒在二十年前说臧棣已经"遥遥领先于我们时代其他的诗人"，[③] 我感到，二十年后这个领先的距离不仅没有缩小，反而继续扩大了。关于但丁、莎士比亚，艾略特还说过伟大的诗人使后人的写作更难。现代汉语的写作在臧棣之后确乎变得困难了，而不是更容易了。他把他的风格、方法、技艺发挥到了极致，写遍了各样的题材；用他的风格和方法，我们已近乎无事可做，而在他的基础上翻新，又似乎难于上青天。作为诗人，与臧棣同时代是我们的幸运，又是我们的不幸。

---

① 张桃洲：《穿梭于地面的技艺——臧棣诗歌论》，第 22、23 页。

② 艾略特：《但丁于我的意义》，陆建德译，载《批评批评家：艾略特文集·论文》，上海译文出版社，2012 年，第 161—162 页。

③ 周瓒：《论当代汉语诗歌的书写者——论臧棣》，第 120 页。

"不透明"中的"透明"

—— 王小妮的诗与诗学观

曲晓楠

尽管王小妮个人对诗歌理论表现出了某种排斥倾向，但从其诗、散文、访谈来看，王小妮心中其实有一套成熟的诗学观，一定程度上是个"自觉"的诗人，本文试图以"不透明的透明"来概括王小妮的诗学理念以及美学特征。目前对王小妮的分析主要集中于边缘写作姿态、日常化写作、女性写作的角度，将其放入"朦胧诗"、90 年代"个人化写作"、女性主义写作的诗歌发展过程中来谈，然而"边缘"只是一个表象，表象背后还隐藏着更深层的东西。

唐晓渡在《现代诗歌的结构》的中文版序中曾提到书中的这段话让他眼前一亮，"对当代诗歌的评价几乎总会犯这个错误，即仅仅关注某个国家，仅仅关注最近的二三十年。这样一来，一首诗看起来就是无与伦比的'突破'"[1]。这种由于短视和误读所得出的"突破"，很容易被时间抹平而重归于平庸。也存在另一种类型的诗和诗人，它们/ 他们开始出现的时候并不显得突出，缺少棱角，甚至被认为缺少特点，在那些"突破"的诗和诗人面前，很容易被忽视。但它们/ 他们却有一种前述类型的诗/ 诗人所缺少的成长性，随着时间的推移，它们/ 他们悄然累积起引人注目的高度，面目逐渐变得清晰，棱角也渐渐显露出来。王小妮就是这样一位

---

① 胡戈·弗里德里希:《第一版序言》，载《现代诗歌的结构——19 世纪中期至 20 世纪中期的抒情诗》，李双志译，译林出版社，2010 年，第 1 页。

诗人。她长期置身于各种诗歌运动之外，在安静的写作中不断累积高度，成长为一座引人注目的山峰，终于引起人们的惊异。回头看去，这座山峰的抬升实际上已经历了漫长的过程。

一　王小妮的"不透明"
—— 诗的声音与现实的关系

尽管王小妮认为自己是个不反驳的人，但在她的诗中总有一种拒绝的声音，拒绝被看、被分析。作为一个高度的怀疑论者，她似乎刻意把世界关在门外，给人一种不可穿透的距离感。在此层面上，她的诗是"不透明"的，也拒绝"透明"。

王小妮的诗有自己独特的声音，本文将之称为"低声的自语"，这种声音绝非咏叹调，至多是宣叙调，在"朦胧诗时期"就让她与其他诗人拉开了距离，而在 90 年代以后，她的这种声音特质变得更加鲜明而有代表性。在 80 年代，她的诗歌声音在某些时刻还带有一种高调的、不节制的抒情，譬如她 1980 年的那首名诗《我感到了阳光》（《印象二首》之一）"——啊，阳光原是这样强烈/ 暖得人凝住了脚步，/ 亮得人憋住了呼吸。/ 全宇宙的阳光都在这里集聚。"这种颂歌式的声音随着王小妮诗艺的成熟而不断减少，逐渐转变成了节制、平静甚至带有一丝冷峻的叙述。在 2003 年到 2004 年期间，王小妮写出了《太阳真好》，同样是写太阳，此时的王小妮变成了一个"不声张"的女低音："早晨，有人走出地铁站，有人升上矿井。/ 这些忽然亮起来的物件/ 在太阳的光明里一点感觉都没有。/ 照耀是母亲式的/ 永远的不声张。"

这种低声同时也是自然的、口语的、平民的。她认为，"自然的、不勉强不做作的才是自由的写作"[①]，自然质朴、平民、日常是王小妮自觉的诗歌追求。关于王小妮的口语写作，学者的讨论已经很多，此处不再赘述。值得一提的是，王小妮尽管采取口语写作的方式，但是她从未"提倡

---

① 王小妮、何平：《"首先是自由，然后是写诗"》，载《当代作家评论》2008 年第 5 期。

过'口语'",也无关第三代诗歌的口语化、日常化的叫喊。王小妮提出,"我们不要局限于'学院派写作''口语写作'",好诗"和那些都无关,它和一个人的起码创造力有关。好的诗,没派别"①。她的诗是平民的,仅仅因为她自己"是一介平民"而已。

王小妮诗中的声音不是对着公众大声呼号的,而是低声的自言自语。对王小妮,诗仅仅是她安放自己的空间。王小妮将诗视作自己的"老鼠洞",她说:"无论外面的世界怎么样,我比别人多一个安静的躲避处,自言自语的空间。"②她将诗视为"一个人很内心的东西"③,并不喜欢在公众面前随意谈论。王小妮的大量诗歌都以第一人称写作,保持着"零上"的温度写作,这种私人化的写作直面自己内心的体验。她也明确提出,"读者对我不重要","老老实实写自己的诗,能面对自己就行了"④。她的诗自觉地与大众化写作划开距离。在诗歌边缘化的时代,王小妮却要重新做一个诗人,这种"只为自己一个人写诗"的自我显得尤为可贵,也与现代诗歌的历史趋势更加贴合。现代诗歌"它不向任何人叙说,因而是一种独白,没有用一个词来谋取听者"⑤。诗人站在中心向世界大声呼号的"朦胧诗"时代已经结束了,当现代诗歌纯粹以独白的形式出现时,边缘与否已经不再重要。

王小妮承认自己是一个个人主义者:"我不加入任何东西,喜欢永远是独自一个人,想自己的,干自己的。这是原则。"⑥这种个性与原则使她

---

① 王小妮、汪小玲:《女人适于写作——答〈晶报〉汪小玲》,载张光昕编《我们不能活反了:王小妮研究集》,华文出版社,2019年,第312页。

② 王小妮、田志凌:《诗不是生活,我们不能活反了——答〈南方都市报〉田志凌》,载张光昕编《我们不能活反了:王小妮研究集》,第317页。

③ 王小妮:《今天的诗意——在渤海大学'诗人讲坛'上的讲演》,载《当代作家评论》2008年第5期。

④ 王小妮、燕窝:《诗很大程度是可以害人的——答燕窝》,载张光昕编《我们不能活反了:王小妮研究集》,第296页。

⑤ 胡戈·弗里德里希:《现代诗歌的结构——19世纪中期至20世纪中期的抒情诗》,译林出版社,2010年,第56页。

⑥ 王小妮:《王小妮答记者问》,载《当代小说》2001年第1期。

与体制、运动始终保持一定的距离，也正是因此，她对诗的声价相当淡漠，全没有压倒了很多成名诗人的文学史焦虑。而伴随着90年代个人化写作潮流的涌起，王小妮受到了更大的重视。准确地说，王小妮的"个人化"早就领先于这场"潮流"。

王小妮的诗歌中带有现代诗歌的强烈的否定性声音，这种声音质地很硬，带有"饱含拒绝"的锋芒。诗中的"我"与外部世界的关系经常呈现出一种紧张性，充满了一种对世界的不信任与警惕，这种"害怕"或许也与她和徐敬亚在1985年的经历有关。她的诗中常写到背叛，"什么什么都能背叛"（《通过写字告别世界》，1988），一块布也可以背叛。"你知道/世界，它是椭圆的/它永远也不公平。"（《看望朋友》，1992—1993）王小妮的诗歌中不乏激愤之语，诗中的"我"永远都和现实世界保持着距离。王小妮曾提到"一些在潜意识里和世界保持着某种疏远的女诗人"，"距离诗，其实更近一些"[①]。这其实说的也是她自己。

在《一块布的背叛》中，"我"与隔着一层玻璃的世界之间的关系相当紧张：

> 我没有想到
> 把玻璃擦净以后
> 全世界立刻渗透进来。
> ……
> 什么东西都精通背叛。
> 这最古老的手艺
> 轻易地通过了一块柔软的脏布。
> 现在我被困在它的暴露之中。

当布把玻璃擦亮后，"我的日子正被一层层看穿"，在这种"被看"的

---

① 王小妮、《新诗界》记者：《最松弛的状态，就是最发力的状态——答〈新诗界〉》，载张光昕编《我们不能活反了：王小妮研究集》，第326页。

惶恐中，"我" 想要被还原成最原始的不需要隐私的物。她的诗总是在拒绝、封闭、说不，"不要走过去。/ 不要走近讲坛。/ 不要把你所想的告诉别人。/ 语言什么也不能表达。"（《不要把你所想的告诉别人》，1988）在连续的 "不" 中，"我" 否定的不是 "世界"，而是 "我" 与世界的沟通的可能，甚至是语言本身。"我有声地走近，世界就舒缓着向后退避。"（《死了的人就不再有朋友》，1988）"我" 与世界的疏离否定了连接与沟通的可能，因此 "我" 只能主动疏离世界：

> 到今天还不认识的人
> 就远远地敬着他
> 三十年中
> 我的朋友和敌人足够了
> ......
> 从今以后
> 崇高的容器都空着
> 比如我
> 比如我荡来荡去的
> 后一半生命
>
> ——《不认识的就不想再认识了》（节选）

"我" 开始将 "不重要的" 排斥在外，把 "我的今后" 专心留给自己、诗、爱的人，留给一些她自己认为重要的东西。"我" 对世界的拒斥不是全部拒斥，而是选择性排斥不喜欢的、不重要的。在这样一种拒斥之下，"我" 倾向于对世界关门闭户——紧闭家门，闭门造车，只有在关门写作后，我才会重新爱上世界，世界才会真正现身。"紧闭家门/ 重新坐下来喜爱世界"（《紧闭家门》），"我写世界/ 世界才肯垂着头显现。"（《应该做一个制造者》）对王小妮，写作的过程也是在理顺诗人与世界的关系的过程。只有当关闭家门后，"我" 与世界的关系才会变得融洽：

淘洗白米的时候
米浆像奶滴在我的指上。
瓜类为新生出手指
而惊叫。
……

每天从早走到晚
紧闭家门。
把太阳悬在我需要的角度
有人说，这城里
住了一个不工作的人。

——《工作》（节选）

当"我让我的意义，/ 只发生在我的家里"时，"淘洗白米"变得安逸而不再紧张。"关紧四壁，/ 世界在两小片玻璃之间自燃"，一关门，世界就显现出美妙的一面。"我在这城里，/ 无声地做一个诗人。"她很满意这种创作的状态，这种低声乃至无声，是她"重新做一个诗人"的方式。

然而在这种拒斥世界、拒斥他者的同时，诗人的"自我"意识也在诗中膨胀，带有一种诙谐的自信，甚至"自恋"。她的诗中有一个巨大的"我"，"在这个挺大的国家里，/ 我写诗写得最好。"（《紧闭家门》，1988）而在诗的世界里，"我"与世界的关系也发生了颠倒，"这世界能有我活着/ 该多么幸运。"（《我爱看香烟排列的形状》1988）"世界被我的节奏吹拂。"（《一走路，我就觉得我还算伟大》）在这瞬间的颠覆中，主体获得了绝对的自由，成为艺术世界的"造物主"，客体让位于获得了临时"专断性"的主体。

徐敬亚在《我的诗人妻子王小妮》中提到他不明白为何王小妮的诗在自己不在身边的 1988 年发生了爆发。事实上，似乎正是因为徐敬亚的暂时离场，王小妮的诗人自我在松弛中获得了起飞的自由。"首要的是你不在。/ 首要的是没有人在。/ 家变得广阔/ 睡衣凤凰般华贵。// 我像皇帝那样走来走去"(《那样想，然后这样想》)，身边"没有人在"的瞬间，似乎是王小妮最好的状态。不过王小妮也曾强调，不能让自我意识无限膨胀，应当与现实之间有界限，否则会影响活着，因此她的这种自我意识的极度夸张与专断往往也只体现在诗里的几个瞬间。

写作者与世界的关系是什么？诗人与写作的关系是什么？在诗之内和诗之外，诗人对于写作本身从未放弃过自觉的思考。王小妮作为一个高度的怀疑论者，不仅怀疑世界，也怀疑写作的意义与逻辑，因此王小妮多次停止写作或者产生了不写的想法：从 1982 年到 1983 年，从 1988 年到 1993 年，以及 1998 年，王小妮都产生了不写的冲动。其中，1988 年到 1993 年，她"几乎一个字也没写成"。

她的不写可以归纳为三个原因，其一是对写作、发表、出版行为与制度的怀疑，她想不清"为什么要把心里想的告诉别人呢？"为什么她的所想，编辑用钱就可以买走，"谁说我这个人到这世上是专职来写字的？"[1]艺术与艺术家究竟谁是工具化的存在？艺术在诞生之后究竟是否还属于自己？出版行为是否有意义？这些问题大部分写作者都未曾考虑过。"不写"的第二个原因是"写烦了"，当写作变得职业化后，诗人与写作之间的亲密的关系也开始丧失。对于王小妮来说，活着先于写诗，心情先于写作，沦为写作的工具对她来说是不必要的事。第三个原因是她对于文字的尊重，徐敬亚将其称为"极其苛刻的人格自尊"，她对徐敬亚说："我感到了一种套路。……我可以按照这样写很多，但我一首也不想再写了。"[2]套路化的写作产生不了好诗，苛刻的文字要求不可能与机械复制的艺术作品妥协。"想，首先就是怀疑。沿着怀疑，才有思维，才有路线。"[3]这种怀疑是为了埋清思想，而"不写"则是为了更好地写，只有当写作的主体感知到了与客体合二为一的时刻，"写"才是有意义、有意思的，自动

---

① 王小妮、汪小玲：《女人适于写作——答〈晶报〉汪小玲》，载张光昕编《我们不能活反了：王小妮研究集》，第 306 页。

② 徐敬亚：《我的诗人妻子王小妮——王小妮文学写作编年》，载张光昕编《我们不能活反了：王小妮研究集》，第 265 页。

③ 王小妮：《木匠致铁匠》，载《天涯》1997 年第 1 期。

化写作不过是一种复制粘贴。事实上，王小妮也的确"写"下去了。

这种怀疑本质上也是对写作与生命之间关系的思考。"我的职业是活着，不是写作。近几年，我又一再感到，职业写作是写作者的敌人。"① 相比于大量为艺术焚烧生命的诗人，王小妮始终在诗的世界中扮演着一个清醒的角色，依靠这种清醒的认识，她平稳地度过了青春写作与中年写作。

> 我始终保持着平凡宽厚而最敏锐的活法儿，活着是一切的前提，这丝毫不表明我会降低对自己的要求，往往"活着"更具有严酷性和超越性。平凡而宽厚地活着才是难度。
>
> ——《王小妮答记者问》②

这般的理性，在诗人当中是少见的。"不活反"是破解"诗人之死"这个难解命题的方案，也是一个成熟的诗人应有的气度。

在对于诗与诗人的关系的思考上，王小妮的看法与骆一禾非常一致。在散文《木匠致铁匠》中，王小妮提到："诗写在纸上，誊写清楚了，诗人就消失，回到他的日常生活之中去，做饭或者擦地板，手上沾着淘米的浊水。也许，不该专设诗人这称号。"③ 而骆一禾在《美神》中也有相似的说法："当我写诗的创造活动淹没了我的时候，我是个艺术家，一旦这个动作停止，我便完全地不是。"④ 诗与诗人仅仅在写作的那一刻合一，而当写作完成以后，诗人就不再是"诗人"，而变成了日常生活中的一个普通人。王小妮认为："没有超人，诗人中也不能有超人。"⑤ 诗人绝不高于诗，也不高于普通人，甚至不高于现实。在这种姿态下，所谓的"日常化

---

① 王小妮，何平：《"首先是自由，然后是写诗"》。

② 同上。

③ 王小妮：《木匠致铁匠》。

④ 骆一禾：《美神》，载《骆一禾诗全编》，上海三联书店，1997年。

⑤ 王小妮，燕窝：《诗很大程度是可以害人的——答燕窝》，载张光昕编《我们不能活反了：王小妮研究集》，第295页。

写作" 才表现出了它的意义。

在当代, 诗人已经不再是 "先知" "超人" "天才", 王小妮将诗人视作 "一个很好的木匠"[①], 一个老老实实磨炼技术的手艺人。王小妮并不看重诗人的个人身份, 而更强调诗与诗的技艺。她认为: "这世上只有好诗, 而没有诗人。"[②] 洪子诚在《诗人的 '手艺' 概念》文末, 也将王小妮列入了手艺人的名单, 同时提出 "只有诗, 没有诗人" 的看法 "包含对未来的一个惊人的预想"。[③]

而王小妮自己的定位与身份则是一个 "主妇型工匠", 在诗合一的那一刻, 她是一个工匠, 而在与诗分离的现实中, 她是个爱劳动的家庭主妇, "热爱家务的人我遇到的不多, 我是真的热爱"[④]。王小妮所处理的现实经验有很大部分都来源于 "主妇" 的劳动, 先锋女性不齿于当一个家庭主妇, 但王小妮宁可当一个 "主妇型工匠", 也并不屑于将自己诗歌局限于 "身体叙事" 等女性题材。

尽管王小妮一再强调自己跟女性主义没关系, 但从女性主义、性别意识角度解读王小妮的文章层出不穷。其实王小妮的写作更多的是去性别化的, 诗中的 "我" 的声音更多时候是中性的。王小妮认为 "女性写作" 概念很可疑, "女性写作" 是先验的, 还是构建的概念? "至于整个女性写作, 有这个东西吗? "[⑤] 女性确有其独特的视角和敏感性, 这一点王小妮也承认, 提出 "女人更适于写作"。但她并非以革命化的姿态强调, 只把它当作一种自然的倾向。王小妮的写作或许预示了未来更多女性作家的方向, 她们将随着时代越来越超越性别对立, 更强调 "人", 而非 "女人", 总有一天, 女性写作不会需要被特殊提出。

王小妮将自己的写作位置摆得很低, 诗人与现实几乎保持着平视

---

① 王小妮:《木匠致铁匠》。

② 同上。

③ 洪子诚:《诗人的 "手艺" 概念》, 载《文艺争鸣》2018 年第 3 期。

④ 王小妮:《王小妮答记者问》。

⑤ 王小妮、何平:《"首先是自由, 然后是写诗"》。

的角度。"我坚持最普通的事物：可见、可触摸。"① 尽管一段时间与大的、远的世界保持着拒绝的疏离态度，但她对于她所关心的事情，尤其是"物"保持着亲近。拥有"一间自己的屋子"并非重点，走出屋子，才能让更多经验进入诗歌。她对于现实并非漠不关心，由于插队经历，她对农村问题始终保有兴趣。"我喜欢走到地中间去看看种下什么种子，生长什么植物……我关注农民的真实生活"②。在2002—2004年期间，她在"中国腹地行"中了解农村的生活状态。

王小妮的笔下始终有两个农村，一个是让她充满天然亲近感的种满农作物的农村："看到一筐土豆/ 心里跟撞上鬼魂一样高兴。"（《看到土豆》，1993）"抱白菜的人全都向后仰倒了/ 托着他们的/ 是一片半透明的薄金。"（《抱大白菜的人仰倒了》，1999）然而另一个农村则是已经面目全非的、现代化的、被金钱统治的农村。她经常把农村经验与金钱联系在一起，暗含着对现代性的讽刺。"冬天里不言语的苹果树/ 任人摆布的苹果树/ 农民一家在这人间最有钱的亲戚。"（《为什么要修剪苹果树》，2003）"看看那些含金量最低的脸/ 看看他们流出什么颜色的汗。"（《十一月里的割稻人》，2004）

王小妮的日常化写作的意义永远不是诗中的那些日常的"物"本身，而是在她的诗中所体现的生命厚度与精神积累，借用骆一禾的术语，"情感本体论的生命哲学"才是日常写作所承载的真正重要的内容。正如西渡所总结的骆一禾的观点，"诗的任务并不止于对日常经验状态的描摹和呈现，更重要的是揭示日常经验状态下人的精神内质和精神结构"。③ 在此层面上谈日常化写作才是有意义的。

于坚在《王小妮·"基本情绪"》中提到，"王小妮的诗歌中，看不见技术，技术被诗歌的'基本情绪'所粉碎"④。的确如此吗？这位很好的

---

① 王小妮、燕窝：《诗很大程度是可以害人的——答燕窝》，载张光昕编《我们不能活反了：王小妮研究集》，第295页。

② 王小妮、何平：《"首先是自由，然后是写诗"》。

③ 西渡：《当代诗歌的日常化运动——从王小龙、韩东到骆一禾》，载《解放军艺术学院学报》2016年第1期。

④ 于坚：《王小妮·"基本情绪"》，载张光昕编《我们不能活反了：王小妮研究集》，第199页。

"木匠"确实不曾"炫技",但却在长年的写作中,磨炼出了一套内在的技术,王小妮的"口语诗"并不简单。接下来我将试图从王小妮的诗中寻找出这一内在的技术。

二 "透明"的诗
—— 诗的境界、观念与技术

王小妮的诗中有两个部分,一个部分是饱含拒绝与封闭的不可穿透,而另一部分则是只属于自己的"悠悠的世界"。在这个"悠悠的世界"中,一切变得可亲而透明。现实进入诗中,被主体所再造,成就一个透明的世界。

王小妮说自己的诗里最常用的词是"我看见""着了过",但事实上"透明"也是她所偏爱的一个词,"透明""半透明""不透明"是她常用的词,在她的诗中出现的次数不可计数。在组诗《看望朋友》中,"透明"出现了两遍。在《工作》的 1997 年的发表版本中有一句是"我的工作是望着墙壁/ 直到它透明"。在《你站在那个冷地方》中,"我坐下来/ 世界又是一大瓶透明的净水"。在《有个人在我心里一过》中,"在透明里,我见到了不可能"。这种对于透明的痴迷让不可能的世界在诗中变得可能。望到透明是她的工作,也是她所追求的一种诗歌理想和诗歌境界。

透明并不仅仅是她无意识的流露,而是她诗学上的自觉追求。在《活着之核》中,她曾提到"透明的诗,容量无限","真切""透明"被她视为重要的标准尺度[①]。诗被她视为是"最干净的思想""思维的极致",所以她对诗歌边缘化的问题看得非常淡然,反倒认为这样的时代对于写诗的人来说是有利的,"在这种时候仍旧有那么多的人在默默地写诗,社会应当尊敬他们"[②]。

干净、极致、真诚是透明的内部含义,而王小妮的"透明"最重要

---

① 王小妮:《活着之核》,载《诗刊》2010 年第 19 期。

② 王小妮、何平:《"首先是自由,然后是写诗"》。

的是要"穿透"。"穿透"不仅是她美学上的追求，也是对活着的要求。王小妮多次提到过"隔"这个概念，而她所想要达到的正是"不隔"的境界，她认为"用'口语＝简单'去做诗歌，问题很大"，因为"这些人的诗里有'隔'……如果诗人穿不透自己，也就永远穿不透'诗'这东西，写出的东西自然就不可能有穿透力"。[①]"我的穿透，同时也是我对活着的态度，即打通诗、写作和活着之间的人为界限，俗话叫融会贯通。"[②] 她的口语化诗歌的不简单之处正在于她穿透了自己，让诗可以直抵人心，读者可以直接触摸到诗人安放在诗里的情感。

王小妮诗歌的技术究竟是什么，从形式与方法层面，她的日常而不简单是如何做到的？耿占春的《失去象征的日常世界：王小妮近作论》是关于王小妮的评论中非常重要的一篇，他将王小妮的诗歌技术称为"去象征化"，将日常事物的象征义去掉，还原为物本身。更重要的是，他指出我们现在生活在一个普遍"去象征化"、意义贫困的世界，事物之间的差异在逐渐缩小，"寓意对比也在日益模糊"，而王小妮的写作所表现的正是我们这个现代世界的去象征性，她的语言也反映了语义基础的改变。但在去象征化后，王小妮的诗又进一步产生了新的隐喻结构，让叙述发生转义。[③]

集中表现了这种"去象征化"的是王小妮2015年的诗集《月光》，此集受到的关注并不多，收录了王小妮在2003—2015年间，用月光这一个题材所写的九十三首诗，每一首诗都不同。她将月亮被赋予的传统的象征义全部删除，将之还原为物本身，然后再从不同时刻的不同感觉出发，从物自身的形态出发，换上新的独特的发明。她的月亮与思乡、传统的美毫无关系，反而经常与恐怖、犯罪、死亡联系在一起。在《绞刑》中，月亮变成死亡的象征，"月亮还隐约吊在高处/ 真是平静，已经死过，

---

① 王小妮、燕窝：《诗很大程度是可以害人的——答燕窝》，载张光昕编《我们不能活反了：王小妮研究集》，第302页。

② 同上书，第297页。

③ 耿占春：《失去象征的日常世界：王小妮近作论》，载张光昕编《我们不能活反了：王小妮研究集》，第69、63页。

已经凉了"(《绞刑》)。月亮也常常和金钱发生联系，比如晒银场、持宝人等比喻，"荒野上一层层银屑有光亮/ 回家的绵羊走过这临时的晒银场"(《甘南的山坡》)。借助于新的隐喻与换喻，她让月亮幻化出了匕首、鹰眼、盐、持宝人、银匠、木瓜、白油漆、惊堂木、蚕豆、壮牦牛、白动物等无数新的形象，她的新发明实现了对原先那些习以为常的旧象征的陌生化，去除了意象上的符号化，是陌生化的陌生化。

王小妮曾在《随手14篇》中对耿占春的评论做出回应，她提到重新做一个诗人是一种还原作用，还原为一个单纯的人，甚至是动物的感知，她强调的不是象征，而是感知：

> 耿占春在他的文章中讲到了在日常生活中的象征，我觉得，也许更进一步说，是从非诗中发现诗。或者说，不是象征，而是感知本身。象征是人造的词语，感知是本能。①

而"感知"，正是她的词语炼金术的关键。旧象征的丧失与新象征的发明源于感知结构的改变，而不同的感知结构必然带来不同的象征。她的感知方式是通过一种类似印象派绘画的直觉方法去捕捉瞬间。王小妮擅长用一种绘画速写的思维方式来感知世界，关注瞬间感受。这也是她自己所反复强调的，已经成为她的诗学观中非常重要的一部分，她说"诗在我这儿，常常是一过，瞬间的，掠过的，几乎不停歇的"②，"我今天的语言要求是：到位——最接近瞬间感受"③，甚至她认为这正是诗歌最古老的意义：

> 如果是用最简洁的语言写下灵光一现的感觉，我倒觉得新诗更接近于诗歌的最古老意义。④

---

① 王小妮：《随手14篇》，载《山花》2009年第10期。
② 王小妮、燕窝：《诗很大程度是可以害人的——答燕窝》，载张光昕编《我们不能活反了：王小妮研究集》，第299页。
③ 同上书，第302页。
④ 王小妮、何平：《"首先是自由，然后是写诗"》。

因此诗在她的笔下时常表现为一张静物速写，或是一系列被放慢了的组画。就像她《印象二首》里写的那样，"十秒有时会长于一个世纪的四分之一"，她既有一种缩小术，也有一种放慢术。

王小妮通过纯粹感觉来感知外界，对她来说，"诗是一种最直接的感受，和感受烫、感受大声响、感受风吹草动一样"①。而在她的诗中，直觉与感觉往往是完全打通的：在《工作》中，"我预知四周最微小的风吹草动/ 不用眼睛/ 不用手/ 不用耳朵"，她所用的是直觉；在《看望朋友》中，"我亲眼看见了疼"；在《注视伤口到极大》中，"你走以后/ 世界的质地突然生硬"。王小妮曾提到，"我不容易被大东西打动，我可能格外关注莫名的细小"②，她对细小的东西更加敏感，从细微精妙的感受出发也是她诗的原初动力。

而她捕捉世界的方式往往是借助于一个瞬间，她对瞬间的变化极其敏感，她认为瞬间是最美妙的东西。在外部的一瞬间当中，人的内部也被照亮，她常将光影的瞬移与人的内心的瞬间变化并置。在《海岛亮了一下》当中，"海岛就这样一眨眼间亮了"，一瞬间中"我们都看清了海岛/ 顺便也看清了自己"，但当一瞬间过去："很快，海岸和陆地重合/ 这岛屿又被一松手丢进黑暗。/ 天厌倦了，我们消失了。"在瞬间结束后，世界呈现出原本的模样，在绝妙的瞬间后，哪怕只是下一秒，一切都变得不一样。

耿占春指出，"王小妮是一个凭着直觉写作的诗人，她似乎并不关心理论，但她具有一种社会的敏感性，她可以在只关心日常的世界和日常的事物时，出人意料地直抵时代的核心问题"③。那么，王小妮的这种看起来"无技术"的直觉驱动力是何以抵达核心的？

---

① 王小妮：《王小妮答记者问》。

② 王小妮、燕窝：《诗很大程度是可以害人的——答燕窝》，载张光昕编《我们不能活反了：王小妮研究集》，第301页。

③ 耿占春：《失去象征的日常世界：王小妮近作论》，载张光昕编《我们不能活反了：王小妮研究集》，第61页。

　　王小妮的直觉论似乎与西方庞德的意象主义、柏格森的直觉主义，中国的妙悟说等诗论都有相近之处，并非孤立独特的新发现。庞德的意象主义非常强调直接处理主客体，用意象表达一瞬间的直觉，在《意象主义者的几'不'》中，他在开篇就指出，"一个意象是在一刹那时间里呈现理智和情感的复合物的东西"[①]，而在 1913 年发表的"意象派宣言"中，庞德所提出的第一原则就是"直接处理无论主观还是客观的'事物'"。坚实、质朴、直率、精炼，这种直觉地处理事物的方式与王小妮相当一致。柏格森的直觉主义是庞德意象主义的哲学基础，柏格森认为直觉可以打破"空间设置在他和他创作对象之间的界限"，"直觉却能使我们抓住智力所不能提供的东西，并指出提供这种东西的方法"。[②] 这似乎解释了王小妮直觉写诗的秘诀所在，关键在于，借助直觉，王小妮打开了主客体之间的通道，像骆一禾所说的那样"整个人直接地汇通于艺术"[③]，在直觉的驱动下，王小妮穿透了诗，做到了真正的"不隔"。

　　王小妮最常用的"我看见"当中，"见"字是问题的关键。朱光潜在《诗论》中指出，"见"字是诗的境界的关键。其一，"诗的'见'必为'直觉'"。他认为克罗齐的直觉主义是物的形象（form）在主体心中所现的"意象"（image）[④]，写诗"一旦豁然贯通，全诗的境界于是像灵光一现似的突然现在眼前"[⑤]。"见"字的第二个条件是"所见意象必恰能表现一种情趣"[⑥]，主体的"主动"的创造性是最重要的。朱光潜认为，只有"情趣与意象恰相熨帖，使人见到意象，便感到情趣，便是不隔"[⑦]。显然，如果离开了物之间的联系、主体的再创造，物本身并无意义。而王小妮的技术

① 艾兹拉·庞德：《意象主义者的几'不'》，载彼德·琼斯编《意象派诗选》，裘小龙译，漓江出版社，1986 年。

② 钱理群、温儒敏、吴福辉：《中国现代文学三十年》，北京大学出版社，1998 年。

③ 骆一禾：《美神》，载《骆一禾诗全编》。

④ 朱光潜：《诗论》，北京出版社，2009 年，第 43 页。

⑤ 同上书，第 44 页。

⑥ 同上。

⑦ 同上书，第 49 页。

的关键也不仅仅在于去象征化的还原作用，更重要的是在还原后借助直觉的感知，重新穿透事物，从而达到透明的境界。

尽管王小妮的写作从平视的低处入手，诗人不高于诗，不高于现实，但在她借助直觉穿透诗的那一瞬间，她"飞"到了高处，在她所创造的透明世界中，站在一个更超脱的位置审视包括自己在内的人类，在瞬间超越平凡。她说："我总体不是'英雄气概'的。只要活着，总有凡人琐事，能够在瞬间超越平凡，譬如诗，已经足以让我们感到：活着挺好！"① 王小妮始终保持着一种飞翔的写作姿态，飞向自由，飞向透明。王小妮一直有两个，一个是外部现实中的那个看起来平稳、朴素、"活着"的王小妮，另一个是内部的诗中的不羁的、"期待着无法预知"的真正的王小妮，她说："我给外人看起来像个平稳的人，实际上非常讨厌四平八稳的生活。"②

王小妮的人与诗都表现着"日常经验状态下"现代人的"精神内质和精神结构"。内外面的不统一，怀疑论，意义的丧失，个人化，物质主义……这些无法解决的现代的问题从未离开过王小妮的关心，所以她虽然常常采用拒绝、紧闭家门的方式来抗拒时代，与世界保持距离，但同时她又以超人的敏感感知世界，把握着现代的精神逻辑，"直抵时代的核心"。或许，正是这种"格格不入的混合体"才是现代人的常态③。王小妮，并不简单。

---

① 王小妮，燕窝：《诗很大程度是可以害人的——答燕窝》，载张光昕编《我们不能活反了：王小妮研究集》，第 293 页。

② 王小妮：《王小妮答记者问》。

③ 同上。

爱欲及其修辞

——论朱朱的诗

吴丹鸿

朱朱作为中国当代诗人的特殊性，不仅来自他精练冷毅的语言风格，还来自他同时身为艺术策展人的身份。诗人与艺评家这两个工作于他个人经验而言或许不可分割，但是在采访中被问及对这两个身份的认同感时，他还是表示："如果只能选一个，我还是愿意做诗人。"[①] 这样的回答并不只是假设，创作之所以成为第一性的，更是由于它总能将所有的经验和知识化为感性的材料，所以朱朱才说："艺术批评丰富了我自身的思考和对文化整体性的理解，这也使我能更好地写作。"[②] 朱朱除了在1994年出版了《驶向另一个星球》外，他的主要作品都是2000年之后结集的，他对当代艺术在中国市场经济转型之后的观察，确实成了他写作时现实的底稿。这使得以艺术评论的方式来讨论朱朱的诗作成为可能，他在评论文章中做出的许多判断往往能作为他诗作的准确注脚。朱朱的作品中与整体上颓废精致的江南气息格格不入之处——一种冷硬的品质，也来自他一刻都没有放松的、对当今艺术文化生态的批判意识。

在2013年出版的《灰色的狂欢节——2000年以来的中国当代艺术》中，朱朱以个案的集结方式对新世纪头十年中国艺术的发展进行了独到的阐述。在这本书中，他毫不隐讳自己的喜恶和担忧。从21世纪初年轻

---

① 周杨洋、朱朱：《朱朱：双重身份，一个梦》，载《建筑知识》2013年第1期。

② 同上。

艺术家们比猛斗狠的行为艺术，到 2008 年之后被全球消费主义浪潮吞噬了个人想象力的肤浅表达，再到新世纪中国的艺术"英雄"们诉诸规模体量的纪念碑式作品，他都直接表达了失望。他一再清醒地指出当代艺术思维中一个已经陷入瘫痪的逻辑：对消费主义的简单批判其实正投合了当下观众的胃口，并直接成为有利可图的快销品；意识形态的驱逐在成为基本的创作伦理之后，仍有大量的表达方式未能脱离集体时代的美学思维，并且由于缺少新的立足点而"成为附庸和殉葬品"[①]。这双重的魔咒构成了对中国当代艺术家（当然也包括了诗人）险峻的挑战。在这十年间涌现出来的许多艺术风格，都可视为从个人与集体，艺术与现实这些大而无当的对立意识中，生发出的种种有意消解"宏大叙事"的表达，如艳俗主义、玩世主义等等。

朱朱并不否认在这其中存在着"突围"的可能性。比如他认为卡通浪潮的游戏性"在很大程度上可以被视为一种颠覆高雅与通俗之间边界的有效手段"[②]；新文人画中对于"食色""肉欲"的迷狂表达，不仅"将自我释放到了真正的现实之境"，还达到了"对于现实与自我的双重反讽"[③]。艺术家们主动的降格，返俗，甚至自渎，在其表达的动力上都是对于沉重、恢宏的美学风格的逃逸。通过建立强烈的个人风格来遮盖历史的刺青，可谓是当代艺术一次主动的集体"减重"。朱朱在自己的写作中也透露出相似的愿望，或者说，他也分享着相似的困境，在他的诗中不止一次留下与"文革"中的记忆搏斗的痕迹，并且苦于无法将记忆中的恐怖与温情区分开来：

> 我熟悉这尖厉的旋律
>
> 以每只高悬在电线杆上的大喇叭，
>
> 它们曾经垄断童年的天空，辐射无处不在，即使我捂上耳朵，

---

① 朱朱：《灰色的狂欢节——2000 年以来的中国当代艺术》，广西师范大学出版社，2013 年，第 99 页。

② 同上书，第 179 页。

③ 同上书，第 375 页。

也能听见歌词像标语，像握紧的拳头，

在墙壁上一遍遍地怒吼……①

他说："或许这就是我难以爱音乐的原因，/ 我更爱沉默，受虐的后遗症。"② 朱朱的"受虐后遗症"也解释了他的美学洁癖：难以忍受"怒吼""垄断"的意义灌输，也不喜欢狂欢或絮叨的世俗表达，这使得他所亲近的艺术家（刘野、维米尔、巴尔蒂斯）和他自己都有着元素式的相似性：凝练、静谧而深邃。中国 90 年代后的新诗与当代艺术面对着相似的难题：如何卸下前 30 年的历史辎重，如何在政治无意识的包抄下实现突围，如何"变轻"，成了经历者共同的焦虑。在"玩世主义"与"艳俗主义"特征同样凸显的中国新诗潮中，朱朱却从未在语言的质感、修辞的难度上做出"降格"的妥协。这并不意味着他对"食色"的世俗题材有意规避，"身体"与"感官"还是成为他转化政治力比多的主要方式。朱朱的"情欲"表达在"玩世"与"艳俗"之外打开了一种更能综合感官、历史与哲思的风格，这种转化机制更接近于西方文化传统中"爱欲"的驱动，对这一层面的考察也给读者提供了一个观察诗人自身心智变化的角度。

一　情欲"体验"与文化"身体"

朱朱在 30 岁之前的诗大多轻盈如绝句，来自一个年轻诗人对于直觉和随想的珍爱，并有意把言说停止在半明半晦的状态。那种节制出于一种极简的审美选择，却缺少经验的浓缩、成年的隐忍。这些诗作收录在《枯草上的盐》(2000 年) 和他更早的处女诗集中，很多都没有被他列入之后出版的诗选里。这个时期他对情欲的书写带着忧伤、甜美而神秘的调子，与他后来透过文学人物（潘金莲、柳如是）释放出历史深处淫荡气

---

① 朱朱:《练习曲》, 载《故事》, 上海人民出版社, 2011 年, 第 75 页。

② 同上。

息完全不同。这样的诗句轻微灵动，完全滤去了情色的"肉沫"：

> 每当我第一次吻你总是在夏末
> 栗树下明亮的夜幕。
> 人在天空中拥抱
> 山岗孤独得起伏。①

——《怀念安妮·塞克斯顿》

> 你入睡时要有轻微的声响
> 让我感到自己的奔跑
> 我的每一个侧面
> 都在轻轻触摸
> 为什么天鹅是一匹
> 始终被空间骑回的马
> 为什么嬉戏，转动
> 爱你黑暗中的情欲
> 为什么亲密又温暖
> 东方又南方
> 你唯有像风
> 才能使我幸存
> 我已经不真实
> 犹如我身体的玫瑰红②

——《为一首长诗所作的晚祷》

这些诗作中"情欲"是以被对象化的"你"存在的，在我们最为熟悉的"我—你"的抒情结构中，还是可以看到朱朱已经把感官体验作为进

---

① 朱朱：《怀念安妮·塞克斯顿》，载《枯草上的盐》，人民文学出版社，2000年，第23页。

② 朱朱：《为一首长诗所作的晚祷》，载《枯草上的盐》，第7—8页。

入一种更为浑然的生命体悟的入口。他在"抚摸"和"亲吻"之中捕捉着许多一闪而过的启示般的句子。正如这些诗行的平行结构所显示的那样，作者总在感受的相似性之间游荡，微妙的距离感和语义的暧昧，正是朱朱对于情欲关系最为迷恋的地方。在朱朱二十多岁写的散文《一个夏天的札记》里，他描述了他在甘露寺寄宿时遇见的一个女游客，他们仅靠眼神表达期待，唯一的独处只是一前一后地走完一段长长的楼梯和廊道。她静静跟在他后面，他犹豫着要不要停下来"在请她先走过去的时候和她说话"①。他并没有停下来，那段沉默却充满情欲张力的距离或许更加符合他对于两性关系的一种原型想象，而不是将它兑现为一次艳遇。这是朱朱与当代文学中的情色主题最为不同之处，他不愿意将感官的释放作为精神解压的直接表征，也不热衷于制造酣畅淋漓的文本效果。他将"情欲"作为一种珍贵的颜料，用于点染一些极具启示性的生命体验。"情欲"在朱朱诗中是一种搅拌进哲思和意志的元素，往往借助"风"的意象散布这种晶莹的情思：

> 厨房多么像它的主人，
> 或者他的爱人消失的手。
> 强大的风掀开了暗橱，
> 又把围裙吹倒在脚边。
> 刮除灶台边的污垢，
> 盒子被秋天打开的情欲也更亮了，
> 我们要更镇定地往枯草上撒盐，
> 将胡椒拌进睡眠。②
>
> ——《枯草上的盐·厨房之歌》

　　这首诗中连身体和手势都已经隐退了，诗人借助"风"把厨房中种种

---

① 朱朱：《一个夏天的札记》，载《晕眩》，解放军文艺出版社，2000年，第177页。

② 朱朱：《枯草上的盐》（组诗），载《枯草上的盐》，第58页

器具"掀开""吹倒""打开"，这些动作都暗示着感官的开启和欲望的浮现。即使主人公的面目没有出现，我们仍然在静谧中感受到一种撩动和不安。在"情欲"变得锃亮的时候，朱朱依旧没将它催化成诗意的高潮，他克制而跳跃地转到一个令人陌生的比喻：往枯草上撒盐，将胡椒拌进睡眠。这也对应了他对欲望的表达方式——将直接、圆满的感官体验掰开揉碎，又和其他感受糅合在一起，成为文本中一种弥漫式的存在。如此一来不仅增加了文本体验的层次感，也使得语言的"质感"更为细腻迷人。如果将朱朱的创作比喻成绘画，那么这些作品其实是在用风景画的方式描绘肖像。维米尔在画《代尔夫特风景》（*View of Delft*）时就通过"将细沙拌进颜料"[①]的独特方法，给画中的木框和墙壁制造了只有近看才能发现的颗粒感。这些颗粒成为无数细微的光源，为整体画面造成更加真实璀璨的光照效果。朱朱同样是为了避免将情感处理得过于平滑，他所要描绘的是"情欲"所搅动的更神秘的生命体验。在"盐"和"胡椒"这些日常生活的调料之外，他期待这股"强大的风"可以带来更特殊的颗粒："强大的风 / 它有一些更特殊的金子要交给首饰匠。/ 我们只管在饥饿的间歇里等待，/ 什么该接受，什么值得细细地描画。"[②]

朱朱在组诗《清河县》中等到了"值得细细描画"的形象，这股把情欲擦亮的"风"找到了可以逗留和塑形的空间。当我们发现当朱朱有了人物原型（潘金莲）作为描绘的底稿时，他就能像一个沙画家把原本涣散的情欲粉末恢复为人形，并且显示出强大的造型能力：

> 一把椅子在这里支撑她，
> 一个力，一个贯穿于她身体的力
> 从她踮起的脚尖向上传送着
> ……
>
> 她累了，停止。汗水流过了落了灰而变得粗糙的乳头，

---

① Irene Netta: *Vermeer's World*, Pestel Verlag, 2001, p.50.

② 朱朱:《枯草上的盐》（组诗），载《枯草上的盐》，第 58—59 页。

淋湿她的双腿，但甚至

连她最隐秘的开口处也因为有风在吹拂而有难言的兴奋。①

——《洗窗》

  滑落的"汗水"和"风"的相遇，使得这首诗没有成为一幅静态的人物画，仿佛每次读到最后三行，那些汗水就会为我们再滚落一次。正如朱朱将个人的情欲感受作为引向更混融的生命体验的入口，他也通过擦亮历史文本中"落了灰"的细节和"隐秘的开口"，恢复了人物脸上的红晕，也让读者感受到窥视的兴奋。他对于这些小说稗史的偏爱，也许是对正统宏大的叙事感到厌倦而自动站到了它的对立面，转向了富于草莽色彩的民间文本。那股携带"金子"的情欲的风，就是吹进这些人物嘴里的一口精魂。然而经过了"塑形"的欲望，就不再只是为了表现那些私密晦暗的个人体验，它有了新的野心——为诗人所渴望的文化逻辑突围和未来图景给出更为综合有力的修辞表现。

  在《江南共和国》中，柳如是代表了一种同时具有破坏力和创造力的阴性力量，诗人有意让她成为某种"江南性"的化身——羞怯直白、妩媚压抑、百折不挠。在这首诗里，朱朱把肉欲、权力欲、血气、军心都收成一束，为了给"腐朽糜烂的生活"造成"重重一戳"：

我盛装，将自己打扮成一个典故，

将美色搅拌进寓言，我要穿越全城，

我要走上城墙，我要打马于最前沿的江滩，

为了去激发涣散的军心。……

而在我内心的深处还有

一层不敢明言的晦暗幻象

就像布伦城的妇女们期待破城的日子，

① 朱朱:《洗窗》，载《皮箱》，广西师范大学出版社，2005年，第8页。

哦，腐朽糜烂的生活，它需要外部而来的重重一戳。①

　　他把情欲投放在政治新娘、军士和犯人身上，暗示着肉欲和政治力比多的相关性。"妇女们期待破城"同样意味深长，因为"破城"意味着受虐、狂欢和被征服。可是梦想着"重建一座文明的七宝楼台"的柳如是却有着不可战胜的信念："我相信/ 有一种深邃无法被征服，它就像/ 一种阴道，反过来吞噬最为强悍的男人。"② 这一个比喻相当大胆，"重重一戳"与此处的"反噬"都有不言自明的性意味，不仅贴切地表现出男女之间主导权的翻转，也隐喻着诗人的一种文化构想——东方文化中阴性的力量，可能是我们与强悍的（政治或艺术）意识形态构成新的角力关系的钥匙。

　　这首诗还将文明的"遗老"说成"乔装成高士的怨妇"③，后来他在访谈中的一句话可以作为对这句诗的注解："作为一种地方性的集体心态，南京仍然深陷在'一半是高士，一半是怨妇'的模式里，走出来的人太少。"④ 意思是这些人对传统道德和美学的借重带着犬儒式的陈腐，而对现实的讽刺表达又近乎怨妇的牢骚絮叨。"柳如是"就代表着一个打破了"高士与怨妇"模式的文化性格，她以强劲而幽微的东方之美产生极大的凝聚力，既召唤"强者"又自成一套化解霸权的柔性生命哲学。一味"变轻"的美学命题在这里被创造性地转换为对"重"的征服，在这个观念的寓言里，"身体"与"情欲"产生的效应如同特洛伊战争中的美人海伦象征着历史深处的运行机制。然而这个时代的意识形态人质能否像诗中的政治新娘一样实现精神逆袭？诗人没有答案，但是诗中一再重复"我相信"反而流露出了某种悲壮感。

---

① 朱朱：《江南共和国》，载《故事》，第5—7页。

② 同上书，第8页。

③ 同上书，第6页。

④ 孟尧、朱朱：《一半是高士，一半是怨妇：朱朱访谈》，载《画刊》2019年第1期。

二 爱欲，一种认知驱动

朱朱对女性情欲的描写常常令读者吃惊于他强大的"性别换位"能力。他似乎对女性的性心理了如指掌，敢于自信地以第一人称传达出来。但我们不会在他的语言里看到轻佻的调情或气喘吁吁的侵略感。他的目的不止于制造这种文本的"愉悦"，更主要的，是以此为中介实现对语言、知识、审美的理想化追求。某种程度上，他的"情欲"更接近于古希腊哲学中所说的"爱欲"（Eros），这使他的诗真正区别于同样借女子之身抒情的宫体诗。仅仅营造妩媚幽微的审美之境或是传达感性层面的欲望体验并不能达到诗人的目的，他所企图的是将情欲的力比多转化为某种认知的驱动，以获得更加强劲的艺术冲击力。朱朱在分析刘野作画的方式时，就点出过这种认知传统：

> 存在着这样一种知性—情欲的传统，真理被假设为一个女人，作为认识主体的男人把女人的身体假定为认知的对象，在他们所进行的视觉考察里，认知欲与性欲同时在发作。尽管在女性主义兴起之后，这种考察被当做男性权力化的体现受到驳斥，但一个并未改变的事实是，对于女性身体的迷恋和颂扬仍然会继续，尤其是当这种创作驱动力与真正的精神活动、完美的语言追求联系在一起的时候，它仍然有可能诞生出令人着迷的艺术……[1]

这种认知机制来自西方的"爱欲"传统和对它的背离。在柏拉图的哲学里，对美与善的爱欲是人寻求德性与真理最为基础的动因。然而爱欲自身却没有道德属性，它可能是感官的放纵和欢愉，需要良好的教养和引导才能转化为形而上的激情。古希腊哲学家对"爱欲"的颂扬或警惕都基于一个前提性的共识，肉体的"爱欲"和对于真理与美的"爱欲"具有

---

[1] 朱朱：《禁书》，载《只有一克重》，河南大学出版社，2017 年，第 58 页。

先天的同源性——"爱欲是人性的生成和人性与宇宙秩序的关系中的根基"①。正如苏格拉底要借助女先知蒂奥提玛之口才说出何为"爱欲"一样，在这种认知传统中，"女人"和"真理"之间有着神秘的中介意义。在古希腊的语境中，爱欲的化身"厄洛斯"并非女人，而是一个美少年。经过复杂的文化表征系统的演替后，"爱欲"在主流的性别想象中已经被"假设为一个女人"，由"她"引发的"情欲——认知——艺术"的连锁反应成为一种现代的"爱欲"模式。在这一个认知链条里，其实包含了一个男性自我成长的现代神话。

　　朱朱对此有着清醒的自我意识，他在《邂逅》一诗中写道："在一个如此友爱而妩媚的女性面前，我像一头童话里被巫婆施咒而从王子变成的野兽，会产生一种对于修养而非对于肉体的、奇特的情欲……"② 正是这种在"修养"与"肉体"之间来回跌宕的奇特性使得"情欲"成了诗人不断折返的主题，保持这种"奇特性"的要领就在于努力将它导向"修养"而非"肉体"。因此朱朱在诗里始终与自己的欲望对象保持距离，甚至一次次安排了"她"或"自己"的主动离去："她远去，而我在这一刻重新认识自己"③。在《道别之后》中，"情欲"再次成为男主人公意志的磨刀石，对它的忍受给人造成了坚毅的表情。在这首诗中，"她"以一个"不"字拒绝了"我"，这个"不"字成为一股引导爱欲的道德力量：

> 还因为在我的圣经里，那个"不"
> 就是十字架，每一次面对抉择时，
> 似乎它都将我引向了一个更好的我——
> 只有等我再次走下楼梯，才会又
> 不顾一切地坠回对她身体的情欲。④

---

① Gill Gordon: *Plato's Erotic World: From Cosmic Origins to Human Death*, Cambridge University Press, 2012, p.13.

② 朱朱：《邂逅》，载《皮箱》，第78页。

③ 同上。

④ 朱朱：《道别之后》，载《五大道的冬天》，华东师范大学出版社，2017年，第90页。

在最后两句中，"我"走下楼梯离开后，才又恢复了对"她"的情欲想象。这似乎表明，在"十字架"与"情欲"之间、"修养"与"肉体"之间逡巡才是现代艺术家同时保持想象力、激情和道义感的方式。我们又会想起朱朱在甘露寺时和那个"她"一前一后走下楼梯的画面，那段距离的维持也许就象征着这种爱欲的模式。我这样的阐释或许会被认为褊狭，因为朱朱不只写距离，他也写结合与欢爱。他自己喜欢的另一首情诗《寄北》就借洗衣机滚筒中衣物的缠绕翻滚，来比喻身体的交合。"不洁的衣物"经过绞洗之后，变得清洁透明，宛如"婴儿在梦中蜷伏"。[1] 这种"自新"的意味，同样体现在"另一场荡涤"中：

> 那里，我脱下那沾满灰尘的外套后
> 赤裸着，被投放到另一场荡涤，
> 亲吻和欢爱，如同一簇长满
> 现实尖刺并且携带风疹的荨麻
> 跳动在火焰之中；我们消耗着
> 空气，并且只要有空气就足够了。
> 每一次，你就是那洗濯我的火苗，
> 而我就是那件传说中的火浣衫。[2]

这首诗的核心意象"火浣衫"出自《列子·汤问》："火浣之布，浣之必投于火；布则火色，垢则布色；出火而振之，皓然凝乎雪。"[3] 诗人借"火""空气"与"水"的奇妙反应比喻经验主体的身心感受，不仅写出了生理层面的兴奋和热烈，还在这个过程中实现了某种蜕变。"火浣衫"的意象既是对中国传统经典的巧妙取用，也内含了西方宗教文化中"火"的净化功能。朱朱将情爱视为"火浣"，仍是试图从爱欲中获得更

---

① 朱朱：《寄北》，载《故事》，第 55 页。
② 同上。
③ 李耳，列御寇：《老子·列子》，二十一世纪出版社，2017 年，第 234 页。

为通透纯净的精神体验，在这个层面上，"洗濯"就意味着"引向一个更好的我"。

　　朱朱在分析刘野画作中教师形象的色情意味时，认为"她"尖刻的面容和手中的教鞭"指向了一种压制着欲望与梦想的成长环境"[①]。这种解释用在他写的《地理教师》中似乎也并无不恰，这首诗中将女教师"体态"与"地貌"的修辞联结不算新巧，反而是心理结构上"知识"与"情欲"的并置很准确地对应了朱朱所说的"认知欲与性欲同时发作"的现象：

> 我们目送她的背影如同隔着窗玻璃
> 觑觎一本摊放在桌面上的手抄本。[②]

　　这两行是这首诗最精彩的一笔，手抄本和女教师这两个充满禁忌意味的意象被自然地衔接起来。当认知欲和性欲都被一种整体文化氛围压制时，它们就像被压缩在同一个密封罐里，成为可以相互流通转化的力比多。千禧年之后，这一个密封罐犹如潘多拉的盒子被敞开，上世纪中国社会中许多文化禁忌不仅被解锁，还被艺术家、作家和商人作为题材反复地消费和滥用。无论是在世纪初流行一时的"下半身写作"，还是当代艺术中的"自渎"式的行为艺术，或是对世俗艳情的沉溺表达，这些看似美学革命的兴发，也可能只是一种民间活力的宣泄，它的发生和变化"仿佛都要以我们身心内部的毁损作为代价，而不再是一种真正具有持续性的累积与建构"[③]。

　　这种状况在当代诗坛被描述为一种"中年感"，也确实是朱朱深层的忧虑："比这些更悲伤，是/ 几代人的激情转眼已耗尽，每个人/ 匆匆地走着，诅咒着，抱怨着，/ 冥冥中像无数把生锈的剑粘在一起"[④]。在精神保养的层面，古老的"情欲——爱欲"的传统或许可以给我们新的借鉴意

---

①　朱朱：《禁书》，载《只有一克重》，第50页。
②　朱朱：《地理教师》，载《五大道的冬天》，第17页。
③　朱朱：《灰色的狂欢节——2000年以来的中国当代艺术》，第401页。
④　朱朱：《路过》，载《五大道的冬天》，第27页。

义，将力比多的宣泄创造性地转换为对新的美学境界的自律的探求，将精力和欲望的损耗逆转为创造力的累积，这或许才是朱朱真正想要表达的"反噬"之意。然而对爱欲的转化将要抵达怎样的美学之境，这些思考已经体现在朱朱近年来诗歌创作的"叙事转向"中。携带着已经相当成熟的西方现代文学的技法和强烈的个人性，逐步向东方传统美学母题的回归，构成朱朱在这一时期的基本风貌。

三　抵达"空寂"

朱朱对以南京为代表的江南文化的理解中，有一个环节既形成了他关注的焦点，也与他自身审美趣味的养成息息相关。南京是中国历史上重要的古都，又是"江南地区最早传播和弘扬佛教文化的圣地"[①]，物质的繁华与宗教文化的繁盛并行不悖，共同构成了江南文化的底色。这种特征被朱朱概括为："一种忧郁的纵欲生活滴落在古老的道德模型上。"[②] 他也曾在诗中点出江南地区宗教的鼎盛与世俗生活的同一性："山尖修葺一新的寺院里香火/ 有多么旺盛，就意味着城中的/ 生活有多么空虚"[③]。

佛教文化中对人生"空"与"苦"的终极性理解，反而催生了世人及时纵乐的颓废意识，而这两者对于那些对人生的"本质"具有探求激情又对世相百态充满体验欲望的年轻诗人来说，都极具吸引力。他二十多岁时就已经领悟到南京文化中向"淫逸"过渡的光谱："让生活再从旅行开始/ '粗鲁—严峻—宽和—文雅/—最后变为淫逸，'/ 旅途不再长，这是一上午的郊区。/ 游人中有的已爱上南京。"[④]

如果说打通"雅"与"俗"的边界是贯通了中国百年新文学内在发展

---

① 付启元、赵德兴:《南京百年城市史 1912—2012 文化卷》，南京出版社，2014 年，第 102 页。
② 朱朱:《物质起了波澜》，载《晕眩》，第 135 页。
③ 朱朱:《给来世的散文——致一位友人》，载《五大道的冬天》，第 82 页。
④ 朱朱:《故都》，载《枯草上的盐》，第 112 页。

的一致性追求，那么这座城市本身已经是这个追求得以实现的文明样态。这也是朱朱对南京最为迷恋之处，他在还没写出我们现在读到的许多力作时，就有了这样的愿望："我希望自己能在未来的某些时刻以诗的形式表现我对那一座城市的爱，它正如他所说的，'具有隐逸之气和剽悍的民风'"①。它的"隐逸"与"剽悍"、"文雅"与"淫逸"，由发达的世俗文化与宗教文化所形成的"色"与"空"、"隐"与"市"互为表里的文化结构，这也影响了艺术家们对"形式"与"意蕴"的关系的思考。

　　无论是在朱朱的批评还是诗作中，对各种形式因素的敏感并没有让他停留在风格层面的塑造，他总能发现不同表达方式中某种深层的一致性。正如罗杰·弗莱所说的，艺术家的观看之所以与日常的观看不同，是因为"不管他正在观看的对象是什么，他总是试图在其形式中发现某种框架或节奏，某种和谐原理，因此在某种意义上，所有能揭示这一和谐原理的对象，在他看来都可以算是同一个事物"②。换句话说，他对于不同艺术家、不同艺术形式的喜爱，往往是对他们身上的一种相似性的喜爱：

　　　　当你的目光越过表面的界定，就可以发现他们作品的一致之处：永恒性，静谧感，纯粹度，从某种程度上，我们不妨将之归结为个人的神秘主义，它抗拒纷扰的表象和现实的引力，企图与宇宙本身的律动共舞，追问终极性的精神秩序。③

　　他还补充说，这种终极性"可能体现在圣咏的题材和庄严的结构里，也可能潜藏于色欲的面目与反讽的语调"④。当这种纯粹感和静谧感是出自后者，那么在表面的形式和内在的意蕴之间就形成了更加奇特的张力。朱朱对刘野、维米尔和巴尔蒂斯这些风格迥异的画家的亲近，正是因为

---

① 朱朱：《在经卷的气味里》，载《晕眩》，第53页。

② 罗杰·弗莱：《绘画的意义之一——讲故事》，载《弗莱艺术批评文选》，沈语冰译，江苏美术出版社，2010年，第288页。

③ 朱朱：《抽象的内化》，载《只有一克重》，第74页。

④ 同上。

他在他们身上发现了这些相似的品质。这几个画家不仅对人体和物象有着摄人心魄的造型能力，还在光线、色彩的运用上赋予了画作静谧的整体效果。姜涛曾经将朱朱比作"当代诗的维米尔"[1]，因为朱朱语言上的精准微妙、对细节的强迫症式的要求，以及由此所造成的视觉性效果，可以与维米尔对光线、色彩的精湛表现相提并论。他们的作品确实都是可以同时用"显微镜和望远镜"[2]交替观察，细部的工艺能持续地为整体的效果做出解释。

但是如果从诗人整体的气息来看，他似乎与巴尔蒂斯更为接近。这位上世纪巴黎文艺圈交友甚广的阴郁的美男子，一直有意与在20世纪大行其道的抽象艺术保持距离。他没有接受过专业院校的绘画训练，靠浸泡在欧洲各地的博物馆临摹前人之作慢慢领悟作画之道。同样出身于非文学艺术专业的朱朱，和巴尔蒂斯一样，不是依靠一个稳定的文学艺术史的序列去建立自己的艺术标准，他们更多地依靠自己的眼光和直觉去挑选自己心目中的"大师"。领悟力对于他们来说远远比学理化的吸收能力要重要得多。他们在自己的创作中，都着迷于"暗色"，并且"喜欢静止稳定的光线"[3]，这与他们对东方阴翳美学的亲近或许互为因果。谷崎润一郎指出对"晦暗"的喜爱、与"自然"的交融（而非西洋式的"改造"）成了中国与日本文化中的一致之处："所谓美并非存在于物体之中，而在于物体与物体所造成的阴暗的模样以及明暗的对比。"[4]我们总是在朱朱诗中看到他对"午后"昏暗光线的着迷，看到"落灰""生锈""倒影""捻暗的灯笼"等等晦暗的意象，这些阴沉的布景，似乎就是为了与仅有的光线造成明暗的对比："却又在梦中端起微弱的烛台，走上石阶，／去瞻仰遥远的黄金时代。"[5]

---

[1] 姜涛：《当代诗中的"维米尔"》，载《文艺争鸣》2018年第2期。

[2] 朱朱：《灰色的狂欢节——2000年以来的中国当代艺术》，第403页。

[3] 贡斯坦蒂尼编《巴尔蒂斯对话录》，刘焰译，华东师范大学出版社，2008年，第87页。

[4] 谷崎润一郎：《阴翳礼赞》，载《阴翳礼赞——日本和西洋文化随笔》，丘仕俊译，生活·读书·新知三联书店，1992年，第30页。

[5] 朱朱：《石窟》，载《故事》，第16页。

　　巴尔蒂斯的作品最具争议的地方，是他笔下的少女的姿态总是处于"纯真"与"色情"微妙的边界，由此产生的边际效应其实同时拓宽了观者对于这两个词的理解。朱朱对巴尔蒂斯的"色情"的分析也打上他自己的精神烙印："他笔下的女孩确实可以被视为上帝'创造的辉煌'之中的某一种化身，此外，借助于这类形象，巴尔蒂斯想要实现的是对于伟大的古典传统的参悟与转化"①。这种解释与江南文化中由"色相"达到"空观"的逻辑不谋而合，如此一来，巴尔蒂斯一系列"臭名昭著"的少女肖像，和刘野在女孩主题之后的物象系列其实并没有本质的区别。如朱朱所说，他们的表达"无疑逐渐接近了东方审美的核心意识：'空观'——所有这一切既是实像，又是虚像，既是色欲的观看，也是虚幻的观看"②。此时我们如果再想起维米尔的《戴珍珠耳环的少女》，就会理解维米尔为什么要在暗褐色的背景下，将珍珠耳环上的光泽点画得比少女的嘴唇更为明亮——因为物象化的爱欲表达所带来的静谧感更加令人难忘。

　　这一技法也被朱朱运用在《青烟》一诗中，这首诗描写了一个旧上海的女模特在连续几日的摆造型中发生的变化。诗的第一段是朱朱对人物姿态常见的素描笔法，对女模特的脸、腿、身躯、手肘到手指的动作都进行了速写。接下去的几段朱朱借由女模特漫游的情思勾画了外滩的风景和室内的静物，"江水打着木桩"、"冠生园软软的坐垫"因为与"大腿根"和"屁股"的并置而暗涌着性意味，后来她索性"懒洋洋地躺在了一张长榻上分开了双腿"（这是巴尔蒂斯画作中女人的标志性姿态），任由摄影师"把粗壮奇长的镜头伸出"。前几日的性暗示到这里已经得到了某种实现，但朱朱没有停在这里，他要画的是他题目中的"青烟"："她还发现这个画家/ 其实很早就画完了这幅画，/ 在后来很长的一段日子里，每天/ 他只是在不停地涂抹那缕烟。"③

　　画家在画完女模特之后，花很长一段时间去画她"手指间冒起的一

---

① 朱朱：《禁书》，载《只有一克重》，第59页。

② 朱朱：《抽象的内化》，载《只有一克重》，第87页。

③ 朱朱：《青烟》，载《我身上的海：朱朱诗选》，北京联合出版公司，2021年，第19页。

缕烟"。这缕青烟与珍珠耳环上的光泽一样，是爱欲在物象上的移置。只不过"青烟"的意象还具有空无缥缈的意味，也与诗中"青花旗袍"的东方美人造型更加贴合。这缕"青烟"所象征的空寂和轻逸，补充了朱朱多年前所画的观念路线图的最后一站："宽和—文雅—淫逸—空寂"。为了避免让这种"空寂"落入彻底的晦涩和虚无，朱朱更加积极地从个人经历和历史文本中调动各种原型式的人物来留住"空寂"的具象之形。这是与世纪初的"美学减重"相对的另一种工作，为碎片化的虚无的现代感受寻找新的形式和容器，而不要让它们轻易流于宣泄或抽象无形。

朱朱对于"晦暗"和"空寂"的参悟与他所在的地域文化和本人的性情息息相关，他的着装和表情都同样阴沉寡淡，诗集的装帧也一直延续着极简的冷调子。他的两本书《故事》和《只有一克重》都用了刘野风格"趋暗"之后的作品做封面。这些作品被朱朱称为"东方审美意识的回归"①，仅仅靠事物的线条和色感来传达生命更内在的节奏。朱朱并不否认这种节奏也存在于刘野画的女孩身上，但他似乎觉得物象的表达更加纯粹些。我更倾向于把朱朱对"空寂"的向往仅仅作为他的一种审美旨趣，至少在他目前的作品里，我们在他晦暗的语言风格下，仍能感受到他浓烈的怀旧情绪。他对故人和故乡的记忆总让他确认"最强大的力量莫过于藕断丝连"②；对于远离了理想和中国的友人，他总是带着"苛责的思念"③。正是朱朱身上这些理想主义者剩余的激情让他不会完全被虚无吞噬，如同巴尔蒂斯虽然对于东方的空观美学早已心领神会，但他仍然坚持要通过古典的具象绘画来表达自己。他们都无意成为东方的禅者，不是将"空寂"作为修身的追求，因此不必通过舍弃"欲念"来达到心明澄净。艺术始终是他们的目的，对于"艺术"的爱欲使他们不会真的"像沙鸥一无所负，自在地滑翔"④。

---

① 朱朱:《抽象的内化》，载《只有一克重》，第 85 页。

② 朱朱:《丝缕》，载《五大道的冬天》，第 36 页。

③ 朱朱:《路过》，载《五大道的冬天》，第 27 页。

④ 朱朱:《海岛》，载《故事》，第 20 页。

余　论

90 年代以来的作家学人接受影响的方式，不再只是被可以区分的思潮、文本、大作家所引导，而是被由声音、图像、书籍、艺术等等可以称之为"文化"的综合风尚所浸淫。加上在当前的社会语境下，"诗人"难以作为独立的文化身份出现，不同于"画家""小说家"和"音乐家"的专业属性，诗歌往往只能是职业之外的"左手的写作"。这些因素让仅仅在新诗自身的脉络里讨论诗人的风格变化显得远远不够。基于这些考量，朱朱成为一个打通不同艺术门类和社会身份，在美学层面取消诗歌与绘画的语言壁垒的典型个案。

阅读朱朱的中国当代艺术评论就会发现，那些判断用在当代文学史身上也很少有不恰之处，它们之间的同步性，大大节约了研究者的体力。无论是 90 年代对个人历史意识的推崇所出现的史诗写作小高潮，还是"崇尚官能化、快餐化、平面化的'日常主义先锋诗'浪潮"，或是"'以自由幻想'为名，对诗歌想象力的无谓挥霍的诗歌现象"[1]，都能在当代艺术中找到相似的现象。要解释这种同步性则需要在全球化的时代背景下对中国艺术工作者的文化心态进行深度剖析，这一项繁重的阐释工程虽非本文所能承担，笔者还是希望借助这次批评实践，在艺术评论和诗歌批评之间实现某种语言的公约。并且借此思考，在审美的层次之外，当代艺术的困局与实绩，又能给诗歌怎样的启示？

近 40 年来，随着中国社会面貌的迅速更迭，几乎每个 10 年里涌现的文学命题和热闹的流派都被虎头蛇尾地更换。80 年代中国诗人的"先锋"光环陨落之后，中国诗坛与艺术圈都表现出急于告别的姿态，在告别之际召唤"新的历史意识""新的综合能力"。一个时代的问题仅以"口号"的面目出现就被征用为学术生产的概念，诗人自己还未能促成一种风格的完熟就急于转换意识和自我批判，这些表面的活力其实缺乏坚实的

---

① 陈超：《重铸诗歌的"历史想象力"》，载《当代作家评论》2006 年第 4 期。

立场和热爱。近年评论界对诗人的"手艺"问题重新关注，与对这些现象的反思不无关系。正是在"手艺"的层面，绘画与写诗的匠人精神以及对美学传统的尊重，具有高度的一致性。从创作的心理机制上，西哲的经典中对美的"爱欲"或许能给当下种种观念表演的写作带来反省。

朱朱多年来有意与当代诗坛的种种策略性话语保持距离，他不愿意（也不喜欢）作品靠规模和体量造成艺术说服力，这使得他从未表达过写作当代史诗的抱负；对于语言品质的坚持也让他不可能生产无所顾忌的口语诗。90年代对"纯诗"的反拨而形成的"历史意识"与"审美"的对立，在他身上似乎得到了某种化解。他对"审美"的坚持，虽然不同于席勒要把"美作为新的现实原则"①，但他仍将"审美"作为中国艺术家摆脱政治捆绑的权利及可能性："在他们的想象中，除了流血/ 我们不配像从前的艺术家追随美"②。他通过不同艺术形式所企望达成的某种终极性理解，使得他在"肉体"与"文明"、"情欲"与"空寂"这些互相驳斥的意义空间里不断提炼一种具有当下启示意义的观念原型。"静谧和永恒"的美学追求与我们如今的生活状况似乎截然相反，但或许会像于坚在90年代初预言的那样："真正的诗歌只会在商业化的社会幸存。"③

---

① 赫伯特·马尔库塞：《爱欲与文明》，黄勇、薛民译，上海译文出版社，1987年，第132页。

② 朱朱：《佛罗伦萨》，载《五大道的冬天》，第49页。

③ 柯雷：《精神与金钱时代的中国诗歌：从1980年代到21世纪初》，张晓红译，北京大学出版社，2016年，第342页。

"一个女诗人的功课"

—— 诗人周瓒论

李娜

"女人从来没有真正掌握过她们时间的支配权，她们总是被人打扰。例如，简·奥斯丁终生都在起居室里藏藏掖掖地写作。"[①] 因此，弗吉尼亚·伍尔夫（Virginia Woolf）不止一次地提醒写作中的女性，获得必要的物质条件和相应的社会环境（一间自己的房间）是写作工作得以顺利进行的保障。"房间"既是物质的空间，又象征着精神的自由和自主思考的力量，这二者最终指向的实质上是对"受教育权"与"知识"把控的权力与能力。凯勒认为，在关于科学与知识的诸多历史表述中，定义者们往往会将"科学的"与"男性的"建立一种对等关系。这种少数者的定义逐渐以"性别隐喻"(sexual metaphor) 为投射演变为解释知识甚至于使用日常语言的标准[②]。当他们把软弱、敏感、感伤等词语作为女性写作的代名词的时候，女性首先需要冲破的是她们内心深处被社会习俗和知识霸权压抑而产生的迷惑与沮丧情绪。因此，伍尔夫所倡议的建立"一所新的学院，一所可怜的学院"便成为女性写作者"冲破自己内心深处的迷惑和沮丧"的可能的出口。伍尔夫将这所学院命名为"弃儿的社会"，在这个女性亚文化社区里，聚集着"被以男性为中心的知识领域排除在外的妇

---

① 王欢：《伍尔夫之女性主义研究》，哈尔滨工程大学出版社，2018 年，第 68 页。

② 转引自吴小英：《科学、文化与性别：女性主义的诠释》，中国社会科学出版社，2000 年，第70 页。

女"①，在那里，她们在"自己的房间"中写作，书写女性经验，并建立起自己的制度。

　　未曾获得恰切表达的女性过去的沉滞的岁月曾被视为"荒凉之地""死的领土"，不可听、不可见，甚至落入被忽略的透明世界。语言哲学背景出身的周瓒敏感于在语言中寻找表达的出口，传统知识构建出的那个父权制的社会无须消解，创造一个女性可以用自己的方式描述世界的语言场域或许指向的是另一条正确的出路，重建女性话语，重新找到那些从内部赋予人们所听到的声音以活力的、无声的、悄悄的和无止息的话语，以扩展女性世界的界限。

一

　　女性的经验庞杂而破碎，如何用恰切的语言表达，如何将其收束于诗歌当中，又如何突破个人主义的自陈，从"我"进入到"我们"的普遍经验层面，考验着女性写作者的技艺与耐心。当她落笔，除却直面她生活的内里，还要突围那些形式多样却又保持着同一单调准则的批评偏见。也就是说，在女性写作者内部生发的反思与回溯，实质上是以平静的书写对话层出不穷的、通常是来自外部的、男性诗评家的阐释话语——黑色诗学、自我抚摸、私语叙述、自白话语……这一行动充满着拯救的意味，也考验着写作者的智慧与谋略——何以用词与句的组合重塑"她"与"她们"。毕竟，跻身诗歌史，女性写作至今还未构筑出自己的完整的传统，或者说，这一传统经常面临"他者"②书写的强行中断。与此同时，她们还要保留深刻的性意识以及对社会不公的敏锐自觉。这是一项艰难

---

① 桑德拉·吉尔伯特、苏珊·格巴：《镜与妖女：对女性主义批评的反思》，载张京媛主编《当代女性主义文学批评》，北京大学出版社，1992年，第271页。

② 波伏娃受到萨特在《存在与虚无》中"他者"这个概念的影响，并借助这一理论重新阐释了父权制社会中女性的身份与政治地位。"他者"被波伏娃用来指称父权制社会中女性的从属性、客体性、异己性身份。本文在使用波伏娃的"他者"概念时带有引号，以区别其他语境中的他者概念。

的工作，她们需要针对强悍的"他者"书写的历史与当下进行自我辩驳。

正如西蒙·德·波伏娃（Simone de Beauvoir）在《第二性》中指出的那样，菲勒斯作为君临一切的化身，把女性贬抑为一个他者。在既往的社会角色中，女性包括她的身体被视作诱发灵感的工具，庞德用"你就是首诗"来为女诗人赋形，在他看来，性别的透视镜拥有将女诗人投射为文本肌质的力量，她们被视为阅读的客体，失却了作为创造主体的权力。男性与女性在技艺的习得方面被天然地分割，因而周瓒在《匠人》一诗中写下：

> 他曾拜名师，使用模具
> 他使技艺娴熟，留下过样品
> 又被另一幅杰作覆盖
> 师长们的夸赞，客户抢购
> 如今他离开众人
> 一心一意，陷入沉思
> 他随意拿起一块石头雕刻
> 期待中一个生命诞生
> 有一个形体，也许并不优美
> 也许能开口说话，也许保持沉静
>
> 她可能一直是摸索，从第一根绳线开始
> 她捡起来，编织，她纠缠
> 联系，没有师父，没有样本
> 当她渐渐从线团中找到结合
> 和网络的方向，她知道
> 生命已经开始，她漫不经心
> 用最快乐的感情
> 也许她因这创造而闻名，也许她永远隐姓
>
> ——周瓒：《匠人》①

---

① 周瓒：《匠人》，载《哪吒的另一重生活》，广西人民出版社，2017年，第109页。

在诗中，我们能清晰地辨认出一个思索者的形象。她并不回避性别与写作关系的纠缠，在《匠人》两节"不对称的对称关系"[①]之中，周瓒回应了伍尔夫关于女性语言编码的论说[②]，尝试以"编织"重塑女性的写作话语。诗中的"他"习得"雕刻"的技艺："随意拿起一块石头雕刻/期待中一个生命诞生"，恰似奥维德（Ovid）曾在《变形记》中塑造的皮格马利翁——那位塞浦路斯王。他曾将女性视为丑陋、卑污、邪恶的象征，而他擅雕塑，于是夜以继日地工作，塑造了一个纯白的、美丽的象牙女郎雕像，并把全部精力、热情、爱恋赋予他的造物，以至于最后爱上了她。长久以来，女性往往充当着构筑历史神话和情感价值的客体，存在于男性以性别、地位等框定了的本质之中。可以说，"创造者"的角色已被顺理成章地塑造为一个男性，他拥有历史所赋予的形塑"被创造者"（女性）的权力。雅克·拉康（Jaques Lacan）在试图批评他称之为菲勒斯逻各斯中心主义这一概念时，把文学创作的过程定义为阴茎之笔与处女膜之纸[③]。这一书写模式在跃出文本时，同样参与了源远流长的现实传统的创造。面对肉体与精神层面的双重挤压，夺回书写权利于女性而言意味着什么？她开始"编织"，作为一门手艺，它"直指文本（text）的词源意

---

① 王东东：《"半空中开放的家"：女托邦，或爱的修辞学》，载《星星（下半月）》2010 年第 3 期，第 22 页。

② 伍尔夫曾将女性群体的缄默归结于男性编码语言于女性的不适配，因而她在自身的文学创作、文学批评以及理论话语中，都努力试验一种新的编码语言。她在 1920 年的一篇书评中引用的一句话通俗且清晰地表明了自己的动机："我有一个女人的感情，但我只有男人的语言。要试验人们接受的形式，要抛弃不适合的，要创造更为适合的另一种形式，这是必须完成的任务。"（转引自谢景芝：《全球化语境下的女性主义文学批评》，河南人民出版社，2006年，第 262—263 页。）在伍尔夫看来，现存的语言编码从根本上来讲依旧为男性的造物，它携带着一切男权文化的特征：规范、沉重、琐碎，并不能适配于女性的自我表达。因而，女性写作者对语言的创造或改造显得尤为必要，如此才能恰切传达女性思想，避免现有话语体系对她们的歪曲与误读。伍尔夫的观点在今天看来不免带有一定的偏激性，但同时也提醒着写作者与读者，话语与权利密切相关，对话语的把控意味着对某一领域知识系统与逻辑框架的操纵。

③ 苏珊·格巴：《"空白之页"与女性创造力问题》，载张京媛主编《当代女性主义文学批评》，北京大学出版社，1992 年，第 165 页。

义"①。她"摸索""拾捡""编织""纠缠"，在诸多动词间穿走，使得一首诗同构于这"最快乐的感情"之中。这一具有"以诗论诗"意味的书写不断地显露着诗人的写作姿态，她的写作起点，她的方法论与她对"完成"的期待。或许这一阐释略显激进，毕竟，"闻名"与"隐姓"于书写中的诗人而言并无过多现实意义，"写作"这一创造性的行为本身已缓解了她作为女性的身份焦虑与身份危机："她知道/ 生命已经开始"。在这个意义上，周瓒诗中显露出的"性别—写作"关系模式正是她对写作可能性的一种探索。

"性别意义也必须通过写作而获得"②，在周瓒看来，写作是探索性别视角有效性和可靠性的必经之途。在写作一首诗时，一个自觉的女性的作者必然关注性别给她带来的特殊问题，也必须忠实于自己体验的情感/ 意识深度，而这种女性独有的感受同时也形塑着她构词的技巧与创造新形式的能力。诗歌于她而言成为一种写作行为的产物，它既是名词又是动词，是对语言的重新发明，对词语的锻造。周瓒亦将这种写作观延续至"翼"诗群的办刊理念之中，女性诗歌写作所形成的"诗群"/"语言—命运"共同体便是对这一现实的抵抗与反拨。可以说，每一位具有自我意识的女性写作者，她的内部都有一个或一群她所认同的形象，凝视作为同性的她们如何演绎她们的想象力与创造性，并且从前辈的她们身上获取自证。周瓒习惯于将这种情感体认灌注于她的诗行："给你的诗必须是这样一种体式 两行平行，/ 仿佛我们并肩走在街上"③（《致一位诗人，我的同行》）；"更多无趣的人认为她善变/ 而虚空，把她内在明澈的信仰抛掷/ 并弓身施礼，/ 对她说了些恳切的话语/ 自以为美梦成真；而那被抛开的/ 反被她灌注到词语中。"④（《形式（赠翟永明）》）；"或无视，'哪怕它刀山火海'/ 或

---

① 王东东：《"半空中开放的家"：女托邦，或爱的修辞学》。

② 周瓒语，引自戴锦华、周瓒、穆青、贺雷：《女性诗歌：可能的飞翔 关于〈翼〉的对话》，载《翼》第三期，2000 年。

③ 周瓒：《致一位诗人，我的同行》，载《哪吒的另一重生活》，广西人民出版社，2017 年，第110 页。

④ 周瓒：《形式（赠翟永明）》，载《翼》第二期，1999 年。

接受，苦难，你的孪生姐妹/ 或步入旋涡，怀着探险家的激情"（《致女诗人》）……正如臧棣所言，诗歌是一种"关乎我们生存状况的知识"，在这一因书写而凝聚起的群体中，诗歌唤起情感共鸣，写作亦是关于"她生活"的知识实践。以写作为目的的写作，在周瓒这里最终体现为一种"对写作者命运的自我专注"[①]：

> 今天，我们有一个明确的目的
> 你领我去一个地方，如果我选择了跟随
>
> 那将意味着：我不再沉默，我需要一个出口
> 就算我们进入的，是那先行者们都曾领受过的炼狱
> ——周瓒：《致一位诗人，我的同行》[②]

"同行"，既是对共同的写作者身份的确认，又是对统一朝向的道路选择的笃定。在写给诗人马雁的这首诗中，步调与诗歌节奏共振："停顿，是在谈话中/ 转折，就像话题转弯，拐往另一条街"（《致一位诗人，我的同行》）。两种行为交叠，在不断地探寻"走"与"写"的过程中，诗人对写作者身份的选择以及诗的可能性产生了新的理解和接纳，它同时是对自身命运前景——不论"出口"还是"炼狱"——的想象性承担；这一过程也唤醒了她写作意识的自觉，以及最终对女性创造力的信念。《翼》的集合，使得越来越多的"萨福的姐妹"获得写作的支撑力与认同感，摆脱"女性无法写作"的桎梏，从而寻求一种面向具体存在境遇的敞开，而不是单一的对于性别的附着。正如周瓒在《翼》创刊号前言中所昭明的，性别是"实现写作理想和解除写作中的困惑过程里的一种意识支点"[③]，它必

---

① 周瓒：《知识实践中的诗歌"写作"》，载《透过诗歌写作的潜望镜》，社会科学文献出版社，2007 年，第 98 页。

② 周瓒：《致一位诗人，我的同行》，载《哪吒的另一重生活》，第 110 页。

③ 《翼》创刊号《前言》，1998 年。

然与写作并行。换句话说，对女性写作者而言，"性别政治"并非刻意而为的工作，她只是在自然表达中完成了对语言的雕磨。如张桃洲所说："她只是相当理性地吁求着女性诗歌写作的权利——一种与男性平等对话的权利。她不是激烈的，而是温和的。"① 于周瓒而言，性别身份是她难以规避的"眺望的窗口"，她据此回望历史、阐明自身。诗人通过写作完成了对女性性别意义的正名，而对知识的领有又使她得以对这一性别身份及这一身份可能拥有的话语有了更深层次的把控。

二

1988 年，西川、陈东东等人"以知识分子态度、理想主义精神和秩序原则为宗旨"创办了《倾向》诗刊，较为明确地提出了"知识分子精神"这一诗歌命题。正如《倾向》倡导的那样："对于诗歌写作的这种认识，是基于诗人们的理想主义信念和应当得到提倡的知识分子精神的。"② 从此，对诗歌写作的"节制"③"品质"④和"承担"⑤等方面的讨论成为诗歌批评的重心。正如王家新的自我表白："无论生活怎样变化，我仍要求我的

---

① 张桃洲：《黑暗中的舞者——周瓒诗印象》，载《诗林》2006 年第 1 期。

② 周瓒：《知识实践中的诗歌"写作"》，载《透过诗歌写作的潜望镜》，第 101 页。

③ 《倾向》的诗作者们提出知识分子写作的具体艺术主张："唯有节制，才更自由。秩序原则的节制其次是关于情感的。他们所要节制的，是感情的宣泄，而他们所揭示的，是感情本身。"（《编者前记》，载《倾向》第一期，1988 年 9 月）

④ 1993 年，欧阳江河在其长文《89 后国内诗歌写作：本土气质、中年特征与知识分子身份》中提到："诗歌中的知识分子精神总是与具有怀疑特征的个人写作连在一起的，它并不提供具体的生活观点和价值尺度，而是倾向于在修辞与现实之间表现一种品质，一种毫不妥协的珍贵品质。"（《山花》1994 年第 5 期）

⑤ 王家新在《知识分子写作，或曰"献给无限的少数人"》一文中对"知识分子写作"这一概念赋予了"承担"的内涵，在他看来："在当代政治文化深刻影响着人们生活的今天……如果它要切入我们当下最根本的生存处境和文化困惑之中，如果它要担当起诗歌的道义责任和文化责任，那它必然会是一种知识分子写作。"（《诗探索》1999 年第 2 期）

诗中永远有某种明亮：这即是我的时代，我忠实于它"(《词语》)，这是一种通过内心体验，以个人的精神力量折射出时代精神的诗学立场。其同时代人亦对此有着深刻的感知，当他们写下《在哈尔盖仰望星空》《远游》(西川)、《尤利西斯》(张曙光)、《帕斯捷尔纳克》(王家新)、《傍晚穿过广场》(欧阳江河)等诗歌时，往往将"知识分子性"界定在当代思想文化史的意义上，以技巧来演绎认知。"知识分子写作"这一概念在不断的辩驳与纠偏之中被演化为一种思想史意义上的"复杂文化使命"①。

关注"知识"，强调"写作"，周瓒的创作亦与上世纪 90 年代以来的先锋诗歌写作观念的转向保持一致，此过程中对写作主体、技巧、诗歌结构的重新认识在周瓒看来"是一次深刻的自我和历史的建构"②。对于"知识分子写作"这一命题，周瓒有着清晰的认知："知识分子写作在当时(或许也应该说直到现在)都首先是诗人对于当代文化语境中的自我身份定位的一种自觉意识，而且是保持了知识分子的基本精神意识。但同时，在艺术见解上，他们又对传统的知识分子诗人角色有所反思和突破，他们强调的是诗歌艺术的独立性以及'回到伟大的标准'。"③可以看出，周瓒对于知识分子写作的有效性的分析内在地包含着文本与语境的双重考量，它是一个综合的概念，需要把控介入性与个人化之间的关系，亦要对她所说的批判与抗衡保持敏感。相较于男性写作者们发展出的"承担"

---

① 程光炜把"知识分子性"的指涉意义界定在当代思想文化史的意义上，认为诗人们着意揭示的是"一部充满诗意和戏剧性张力的思想文化史"。无疑，这种对"知识分子性"的界说，将知识分子写作的意义推向了整个当代中国文化最具前景的意义上。在具体的论述中，程光炜也指出了为什么在我们的时代恰恰是诗人担负了知识分子的复杂文化使命。周瓒评论道："从'告别'到'坚持'，从诗歌到写作，我能够深深体会到一个诗人知识分子的灵魂在复杂的当代语境经受冲击的震撼和接受挑战的勇气。我想指出的是，这也就是'知识分子写作'本身的文化意义和它在阐释当代诗歌时的有效性。也许，它同样可以用于对整个当代中国文学的阐释中。不过，也正是在这一意义上，知识分子写作是一个需要不断反思的话题。"参见周瓒《知识实践中的诗歌"写作"》，载《透过诗歌写作的潜望镜》，第 110 页。
② 周瓒：《知识实践中的诗歌"写作"》，载《透过诗歌写作的潜望镜》，第 95 页。
③ 同上书，第 102 页。

诗学①，周瓒侧重于诗歌写作对本质意义上的"知识"的容纳与处理，偏重于更为具体的对自我性别的认同、对女性生存状况的关注，以及对女性写作行为本身的讨论。这种朝向内部敞开的关注点使得她的写作精确地聚焦于语言的精确性，智性的书写拒绝着笼统的抒情与漫溢的想象，在此基础上实现对"知识"本身的质疑与反思。

出身于学院的周瓒拥有强大的知识储备，拥有将理论吸收、转化为自己相对成熟的诗歌观念的能力，在这一过程中，"知识"所担演着内容填充与风格定性的双重角色。周瓒博士毕业于北京大学，北大的文化氛围在一定程度上形塑了她的感受力与写作欲望："类似于艾略特所说的25岁的那一关，我是在北大过的。1993年考入北大读研，我的写作也差不多进入了困顿阶段，既厌倦了此前的表述方式，但又一时找不到突破的途径。北大的诗歌环境很奇特，它在无形中总好像有一种推动力，全靠我去感应它。"②作为在学院中成长起来的写作者，对校园生活的摹写成为了周瓒诗歌必然的命题，同时，这一命题也涵盖着她对于时代经验的想象与感兴。可以说，"写作"这一行为成为个人经验与时代生活错综暧昧的交叠的承载，正如她在《爱猫祭典，或我们的一年》一诗中写下的：

> 从墙壁到夜晚的旅途
> 学院生活像汉堡包的夹心
> 添加的养料，计算精确的热能
> 和着两个人琐细的生命……

---

① 王家新将"承担"精神解释为"伦理与美学的合一"。他所说的"伦理"是一切外在的势力都永远侵犯不了的圣域——个人内心——的主宰，比如"良知""自我反省精神"等等。他认为"'承担'首先是'向内的'，是对个人命运的承担，是对困扰着个人的那些人生和精神问题的承担。……除此之外，一个诗人当然还应有一种更大的关怀，因为'人生的'也就是'历史的'，'语言的'也必然会是'文化的'"。参见王家新：《为凤凰寻找栖所：现代诗歌论集》，北京大学出版社，2008年，第289页。

② 周瓒：《期待那特定的时刻……答诗人穆青的书面提问》，载黄孩礼、布咏涛主编《诗歌与人：中国女诗人访谈录》第三期，2003年。

......

等待翻阅的日子，像导师开列的

必读书，在图书馆里满面灰尘。

——周瓒:《爱猫祭典，或我们的一年》[①]

这首献给"齐齐和她的黄咪"的诗写于1998年，彼时诗人正在北大读书，朋友的情谊、隐秘的情绪、必读的书单……这些琐细浮光掠影般拼凑起诗人的学院生活。尤为重要的是，在那里她寻找到了自我兴趣的方向。北大的诗歌传统和氛围潜移默化地培养了周瓒对写作"有意识的追求"，以诗歌为中心聚集起的一大批志同道合的写作者让她逐渐脱离自我沉溺的写作，并催生出一种直面现实的自我更新的激情:"当我试图从当代诗歌中寻求某种能够兼容这种分析自我和观察现实的表达形式时，我很幸运地读到臧棣的论文和他的诗歌，而且几乎在同一时期认识了《偏移》的朋友们。而与《偏移》同人们的交流，是我真正感受到创作带动力量发生效应的时刻。"[②] 基于专业知识和同侪参照的写作使得周瓒在不断的追问与反思中调整确认自己的方向，提升结构诗歌的能力、布局意识、修辞技巧。在《影片精读》《阻滞》《致一位诗人，我的同行》《一个诗人的功课》等诗作中，她逐渐形成了自我的诗学路数:精确的语言、整饬的形式、节制的情绪……她以一种冷静的智性建构着诗歌这门"特殊知识"。可以说，语言哲学的知识背景赋予周瓒的不仅是"词汇、'知识'或技术"，而且更是"心理、诗思和写作基调的蓄积"。[③] 她对诗歌中技巧的叠用始终保持着审慎的克制，技巧在周瓒笔下已转化为一种对个人语感的追求，甚至，她将其视为"诗人"这一身份的必修课:

---

① 周瓒:《爱猫祭典，或我们的一年》，载《哪吒的另一重生活》，第110页。

② 周瓒:《期待那特定的时刻……答诗人穆青的书面提问》，载黄孩礼、布咏涛主编《诗歌与人:中国女诗人访谈录》第三期。

③ 张桃洲:《黑暗中的舞者——周瓒诗印象》，载《诗林》2006年第一期。

节制是刀刃在呐喊之前瞬息的迟疑

警觉是眼睛眨动中仍旧意识到自己的位置

坚定是石头被海啸带动后学会了游泳

自由是与锁链共舞，看谁先踩准

音乐中的最弱音，然后请对方来一段独白

一整出戏剧发明了一个个夜晚

当帷幕拉上，重复是回到身体时

关节和肌腱相互致敬，只有一次是有效的

拉伸运动测试你的诚实如飞去来器

呼吸属于音乐，叩击键盘与运行笔尖

都试图与你的气息一起嬉戏，角力或彼此相容

照镜子是偷懒的行为必须严加禁止

时间是永恒的动词，正如你一旦开始

你就得披上这件外衣，戴上这面具，随时准备摘下

——周瓒：《一个诗人的功课》[1]

　　维特根斯坦（Ludwig Wittgenstein）在《逻辑哲学论》中提到："我的语言的界限意味着我的世界的界限。"[2] 语言参与着思想的表达，甚至主导着观念的生成。它涵盖着一种世界观：语言使用方式的差异，即为使用者对待世界方式的差异。周瓒深谙"发明词语者，发明未来"（马雁《北京城》），将知识底色转换为语言本色的过程也即她所说的"诗人与语言

---

① 周瓒：《一个诗人的功课》，载《翼》第八期，2014 年。

② 维特根斯坦：《逻辑哲学论》，贺绍甲译，商务印书馆，1996 年。

打交道，以语言现实对抗或呼应外在的现实"①的过程，这种转换同时也"有效地避免了知识之于感受的加害"②。写作是"建造内心之神的工作"③，诗歌写作的过程就是与自我对话的过程，诗人需调动起所有的感官完成"戴着镣铐的舞蹈"。呼吸即节奏，通过键盘或笔尖，诗人以自律的感性、思辨实现与诗歌彼此角力或彼此相容的同构。以诗论诗，周瓒将诗歌作为一门有着"要点"的"知识"去把控，"节制""警觉""坚定""自由"，既是对写作行为本身的分析，也是对自我的审视与期待。何以将"工具"变为"主体"，这门"功课"考验着诗人的耐心，也涉及语言的潜能。在周瓒看来，其他文体都未曾如诗歌这般强烈而执着地依赖于语言（词语），"然而，诗歌语言又常常以貌似强硬的方式阻止阅读对诗歌语言采取直奔意义（或表面意义）的态度"。④或许可以将《一位诗人的功课》看作"写作方法指南"，它是诗人精心演绎的语言的艺术：词、意象、标点、语气乃至留白，建造出一个"纸上的乌托邦"，或是诗文本中的"空间剧场"，然后"发明一个个夜晚"——正如她用弗吉尼亚·伍尔夫的"一间自己的房间"来解释翟永明的写作一样，诗人亦用大量比喻为自己的写作构造了一个创造性的环境和空间，一首诗所应体现的完整世界。因而它并不指向经验的明确性，也并非朝向更真实的日常，反而是对于日常生活的有意识的构造：

> 创造一个词，尝试着
> 去理解一个场景：
> ……
> 窗外的世界在哪个透视点上
> 和镜中的场景连着？

① 周亚琴：《当代中国女性诗歌：从理论"现实"到实践"空间"》，载《东吴学术》2019年第6期。
② 格式：《知识的底色与语言的本色：周瓒诗歌印象》，载《诗歌月刊》2002年第3期。
③ 周瓒：《交流》，载《周瓒诗选》，太白文艺出版社，2019年，第39页。
④ 周瓒：《思考诗》，引自 http://blog.sina.com.cn/s/blog_46f2d00f010000v8.html，登录时间2023年6月。

　　——"世界的场景"，在纸上

　　倒是可以连成一个短语

　　　　　　——周瓒：《用诺拉的话说（组诗选三）》①

　　"每一份自我/都创造一个世界"②，"创造一个词"便是创造"世界的场景""幽深的空间"，这一行为勾连起具备文本意义的镜子与象征着外部世界的窗外。在写作中，周瓒将词语视为拥有独立生命之物，词语对于创造力而言担演着进程式的意义。基于此种诗学理念，她在纸上构造出一个"盛大的、喧嚷的、无边的且富于启示"的世界，也照应着她曾提及的，"词语的联系方式造就了诗人照面世界的方式，是诗人性情和思想的凯旋，验证着诗人的生命力"。③对语言（词语）的精微把控使得诗歌在周瓒这里变成一门考验着"技艺"的功课。并非零度的技术生成映射着诗人的"性情与思想"，周瓒以温和的写作缓解着曾一度成为诗坛争议的"伦理和美学之间的紧张"，或者如耿占春所说的"诗学和社会学的内心争吵"。

　　诗歌是一种关乎"人的想象和感觉的语言化"④的"特殊的知识"，可以看到，周瓒的写作并未陷入对知识占有权和控制能力的演绎之中。她擅长在诗歌的基本标准之下巧妙化用知识，使之服从诗人对诗意要求的剪裁，以理性节制情感，使之冷凝为服从诗意推进的内部力量；将知识底色转换为语言本色，依靠知识积累所获得的理性力量，使诗歌获得一种智性的明晰感，也互文着写作者自身的成熟。恰如周瓒所言："在线性的时间向度上，写作也不只是一种成熟，而更是一种自我的复杂化和丰富化的过程。"⑤传统定义下"女性诗歌"及"女诗人"所携带的"女巫"气质在她的写作中得到了有意且有效的控制。周瓒深谙伍尔夫所说的"语言

①　周瓒：《用诺拉的话说（组诗选三）》，载《翼》第五期，2002年。

②　周瓒：《戏剧诗：与科幻有关》，载《周瓒诗选》，第17页。

③　周瓒：《用诺拉的话说（组诗选三）》。

④　臧棣：《诗歌：作为一种特殊的知识》，载《中国诗歌：九十年代备忘录》，人民文学出版社，2000年，第45页。

⑤　周瓒：《思考诗》。

枷锁",在回答"翼"诗群同人穆青提问时,她对此有着清醒的回应:"女性要想写作,首先就得面对语言中的重重枷锁,她要砸碎它们,并且在此基础上发挥她们自己的语言创造力,以创造出独特的'女性文体'"①。而她确乎以一种温和又坚定的,以专业知识为背景的写作实现了伍尔夫所关切的独特的女性写作话语的获得,同时这一话语亦深入现实,完成了对她们的经验的讲述。知识的不断摄取使得她对于自我身份的指认、话语权的把控有了更清晰的认知,从而将被狭隘化为"黑色"的女性诗歌写作带入了智性演绎的时代,亦实现从批评的角度为女性诗歌的正名。

三

"诗人批评"现象由来已久,自"朦胧诗"时代起,就已出现诗人们具备自觉意识的诗歌批评,这一现象一直延续至新世纪,"个体诗学"在诗人对诗歌史、诗歌写作者的阅读与批评中逐步建立。这并非指向一种"诗人互相阐释的局面",正如冷霜所言:"诗人的批评与其诗歌写作之间的相互关系并不能被简单地理解和阐释为一种循环互证的关系"②,在这一层面上,"诗人批评"可以视为进入写作现场的问题线索,从中可辨析和剥离出关乎诗歌本体及其写作语境的重要表达。然而,这一"问题线索"本身依旧存在着未被重视或未曾厘清的"角色"之辨。在评论女诗人罗雨的文章中,霍俊明写道:"因为在很多女性那里,作为诗人的敏感、细微、直觉、感性与作为评论家的学识、理性、逻辑和结构性往往是天然不相容的,甚至二者之间形成了近乎不可逾越的障碍。"③霍俊明的判断并非个案。在基数庞大的诗人批评家群体中,女性写作者的批评依旧少之又少,

---

① 周瓒:《期待那特定的时刻……答诗人穆青的书面提问》,载黄礼孩、布咏涛主编《诗歌与人:中国女诗人访谈录》第三期。

② 冷霜:《论1990年代的"诗人批评"》载《分叉的想象》,光明日报出版社,2016年,第200页。

③ 霍俊明:《"罗雨"与"罗小凤"——作为一种现象的女性诗人批评家》,载《南方文坛》2015年第6期。

部分原因固然与从事这门"手艺"的人的性别比相关，另一方面，这种天然的分割似乎业已成为批评界的共识，诗人与批评家身份的交互更多地在男性写作者身上被发掘，女性亦被忽略，或是作为"为自己的写作而阐释和辩护"的案例出现，却少有人去追问这种性别比背后的社会动因。这种对女性创作者不假思索的贬低及由此产生的态度、价值观和判断，究其根源——男性气质是"规范"。而对此种"规范"的反拨，成为女性批评者们捍卫她们发声与阐释的主导权的第一步。

作为写作者，周瓒对于诗人与批评家身份的交互有着明确的认知，她曾在《诗人与批评家都是劳动者》一文中提到："诗人与批评家一身兼，似既为职业分工日益精细的现代产物，又是古已有之的通才现象的当下反映。"[1] 诗人与评论家的双重身份于她而言并无独异之处，这一部分出于个人兴致，同时亦出于对前辈及同侪的观察。在《用铅笔写诗，用钢笔写评论》一文中，周瓒对臧棣诗人与批评家身份的交互做出了细致的讨论，在她看来，臧棣是"融历史眼光于写作理想中的当代中国文学中的诗人批评家"[2]，写作与批评不可剥离，他的诗歌批评在张扬了他自己的诗歌观念、趣味及写作抱负的同时，对于新诗史及汉语诗歌充满实验精神的未来有着深切的关照。可以说，周瓒对于臧棣的认同在一定程度上也是对自我写作观与批评观的表露。从大学时代起，周瓒便对写作与批评展示出勃勃兴趣，在创作大量的诗歌作品之外，周瓒亦以一种"承担者"的角色潜心于女性诗歌研究与批评之中。乔纳森·卡勒（Jonathan D. Culler）在《作为妇女的阅读》中写道："妇女写作和女性主义批评必须是双重声音的话语，包括缄默者和主导者，处于女性主义批评之内与之外的讲话"[3]。基于这一立场，基于对女性诗歌写作的深切责任感，以周瓒为代表的女性诗歌写作者亦从诗歌批评出发企图在文体的交互中抵达女性

---

[1]　周瓒：《诗人与批评家都是劳动者（代创作谈）》，载黄礼孩主编《诗人批评家诗选》，2011年，第181页。

[2]　周瓒：《用铅笔写诗，用钢笔写评论——论批评家、诗人臧棣》，载《南方文坛》2005年第2期。

[3]　伊莱恩·肖瓦尔特：《我们自己的批评：美国黑人和女性主义文学理论中的自主与同化现象》，载张京媛主编《当代女性主义文学批评》，北京大学出版社，1992年，第259页。

诗歌写作的真实，"理解她们特有的生活经验、集体记忆和对现实的批评精神"①。

与唐晓渡等男性批评家对"女性诗歌"本质化的命名不同，在《女性诗歌，从身份反思和重新命名开始》一文中，周瓒对"女性诗歌"做出了如下定义：

> 作为一个阅读和写作的批评概念，"女性诗歌"是对上个世纪80年代中后期形成的一次诗歌写作思潮的命名与归纳。由此，需要强调的是，"女性诗歌"首先提示了一种批评视角，是特定的批评方法（主要是女性主义批评理论）作用下的结果。从批评角度界定的"女性诗歌"，包含了两方面的意思：一是诗歌中有能被称作"女性意识"的经验；二是这些经验正在被诗歌写作者不断地开拓和丰富，并最终以完美的或具有独创性的形式构造，而富有独创性的形式还可能构成独特的女性文体风格。②

周瓒以清晰而又历史化的表述对女性诗歌的艺术品质做出了衡量，"女性意识"和"独创性的形式构造"被置于同样重要的位置。尤为重要的是，周瓒的定义并非以"写作"为出发点，而是从"批评"的角度做出界定。从批评话语来讲，女性诗歌的产生与西方女性主义思想及女性主义批评理论的传入密不可分，女性主义思想不但为批评者提供了理论支撑，它同时也作用于写作者们，唤醒暗藏于她们身体内部的女性意识，从而落实为文字，形成不同以往的语言张力、风格，也在一定程度上与那些认为历史上女性所写的诗歌均为"女性诗歌"的描述做出了划分。从这一角度来说，女性诗歌写作与女性诗歌批评有着不可割裂的共生性。

---

① 伊莱恩·肖瓦尔特：《我们自己的批评：美国黑人和女性主义文学理论中的自主与同化现象》，载张京媛主编《当代女性主义文学批评》，第259页。

② 周瓒：《女性诗歌，从身份反思和重新命名开始》，载《挣脱沉默之后》，北京大学出版社，2014年，第37页。

自上世纪 80 年代 "女性诗歌" 作为一种 "类型" 被命名，它不断地被批评家们谈论着，不断地被强化为一种写作中的 "特别效果"，部分女性气质被无限放大，演变成诗歌批评单调的、本质化的尺度。对女诗人的作品，一方面固然可以依据历史积淀下来的文学标准进行评价，同时，也应尽量注意分析女诗人写作中的创造性。规范化的文本质量标准需要质疑，因为其中隐含着对女性经验和女性表达方式的无知和无视。面对女性诗歌批评现场可以发现，从诗学角度出发的最正宗的学者化批评看似是在文本细读的基础上展开的对诗歌本体的观察，实际上往往演变为对相关诗学理论的演绎与证明。

作为 "被批评" 的写作者，作为女性写作者的周瓒深知这种误读带给她们的压抑与伤害，因而，拿起 "钢笔" ① 写批评的她所期待建立的是一种面向诗歌本体的、回归感性体验的、将 "女性意识" 和 "独创性的形式构造" 置于同样重要的位置的阐释方式。面对还未能真正建立起批评话语体系的 "女性诗歌"，几年间，周瓒写下《九十年代以来的中国女性诗歌》《女性诗歌：自由的期待与可能的飞翔》《网络时代的女性诗歌："激浪" 或 "畅游"？》《翻译与性别视域中的自白诗》等文章对女性诗歌写作与批评现状做出讨论，将自我融入批评对象之中，逐渐形成对女性诗歌更趋理性化的批评。这并非意味着周瓒只囿于女性诗歌写作与批评的范畴之中，她对于当代诗歌现状、现象、思潮、诗学命题、诗人及其诗作均有着独特的见解和把握。② 在《透过诗歌写作的潜望镜》《挣脱沉默之后》《当代中国诗歌批评史》等文集中，周瓒从已发生的诗歌批评现象中打捞沉淀下来的诸多批评议题，择取重要者，以事实材料，串联起史诗脉络，客观地评说各历史阶段诗歌批评的实绩与难题。亦以灵活、辩证的视角对当下尚未有定论的诗歌现象、活跃的诗人给予恰当的历史评价。周瓒曾在《当代中国诗歌批评史》的后记中写道："我时常掩卷沉思，期

---

① 化用周瓒评臧棣文章《用铅笔写诗，用钢笔写评论 —— 论批评家、诗人臧棣》篇名。

② 周瓒除了女性诗歌之外所做的诗歌批评，如对西渡、桑克等人的评论以及《透过诗歌写作的潜望镜》《挣脱沉默之后》《当代中国诗歌批评史》等亦是其诗歌批评的重要成果。

待与书中的人物共情，或体认历史中一些批评行为的合理性，对于相关的观点、判断也多了一份理解和同情。"① 或许如波德莱尔所说 "完美的批评家即在一本诗集中寻求完善道德心的途径的批评家"②，批评与时代的关系往往是批评家对时代的敏感性体现，周瓒在《"倾斜着" 说出的 "真理" ——反思当代诗歌批评的一个视角》中也曾发表过类似的观点。在周瓒的认知中，批评家无须割裂他所面对的诗歌文本素材与现实状况之间的关联，当她/ 他与诗人共情，目光与心灵都贴近他们共同的处境之时，才能调动最真实的触觉切入所讨论对象的语言与情感之中，确证写作的有效性。于周瓒而言："假如通过类型多样的写作与表达能够帮助我深入我们所生存其间的流动的现实世界的丰富与繁杂，体认诗歌与艺术历久弥新的创造活力和精神指引性，我不介意让自己参与和尝试其他类型的艺术劳动与文化实践。"③ 诗歌写作与诗歌批评构成一定程度上的互文，二者考验着诗人的 "技术"。但周瓒并非只能被归于技术流，她对 "好诗" 有着自己独立的认识，以完整生命作比喻："美妙新鲜的修辞技术构成其骨架，真挚质朴的情怀生成其血肉"④，只有二者自然的交融方能组合为诗的生命。与此同时，在以女性、诗人、批评家多重身份去审视其他女诗人的过程中，在对女性诗歌重新命名和描述的过程中，在强调诗人综合能力的同时，周瓒的诗歌批评也在一定程度上构成对其写作与生活感触的反哺：

> 我相信，阅读诗歌具有另一种纯粹的直接性。诗歌有着自我甄别和分检的能力，诗歌中的声音冶炼提取着诗人的灵魂与思想的菁华。甚至，从诗歌中成型的诗人形象有时候会阻碍我与现实中诗人的交流。我畏惧于现实的面具，哦，它们也戴在我的脸上。我甚而

---

① 周瓒：《当代中国诗歌批评史》，中国社会科学出版社，2020 年，第 381 页。

② 波德莱尔：《1846 年的沙龙：波德莱尔美学论文选》，郭宏安译，广西师范大学出版社，2002 年，第 67 页。

③ 周瓒：《诗人与批评家都是劳动者》，载黄礼孩主编《诗人批评家诗选》，第 181 页。

④ 周瓒：《思考诗》。

可以由此判断出我眼中的好诗人，正是那些在现实交往中使我感到既贴近又疏远的诗人，是我所热爱的。她/他们诗歌中的自我吸引我，从她/他们的诗中，我读到我自己的丰富与贫乏，激情和沮丧，也读到我自己的短暂热望与持久飞扬的生命力。[①]

或许，对于周瓒而言，"打破诗人、批评家这样的概念边界，大概不过是最浅近的一着"[②]。周瓒将一种明确的自我检视意识从诗歌写作带入诗歌批评之中，从性别与写作、诗歌与现实、语言与技巧等方面呈现出反思与实践的驳论。诗歌批评这一行为关联着技术与想象力，深入具体文本肌理，从修辞与意蕴两方面拆解复杂，同时亦需要想象力将读者的接受视野拓展开来，诗人批评家的身份恰好平衡了诗歌与批评之间的微妙之处。

结　语

"写作即重新命名"，周瓒在诗歌中重新发掘自己的生活，发掘被引导着想象自己的过程，发掘使用的语言是如何束缚又如何解放了女性……然后，她尝试着对自己，对写作中的女性群体重新命名。"性别意义也必须通过写作而获得"[③]，作为以诗为旗的女诗人，周瓒将写作视为探索性别视角有效性和可靠性的必经之途。对自我写作权与阅读权的声张打破了旧秩序对女性的束缚，同时，她以自己的写作昭明，女性完全胜任诗歌这一文学样式，并为其在内容与形式上带来长久的变革。通过不断的"知识"摄取，将其巧妙化用至写作实践之中，周瓒的写作在一定程度上完成了对汉语中存在的性别歧视意味的削弱和剔除，以严肃的态度

---

① 周瓒：《挣脱沉默之后——凝听丁丽英》，载《挣脱沉默之后》，北京大学出版社，2014年，第211页。

② 周瓒：《诗人与批评家都是劳动者》，载黄礼孩主编《诗人批评家诗选》，第181页。

③ 周瓒、戴锦华、穆青、贺雷：《女性诗歌：可能的飞翔（关于〈翼〉的对话）》，载《翼》第三期。

处理着诗歌这门"特殊的知识"。而知识分子身份所给予她的冷静"旁观视角"让她在道义和美学之间找到了一个适度的切入点，在一种个人情怀的参与下通向了最终的现实。同时，基于对女性诗歌写作的深切责任感，周瓒亦从诗歌批评出发企图在文体的交互中抵达女性诗歌写作的真实。在写作与批评之间腾挪，在代际的更迭中一层层剔除着历史和文化笼罩的"习俗和体面"的阴影。诗人的书写证明，女性生具诗性，在女人和诗人身份的交互中，在历史与现实的对读中，诗人她的代词、名词和她的一小撮有关概念承载起女性诗歌史的过去、现时与未来。茨维塔耶娃曾以《普赛克》(灵魂)为题写给全体女性这样的诗行，那"剩下的两张翅膀"或许便是以周瓒为代表的女诗人们的写作承载的可能的飞翔：

> 你穿着——我的甜心——破烂的衣服，
> 它们从前曾是娇嫩的皮肤。
> 一切都磨损了，一切都被撕碎了
> 只剩下两张翅膀——依然留了下来。
>
> ——茨维塔耶娃:《普赛克》①

---

① 茨维塔耶娃:《普赛克》，王家新译，转引自蓝蓝:《我是另一个人》，北京邮电大学出版社，2013年，第62页。

文本重释

在当下的青年诗歌"场域"中，有关张枣的论说，已有些太过密集。"文本重释"专栏再次聚焦张枣的诗作，不是为了加入"重言"式的再生产，反倒是想将张枣的论说"再问题"化。本栏前面三篇细读文章都别有新意，不同程度包含了反思、检讨的意识；后面两篇文章，则是特别邀约的回应与争鸣，意在更多一点撑开这样的"间离"空间。

在语言的边际：元诗的绝境与出路

—— 张枣《大地之歌》解读

李　春

1

写于 1999 年的《大地之歌》，或许算得上张枣的登峰之作。全诗共112 行，是张枣继《历史与欲望》《在夜莺婉转的英格兰一个德国间谍的爱与死》《德国士兵雪曼斯基的死刑》《卡夫卡致菲丽丝》《空白练习曲》《跟茨维塔伊娃的对话》之后的又一鸿篇巨制。其容量之广博、结构之繁复、表达之精微，远非早期的《镜中》《早晨的风暴》《何人斯》等名篇可比，在张枣的心目中自然也有着特别的分量。[①]

然而，在中国新诗的传播中，存在着一种典型的错位，即一个诗人流传最广甚至被经典化的作品，往往并不是其水平最高的，或者诗人自己最看重的作品。长诗在诗歌教育或者读者接受方面尤其不占优势。对张枣来说，最为尴尬或可惜的状况，便是《镜中》的无量风头掩盖了他在长诗创作中所展现的抱负和取得的成绩。而这其中，尤其是《大地之歌》，还远没有得到应得的关注。这可能与文本本身的繁难有关。目前，仅见陈东东和张伟栋有专门的论述。其中，陈东东阐释了"重建我们的大

---

① 据陈东东回忆，张枣完成此诗后，曾打电话告知："东东我写了一首诗送给你，写上海的哟，长诗哦……我写得很开，你赶紧看一下……"其兴奋之情足以显示出张枣本人的重视。见陈东东：《亲爱的张枣》，载《我们时代的诗人》，东方出版中心，2017 年，第 177 页。

上海"这一主题的美学意义，对全诗做了极为别致的阐发。而张伟栋的《"鹤"的诗学——读张枣的〈大地之歌〉》①则剖析了全诗的结构，指出其中存在着马勒、鹤、大上海、"那些人"四组形象，以及现实与未来、鹤与天使、张枣与陈东东、"那些人"之间的四组对话关系。此外，该文还指出了《大地之歌》与特朗斯特罗姆的《舒伯特》和马勒的《大地之歌》的关系。这些有益的指示为我们深入理解该诗提供了基本的框架。

作为张枣诗歌的爱好者，笔者痴迷于《大地之歌》已数年，反复吟诵近百遍，在以上两文的帮助下，对该诗的理解也有所深入，但目前仍存有一些困惑。

首先，本诗中存在着大量超离一般阅读经验的表达，比如"你在这一万多公里外想着它电信局的中心机房，/和落在瓷砖地上的几颗话梅核儿"，"她失去的左乳，用一只闹钟来接替，她/骄傲而高耸，洋溢着补天的意态。/指针永远下岗在12：21"。这类表达清楚地呈现了张枣一贯的美学癖好。在《大地之歌》之前，我们还可以找到："六根辔绳积满阴天"（《何人斯》），"跛足的空白爷拎着鸟笼，打前庭走近"（《一个诗人的正午》），"他回到身外一只缺口的碗里"（《祖父》），"是那碘酒小姐说你还/活着"（《空白练习曲》）等。

人们在解读诗歌时，往往倾向于把一切作品都视为象征的。比如，我们常常饶有兴致地追问李金发的《弃妇》中弃妇为什么要靠一根"草儿"而不是一片树叶"与上帝之灵往返在空谷里"，她的动作又为何是"堆积"而不是"体现""在动作上"，由此利用自己高超的词义侦查能力、世界文学知识和理论修养，上天入地，尽情剔剥，从文字的音形义到分行句法修辞，再到诗人的行状抱负，社会的千褶万壑，历史的兴衰治乱，文明的沧海桑田等——纳入，直到榨出全部意义的汁水，烹制出一道审美的营养汤。由此，"解诗"之"解"所暗示的，正是这一程式化的解剖过程。诗歌一旦被视为象征的，读诗就成了猜谜，诗人的写作和读者的阅读，则沦为智力上的调情，彼此你来我往，欲拒还迎。

---

① 张伟栋：《"鹤"的诗学——读张枣的〈大地之歌〉》，载《山花》2013年第13期。

当我们用这种猜谜的方法来阅读张枣的诗歌时，便不得不追问"电信局的中心机房"①和"几颗话梅核儿"代表了怎样的上海，祖父为什么回到的是"缺口的碗里"，"空白爷"有怎样的面孔，"碘酒小姐"会产生何种化学反应。此刻，我们会发现，这些表达可能来自诗人某些独特的经验，某个时刻的幻觉，或者仅仅是要和读者开个玩笑而逞才使气。而我们几乎没有相应的经验和知识来剥开它们的外衣，使之赤裸示人。当张枣执意要调用这些表达时，解开象征之谜的难度就被刻意增加了。或者说，他是有意要在一定的层面上拒绝象征，拒绝猜谜，而将这些词语永远留给他自己。这些词语不是谜语，因此也没有谜底。作为读者，我们只能囫囵吞咽，尽管如鲠在喉。猜谜式的解读在此是无能为力的。

但这些难以被逻辑化或者被日常语言重新编码的奇异表达，并未引发张枣的诗歌畸形变异。他的诗歌内部结构大多经过刻意经营，十分清楚，而这些难以被解诗学消化的词语，不过只是局部的点缀。因此，我认为，对张枣的诗歌，更为合理的方法是采取"模块化"的阅读，厘清内部各单元的功能及其相互之间的关系，由此获得整体上的把握，而对这些奇异的表达，绝不强绘意态，至多凝聚一些模糊的认识，保留其神秘的面纱。这种知难而退，既尊重了诗人的高精尖专利，也为诗歌阅读保留了一分体面，而不至因饾饤琐碎而走上迷途。本文对《大地之歌》的阅读，即在这一路径上展开。

另外，与这种注重结构、关系的模块化阅读相关的，是两个具体的、局部的困惑。一是诗中"你爱人"这一角色的地位到底如何。这一角色在第一节中出现，然后在第六节中再次出现，并作为诗歌的结尾。而以上两文均没有论及。二是诗中的重要意象"鹤"的功能。陈东东指出，在诗中，张枣自己"则以一只鹤的身姿，在被音乐性的语言追询、迫问、构建和重新规划的大上海闪现"。而张伟栋也指出："'鹤'几乎可以算作是张枣诗学观念的最准确和最充实的表达。"但张枣在诗中是很少直接表态的，

---

① 陈东东认为它代表了上海的现代性。

几乎从不露出思想和精神的底牌。其诗中一再出现的神秘之"鹤"是否就代表了那个既隐藏又显现的诗人自己？

当然，这些困惑都是局部性、琐碎的。笔者对全诗的理解并没有偏离以上两文奠定的大方向，在此处仅仅用"模块化"阅读的方法，尝试清除以上两个具体的阅读障碍。

2

逆着鹤的方向飞，当十几架美军隐形轰炸机
偷偷潜回赤道上的母舰，有人
心如暮鼓。
而你呢，你枯坐在这片林子里想了
一整天，你要试试心的浩渺到底有无极限。

诗歌以"鹤"与"美军隐形轰炸机"逆向而飞的场景开篇，以"有人/心如暮鼓"过渡，最后以对象化的自己（"你"）"枯坐"收束，由动至静，由外界喧闹嘈杂的物理运动过渡到了诗人的精神运动："你要试试心的浩渺到底有无极限。"我认为这里实际上点出了全诗的主题，即诗人接下来要写的，便是一场精神的冒险历程。

这一精神活动因感应外物的变化而生："鹤"与"隐形轰炸机"的逆向而飞。"鹤"是典型的古典自然意象，其无拘无束地自由翱翔，远离尘嚣，暗示了肉身与精神的自足、洒脱与超然；而"隐形轰炸机"则是工业机械意象，其"偷偷潜回赤道上的母舰"，集合了人类最高水平的智慧、机巧、欺诈与暴力，深深地浸润于人际关系的纠葛中。两者逆向而行，也牵动着诗人的精神向着不同的方向延伸，便有了"心的浩渺"。

在这里，"鹤"与"隐形轰炸机"都是外在于诗人而存在的，为其精神运动提供了不同方向的牵引力，各自引出了下文中理想的大上海与现实的大上海两个世界。因此，至少到此处，我们还不能把"鹤"视为诗人的化身。

> 你边想边把手伸进内裤，当一声细软的口音说：
> "如果没有耐心，侬就会失去上海"。
> 你在这一万多公里外想着它电信局的中心机房，
> 　和落在瓷砖地上的几颗话梅核儿。
> 　　　　　　　　　那些
> 通宵达旦的东西，刹不住的东西；一滴饮水
> 和它不肯屈服于化合物的上亿个细菌。

　　诗人一开始自己的精神之旅，一声上海口音的忠告便在耳边响起。这表明了上海在其精神世界中的独特意义。随后诗人首先想到的，便是"电信局的中心机房"、"落在瓷砖地上的几颗话梅核儿"，还有一些模糊地运动着的"通宵达旦的东西"和"刹不住的东西"，以及微小的水滴中的细菌。这些意象自然传达了上海的"现代性"，但更明显的作用是在整体上呈现了一个迷乱、破碎的"大上海"。诗人的情绪矢量由此开始成型：

> 你越想就越焦虑，因为你不能禁止你爱人的
> 　咏叹调这天果真脱颖而出，谢幕后很干渴

　　诗人的精神之旅进入了"焦虑"阶段。而"你爱人的咏叹调"，对如此无序的上海似乎是认同的，于是作为杂音出现，更增加了诗人"焦虑"的强度。

　　但诗人的精神之旅和情绪不是单向发展的。在迷乱的上海，他仍发现了一些正面的东西：

> 那些有助于破除窒息的东西；那些空洞如蓝图
> 又使邻居围拢一瓶酒的东西；那些曲曲折折

> 但最终是好的东西；使秤翘向斤斤计较又
> 忠实于盈满的东西；使地铁准时发自真实并
> 让忧郁症免费乘坐三周的东西；
> 那会是什么呢？
> 诱人如一盘韭黄炒鳝丝：那是否就是大地之歌？

　　诗人由此发掘了"大上海"的丰富性：在日常的琐碎与混乱中，也隐藏着无数牵引着人类的好奇心、敬畏心并得到慰藉的超越性因素："诱人如一盘韭黄炒鳝丝：那是否就是大地之歌？"

　　是为该诗第一节解读。

3

　　据陈东东回忆，《大地之歌》的第二节和第五节是后来增补的。初稿的第二节实为定稿的第三节。在第一节的结尾处，诗人将"大上海"深处的感召力比拟为马勒的《大地之歌》，于是很自然地在接下来的一节中也有了创作自己的《大地之歌》的冲动：

> 你不是马勒，但马勒有一次也捂着胃疼，守在
> 角落。你不是马勒，却生活在他虚拟的未来之中，
> 迷离地忍着

　　在这里，马勒被赋予了精神导师的角色，但不是不可接近的，因为马勒也有凡人的一面："但马勒有一次也捂着胃疼，守在/角落。"诗人早已成为他"虚拟的未来"世界的精神居民，却也意识到了这一超越性的身份与自己的肉身的撕裂，因此不得不"迷离地忍着"。随后，诗人便在马勒的指引下开始演奏自己的《大地之歌》：

> 马勒说：这儿用五声音阶是合理的，关键得加弱音器，
> 关键是得让它听上去就像来自某个未知界的
> 微弱的序曲。错，不要紧，因为完美也会含带
> 另一个问题，
> 一位女伯爵翘起小姆指说他太长，
> 马勒说：不，不长。

马勒以高度的专业性和强有力的决断引导着诗人在浩渺的精神世界遨游着。而定稿新增的第二节，则有意破坏了初稿衔接的自然性：

> 人是戏剧，人不是单个。
> 有什么总在穿插，联结，总想戳破空虚，并且
> 仿佛在人之外，渺不可见，像
> 鹤……

这一节的增加，延迟了马勒的出场，也使得诗人的精神之旅变得更为漫长和曲折。

首先，诗人意识到了人虽然只有一具肉身，但在精神上却可能存在着多重身份："人是戏剧，人不是单个。"生存在这个世界上，一个人的内心常常分裂为无数的角色，彼此对话，合作，顺从，驳诘，背叛，对抗，宛如一场戏剧在上演着。这意味着人类内在精神空间的延展，面临着多重可能的方向，可以追随"鹤"，也可以追随逆向而行的"隐形轰炸机"。

其次，面对多重可能性，人在精神上的挣扎，却有一个固定的目标，那就是通过各种"穿插"与"联结"而最终"戳破空虚"，即反抗现实的凝固可能造成的精神窒息。这里并没有一个明确的未来，因此，诗人只能为这种内在的超越性努力，安置一个"渺不可见"的客观对应物，通过内外应和来增强自己的信心："仿佛在人之外，渺不可见，像/ 鹤……"

在这里，"鹤"是对"仿佛在人之外"的某种难以具象化的东西的命名。"仿佛"一词的使用，使得以"喻体"形式出现的"鹤"的地位暧昧不

明。即某种神圣的感召力可能源自我们的内心，又可能源自外部。当它不能被具体定位时，它也就无处不在。从这个意义上说，"鹤"的功能接近西方宗教的"神性"，但它作为东方的古典意象，显然是非神性的。这种非神性在诗人增补的第五节（仅有一行）中得到了进一步的暗示：

> 鹤之眼：里面储存了多少张有待冲洗的底片啊！

"鹤"眼中的"底片"只是一直"储存"着，"有待冲洗"。这意味着在高处凝望人间的"鹤"仅仅是旁观者和记录者。它眼中所珍藏的人类的秘密永远不会揭晓，因此，它也不会是最终的裁决者。这与西方宗教中的神完全不同。

诗人有意突出"鹤"的非神性，表明其非常清楚，内心的那种至高无上的精神感召力，是自己强行创造出来的，或者说，它是诗人一部分自我意识——具体来说，就是自我精神突围的顽强决心——的对象化。由此看来，第二、三、五节实际上是在"重建我们的大上海"这一主题之外，叠加了另一个主题：精神的突围与冒险，具体表现为在马勒的指导下创作自己的《大地之歌》，而书写自己的《大地之歌》，最后又表现为对大上海理想蓝图的勾画。由此，整首诗表现为两条线索（主题）的分流、交叉（如第六节插入的"铃鼓伴奏了一会儿"、"三度音程摆动的音型。/双簧管执拗地导入新动机"）和最终的汇流（"马勒又说，是的，黄浦公园也是一种真实，/但没有幻觉的对位法我们就不能把握它……"）。

在展现精神突围与冒险这一主题的过程中，作者不断地与马勒对话，书写抒情这一行为本身，接纳了诗人个人的"元诗"写作传统。

以上为第二、三、五节的解读。

4

诗歌的第四、六节主要集中在"重建我们的大上海"这一主题上。第四节开头写道：

> 此刻早已是未来。
>
> 　　　　但有些人总是迟了七个小时，
> 他们对大提琴与晾满弄堂衣裳的呼应
> 　　竟一无所知。

　　诗人强行改变了自己和读者在物理时间上的定位，在"早已是未来"的时间坐标上开始了对当下的"大上海"的审视。那奏响《大地之歌》（未来上海的蓝图）的小提琴，便如来自天国的召唤，与当下"晾满弄堂衣裳"的"大上海"产生了呼应。然而，那些精神愚钝的人对此"竟一无所知"。他们被各式各样的挫折、蝇头小利、偏见或无知所困住：

> 那些生活在凌乱皮肤里的人；
> 　　　　摩天楼里
> 那些猫着腰修一台传真机，以为只是哪个小部件
> 　　出了毛病的人，（他们看不见那故障之鹤，正
> 　　屏息敛气，口衔一页图解，踉立在周围）；
> 那些偷税漏税还向他们的小女儿炫耀的人；
> 那些因搞不到假公章而煽自己耳光的人；
> 那些从不看足球赛又蔑视接吻的人；
> 那些把诗写得跟报纸一模一样的人，并咬定
> 　　那才是真实，咬定讽刺就是讽刺别人
> 　　而不是抓自己开心，因而抱紧一种倾斜，
> 　　几张嘴凑到一起就说同行坏话的人；
> 那些决不相信三只茶壶没装水也盛着空之饱满的人，
> 　　也看不出室内的空间不管如何摆设也
> 　　去不掉一个隐藏着的蠕动的疑问号；
> 那些从不赞美的人，从不宽宏的人，从不发难的人；

　　那些对云朵模特儿的扭伤漠不关心的人；

　　那些一辈子没说过也没喊过"特赦"这个词的人；

　　那些否认对话是为孩子和环境种植绿树的人；

　　这些人正是造成整个"大上海"琐碎无序的重要原因，也是诗人"重建我们的大上海"的重要原因。余旸指出："在绝对的意义上来说，他没有一首诗歌，是及物的，或者说是直接诉之于我们的直接经验。"[①]这是就张枣早期的诗歌而言。但《大地之歌》这部分则显示出了张枣诗歌从未有过的倾向：明确的现实讽喻性。

　　如果说"元诗"的发生机理在于"将生活与现实的困难与危机转化为写作本身的难言和险境"，[②]那么，它的"及物性"仍然是存在的，只不过是间接的。而在此处，张枣则突破了这一原则，对现实进行了语气强烈的直接表态。这样一来，整首《大地之歌》的层次就变得更为丰富了。它不仅书写了超越性的精神旅行，也开始向现实与日常生活敞开。"元诗"在此不再是一种"类型"，而是"降格"为了一种局部的方法，通过书写抒情动作来更为丰富地展现全诗的主题。张枣的诗歌由此也具有了更大的包容性。接下来的几行便将这种现实讽喻性和精神的超越性结合了起来：

　　他们同样都不相信：这支笛子，这支给全城血库

　　供电的笛子，它就是未来的关键。

　　一切都得仰仗它。

　　这些人最大的问题便是受困于精神上长久的荒芜，失去了超越性的精神追求。因此，当诗人的交响乐中的笛子，奏响了未来的希望之声时，

───────────────

①　余旸：《张枣诗歌中元诗意识的历史变迁》，载《新诗评论》2005 年第 2 辑，第 152 页。

②　张枣：《朝向语言风景的危险旅行——中国当代诗歌的元诗结构和写者姿态》，载《张枣诗文集·诗论卷 2·讲稿随笔》，四川文艺出版社，2021 年，第 182 页。

他们仍然陷在怀疑的陷阱里。由此，诗人在第六节提出："如何重建我们的大上海，这是一个大难题。"随即，诗人提出了自己的方案：

> 首先，我们得仰仗一个幻觉，使我们能盯着
>
> 　某个深奥细看而不致晕眩，并看见一片叶
>
> 　（铃鼓伴奏了一会儿），它的脉络
>
> 　呈现出最优化的公路网，四通八达；
>
> 我们得相信一瓶牛奶送上门就是一瓶牛奶而不是
>
> 　别的；

"重建我们的大上海"指向的是现实，而"幻觉"这接续了精神冒险的线索，到此，诗歌的两个主题正式汇流。随后，诗人在交响乐的伴奏中展示了大上海的鸟瞰图。在张枣的心目中，理想的"大上海"仍然是现代化的大上海。[①] 在四通八达的交通网和良好的商业信誉所构筑的生态环境里，各人都找到了安适的栖居地：

> 我们得有一个电话号码，能遏止哭泣；
>
> 我们得有一个派出所，去领回我们被反绑的自己；
>
> 我们得学会笑，当一大一小两只西红柿上街玩，
>
> 大的对小的说："Catch-up！"；
>
> 我们得发誓不偷书，不穿鳄鱼皮鞋，不买可乐；
>
> 我们得发明宽敞，双面的清洁和多向度的
>
> 　透明，一如鹤的内心；

---

① 据陈东东回忆，张枣曾经说："可是上海真的做得好，很现代……开始的时候会觉得中国的现代化很难成功，现在让人相信它不可逆转，肯定要成功了。"陈东东：《亲爱的张枣》，载《我们时代的诗人》，第177页。

在这里，人们可以自由倾诉心灵的痛苦，解放自己被束缚的灵魂，彼此友爱，诚实，物质生活和精神生活都环保健康。从此，大地上的人类，也开始以神的尺度来对待自己："我们得发明宽敞，双面的清洁和多向度的/ 透明，一如鹤的内心。"但仅有灵魂的上征是不够的：

> 是呀，我们得仰仗每一台吊车，它恐龙般的
> 　　骨节爱我们而不会让我们的害怕像
> 　　失手的号音那样滑溜在头皮之上；
> 如果一班人开会学文件，戒备森严，门窗紧闭，
> 　　我们得知道他们究竟说了我们什么；
> 我们得有一个"不"的按钮，装在伞把上；
> 我们得有一部好法典，像
> 　　田纳西的山顶上有一只瓮；
> 而这一切，
> 这一切，正如马勒说的，还远远不够，

人还必须在精神上得到某种保障，免于恐惧，学会拒绝，最终也像田纳西山顶上的瓮一样，在内心赋予世界一个秩序。但这一切"还远远不够"，诗人继续展示自己的蓝图。这几节诗看似分节，但又被一个完整的句子连接，如交响乐中一个乐章的刚刚完成，另一个乐章又响起，绵绵不绝。最后两节更是无法分割：

> 还不足以保证南京路不迸出轨道，不足以阻止
> 　　我们看着看着电扇旋闪一下子忘了
> 自己的姓名，坐着呆想了好几秒，比
> 文明还长的好几秒，直到中午和街景，隔壁
> 保姆的安徽口音，放大的米粒，洁水器，
> 小学生的广播操，刹车，蝴蝶，突然
> 归还原位：一切都似乎既在这儿，

又在

飞啊。

鹤，不只是这与那，而是

一切跟一切都相关；

三度音程摆动的音型。双簧管执拗地导入新动机。

马勒又说，是的，黄浦公园也是一种真实，

　　但没有幻觉的对位法我们就不能把握它。

我们得坚持在它正对着

　　浦东电视塔的景点上，为你爱人塑一座雕像：

　　她失去的左乳，用一只闹钟来接替，她

　　骄傲而高耸，洋溢着补天的意态。

指针永远下岗在 12：21，

　　这沸腾的一秒，她低回咏叹：我

满怀渴望，因为人映照着人，没有陌生人；

人人都用手拨动着地球；

这一秒，

　　　　　至少这一秒，我每天都有一次坚守了正确

并且警示：

　　　　　仍有一种至高无上……

　　一切井然有序，但不能阻止任何偶然性的事件发生，从而失去对自我和世界秩序的控制："还不足以保证南京路不迸出轨道，不足以阻止/ 我们看着看着电扇旋闪一下子忘了/ 自己的姓名，坐着呆想了好几秒，比/ 文明还长的好几秒。"

　　但正是这出神的时刻，让我们有机会反省自己的文明，从而让尘世中一切琐碎而卑微的存在，都获得了超越藩篱的能力，而具有了某种神性：

　　　　直到中午和街景，隔壁

> 保姆的安徽口音，放大的米粒，洁水器，
> 小学生的广播操，刹车，蝴蝶，突然
> 归还原位：一切都似乎既在这儿，
>
> 　　　　　　　　　　又在
>
> 飞啊。

最后，万物都因获得了神性而齐一：

> 鹤，不只是这与那，而是
> 一切跟一切都相关

接下来，在交响乐的伴奏中（"三度音程摆动的音型。双簧管执拗地导入新动机"），诗人让马勒直接出场，安排新上海的秩序，完美地实现了双重主题的汇流：

> 马勒又说，是的，黄浦公园也是一种真实，
> 　但没有幻觉的对位法我们就不能把握它。

而最容易被读者忽略的"你爱人"也以一座雕塑的方式再次出场：

> 我们得坚持在它正对着
> 　浦东电视塔的景点上，为你爱人塑一座雕像：
> 　她失去的左乳，用一只闹钟来接替，她
> 　骄傲而高耸，洋溢着补天的意态。

诗人在马勒的指导下，重新塑造了"你爱人"，让她以新的姿态融入了理想的大上海的景观中。"她失去的左乳，用一只闹钟来接替"，可能意味着她丧失了部分生理的自然属性。而这部分空白，则由人类现代性象征的"闹钟"来填补，赋予她生生不息的动力，由此变得"骄傲而高

耸"，如创世神话中的女娲，"洋溢着补天的意态"，而不再是先前那个只会浅薄地咏叹现实的人。

被改造的"你爱人"完全成为世界秩序的主宰者，可以主动地控制物理时间，而且咏叹着新的感悟：

指针永远下岗在 12：21，

　　这沸腾的一秒，她低回咏叹：我

满怀渴望，因为人映照着人，没有陌生人；

人人都用手拨动着地球；

这一秒，

　　　　至少这一秒，我每天都有一次坚守了正确

并且警示：

　　　　仍有一种至高无上……

人人心心相印，紧密相连，而且都成为地球的主人。这一美好的蓝图让她"满怀渴望"，并由此对人类的精神向度有了新的认识："我每天都有一次坚守了正确"，并且保持着对"至高无上"的敬畏与热情。这可能也是诗人探索"心的浩渺到底有无极限"的最终结论。

在此，诗人对自己精神的谜底（"至高无上"）似乎有了明确的表态，但却以被自己和马勒改造的"你爱人"的口中道出，又随时准备好抽身而出，潇洒远去，如一只无法被定义、被本质化的自足的"鹤"。至于究竟什么是"正确"、什么是"至高无上"，诗人却拒绝交底，只能留给未来无尽的精神之旅继续探索。而且，如果如巴丢所说，真理起源于信仰，那么，这种"正确"和"至高无上"则变成权宜的了，它只负责为我们"破除窒息""戳破空虚"提供动力，却不负责安排未来的生活，而且可能随之烟消云散。

5

　　在对《大地之歌》做了"模块化"的阅读后，尽管留下了一些局部的不可索解的表达，笔者仍然对全诗获得了整体性的认识：

　　《大地之歌》写在逆向而飞的"鹤"与"轰炸机"的召唤下，诗人开始了心灵的冒险之旅。这趟冒险之旅由对"大上海"的焦虑引起，由对它的重建而展开。在重建"大上海"的过程中，诗人接受了马勒的指导，对"大上海"的重建，仿佛就是演奏一曲自己的《大地之歌》，由此，整首诗呈现出了精神的冒险之旅与现实社会改造双主题的分流交叉与汇合。重建"大上海"，既包括对城市物理空间的改造，也包括对日常生活、社会制度、精神世界的改造。其中，对"你爱人"的改造被作为典型进行了重点书写。在重建"大上海"的工程完成后，诗人也获得了新的觉悟（保持对"至高无上"的信仰）。在超越地方主义的视角下，重建"大上海"，也可视为张枣对中国社会现代性的探索。在整个过程中，"鹤"是神秘的最高的凝视者，是人世一切秘密的见证者。它的存在使得全诗在俗世与超越之间保持着张力。

　　此外，我认为《大地之歌》对张枣来说最特别的意义便是（或许是在无意之中）突破了"元诗"的封闭性。在张枣的理论归纳中，元诗的主题就是"抒情动作"，其诗意的产生在于"让语言的物质实体获得具体的空间感并将其本身作为富于诗意的质量来确定"，而最终目的便是"追问如何能发明一种言说，并用它来打破萦绕人类的宇宙沉寂"。由此我们可以看到，张枣的诗歌如《卡夫卡致菲丽丝》《空白练习曲》等都是在书写"写作者姿态""写作焦虑"以及诗人的"方法论反思与辩解"的过程。[①]尽管其中充满了各种瑰丽奇谲的语言风景，但抒情过程作为诗歌主题反复呈现，最终必然让阅读者清楚地摸清其套路，心生厌倦也就难免了。

---

① 张枣：《朝向语言风景的危险旅行——中国当代诗歌的元诗结构和写者姿态》，载《张枣诗文集·诗论卷2·讲稿随笔》，第183页。

　　我认为元诗的根本性危机也就在这里。它建立在一种理论"幻觉"上：词语及其组合是无限的。因此，语言的世界是浩瀚无边的，书写"语言的物质实体"的元诗便有了丰沃的生长土壤，完全可以作为一种类型而存在。但是，反复书写"写作者姿态""写作焦虑"以及诗人的"方法论反思与辩解"，无非就是一个遭遇表达的挫折与突破的过程，在形形色色的语言风景背后，实际上是封闭的同质化的表达，而同质化的表达便有沦为无效写作的危险。

　　但《大地之歌》显示出了一个向好的趋势。全诗是双主题的，一个指向现实的改造，一个指向精神的漫游。后一主题是通过元诗来表达的。也就是说，在这里，元诗由类型降格为了方法，在自我完成的同时也为前一个主题服务，从而走出了险境。由此，元诗的"间接及物性"内涵就变得更为复杂。

　　这也提醒我们，词语看似无边，但当词语就是词语本身时，它实际上仍然是封闭的。只有恢复或丰富词语的及物性，向丰富而多变的现实世界敞开，诗歌才能真正进入无限宽广的天地，迎来新的生机，不断地自我丰富和成长。

张枣诗歌中的"甜美"与"虚无"

—— 从《望远镜》谈起

綦文多

张枣（1962—2010）生于湖南长沙，本科毕业于湖南师范大学英语系，后考入四川外语学院念硕士。20 世纪 80 年代初，张枣以《镜中》《何人斯》等诗作在诗坛成名，成为"巴蜀五君子"[①] 之一。虽然他留下的诗歌并不多，只有一百余首，但其中有不少精品佳作。20 世纪 80 年代后，以北岛、顾城、舒婷等人为代表的朦胧诗人的风格逐渐成熟，朦胧诗的热潮也随之退却，张枣作为后朦胧诗人中十分特别和天才的一个，有意识地开拓出一条不同于前人的道路。1986 年，张枣赴德国留学，获德国特里尔大学文哲博士，后在图宾根大学任教。旅居海外期间，他在另一种诗歌和语言的浸润与熏陶下，继续推进了自己的诗学观念。2006 年归国后，张枣先后任教于河南大学文学院、中央民族大学文学与新闻传播学院，于 2010 年病逝。

《望远镜》是张枣于 1994 年左右创作的一首爱情诗，这首诗虽不像《镜中》等诗作那样闻名于世，但它较为突出地体现了张枣的诗歌风格与特色，很具代表性，值得更丰富、更细致的赏析与解读。张枣说："生存美得难舍，虚无饱满而绵甜。"[②] 本文在对张枣《望远镜》一诗进行细读的

---

① 指张枣、欧阳江河、柏桦、孙文波和翟永明五人，为 80 年代生活在大四川地区的五位著名诗人。

② 张枣：《自己的官方》，载颜炼军编选《张枣随笔选》，人民文学出版社，2012 年，第 15 页。

基础上，从 "甜美" 与 "虚无" 两条线索出发，分析张枣的诗学观念与诗歌创作特征，包括以下三部分：第一部分对张枣《望远镜》一诗进行赏析；第二部分结合《望远镜》一诗，分析张枣 "甜美" 的诗学观念及其在诗歌创作中的具体表现；第三部分从 "甜美" 转向 "虚无"，围绕张枣诗歌中的失落与颓废、时间的 "虚无" 与现实的 "虚无"、"甜美" 与 "虚无" 的内在联系等问题展开讨论。

一 《望远镜》赏析

望远镜

我们的望远镜像五月的一支歌谣
鲜花般地讴歌你走来时的静寂
它看见世界把自己缩小又缩小，并将
距离化成一片晚风，夜莺的一点泪滴

它看见生命多么浩大，呵，不，它是闻到了
这一切：迷途的玫瑰正找回来
像你一样奔赴幽会；岁月正脱离
一部痛苦的书，并把自己交给浏亮的雨后的

长笛；呵，快一点，再快一点，越阡度陌
不再被别的什么耽延；让它更紧张地
闻着，吃语着你浴后的耳环发鬟
请让水抵达天堂，飞鸣的箭不再自已

啊，无穷的山水，你腕上羞怯的脉搏
神的望远镜像五月的一支歌谣

看见我们更清晰，更集中，永远是孩子
神的望远镜还听见我们海誓山盟

　　"望远镜"是张枣这首诗的标题，也是最核心的意象。望远镜是现代人用来提升视力的工具，这只现代的"眼睛"可以调节远、近、高、低，让视野中的形象有大小和位置的变化，这种变化也贯穿了整首诗。另外，望远镜还提供了一个限制视野、边界明晰的"画框"，我们通过望远镜看到的是"画框"内的形象，形象因此被孤立起来，同时也更加集中和突出。那么，诗中是谁在用望远镜观看，又看到了什么？让我们从诗的头两行开始解读：

　　　　我们的望远镜像五月的一支歌谣
　　　　鲜花般地讴歌你走来时的静寂

　　第一行的"我们"似乎点明了望远镜的归属或谁在用望远镜观看，但这个"我们"并不特指具体的谁，它一方面指涉诗歌的抒情主体，另一方面也是对人类宽泛、亲昵的称谓，与诗歌最后一节"神的望远镜"中的"神"构成呼应。"五月""歌谣""鲜花"等都是温暖明媚的意象，营造出美好欣喜的氛围，在这样的氛围里，我们迎来了望远镜所观看的对象或客体——"你"。"你"是朝着望远镜的方向走来的，是闯入"画框"内的形象，是一切的开始。第二行的"讴歌"与"静寂"是动与静、有声与无声的结合，虽然"你"走来时是静寂的、无声的，但在望远镜的视野里，"你"的形象逐渐占据整个"画框"，带来了色彩、气味与声音。是"你"的到来，让望远镜"活"了起来、"动"了起来。接着看下面的两行：

　　　　它看见世界把自己缩小又缩小，并将
　　　　距离化成一片晚风，夜莺的一点泪滴

　　按照惯常的理解，应该是望远镜调节视野中形象的大小，这里诗人却反过来说是望远镜看见世界把自己缩小又缩小,这当然意味着望远镜视野中形象的不断放大或贴近。张枣的诗中常有这种有趣的颠倒,他的另一首诗《早春二月》中的"果实把我捉到树上"一句也是如此,这种颠倒打破了常规,让诗句产生陌生化的效果,同时也充满了俏皮、趣味和游戏性。诗的下一行,"晚风"是倏忽而逝、难以察觉的,"泪滴"是透明、轻盈的,数量词"一片""一点"说明它们的细微,"晚风"和"夜莺"这两个意象又都属于夜晚,更增添了寻而不见的朦胧感与模糊感。因此,这行诗暗示了望远镜中"你"的形象与诗歌的抒情主体之间若即若离的关系——仿佛十分切近却又隐约隔着一层。若即若离,正是爱情中两个人关系的写照,而"晚风"和"夜莺的泪滴"所指向的情感的愉悦与酸涩,也与爱情有关。我们继续看诗歌的第二节和第三节:

> 它看见生命多么浩大,呵,不,它是闻到了
> 这一切:迷途的玫瑰正找回来
> 像你一样奔赴幽会;岁月正脱离
> 一部痛苦的书,并把自己交给浏亮的雨后的
>
> 长笛;呵,快一点,再快一点,越阡度陌
> 不再被别的什么耽延;让它更紧张地
> 闻着,呓语着你浴后的耳环发鬓
> 请让水抵达天堂,飞鸣的箭不再自己

第二节第一行,诗人用了一个"不"字。"不"在张枣的诗歌中出现的频率很高,他的《护身符》《跟茨维塔伊娃的对话(十四行组诗)》更是直接对"不"这个字词或音节进行了议论,展现了他"元诗"①意识下的写

---

① 张枣对"元诗"的一个定义是:"诗是关于诗本身的,诗的过程可以读作是显露写作者姿态,他的写作焦虑和他的方法论反思与辩解的过程。"见《朝向语言风景的危险旅行——中国当代诗歌的元诗结构和写者姿态》,载《上海文学》2001年第1期。

作姿态。回到这首诗，通过一个"不"字，张枣用"闻到"否定了"看见"，它与下一行"迷途的玫瑰"和第三节中的"闻着"相呼应，让我们不禁想起那句"爱情是盲目的"。如果说，在第一节中我们关于爱情的联想还只是一种直觉或猜测，那么诗歌第二节和第三节的"玫瑰""幽会""耳环发鬓"与全诗最后一行的"海誓山盟"等意象则完全点明了这首诗的爱情主题。"痛苦的书"是沉闷、乏味、腐朽的，"雨后的长笛"则是高亢、欢快、清新的，是"你"的到来让岁月焕然一新。第三节中的"快一点，再快一点"既可以指笛声，也可以指"你"的脚步，但发出"快"这个指令的主体却被模糊了，它指向了爱情中两个人想要会面的共同的急切心情。"呓语着你浴后的耳环发鬓"是非常私密且带有情欲色彩的表达，说明此刻望远镜中"你"的形象已经非常之近，第一节中那种"隔着一层"的感受也在亲密无间的耳鬓厮磨中消失了。第三节最后一行中的"天堂""箭"都是带着神性的意象，与最后一节中的"神的望远镜"相呼应。而朝着天堂往上流动的水与飞鸣的箭都是摆脱自身重力向上飞升的形象，宛如灵魂脱离肉体，暗示着世俗的、身体的爱欲在此刻升华为灵魂之爱、精神之爱、理念之爱。另外，从第二节到第三节，在意象的选择上还有一个明显的变化，即从西方的"玫瑰""幽会"滑动到中国古典的"长笛""阡陌""耳环发鬓"，然后又再次回到西方的"天堂""飞鸣的箭"。这一点在本文的第二部分会详细讨论。最后，我们来到全诗的最后一节：

啊，无穷的山水，你腕上羞怯的脉搏
神的望远镜像五月的一支歌谣
看见我们更清晰，更集中，永远是孩子
神的望远镜还听见我们海誓山盟

在最后一节，两个人的爱情被置于更大的视野之下、被置于天地自然当中，渗透着中国道家"天人合一"的观念。诗歌最后一节第二行"神的望远镜像五月的一支歌谣"与全诗第一行"我们的望远镜像五月的一支歌谣"的结构一致，只是主语不同，从"我们的望远镜"变成了"神的望远镜"。于是,这首诗的视角也随之发生了转变:从人类转向神明,从人间转向天堂。被看的对象从一个人"你"变成了两个人"我们","我们"从看的主体变成了被看的客体,让人想起卞之琳《断章》里的那句经典的"你站在桥上看风景,看风景人在楼上看你"。有评论指出:"张枣始终在找一个'之外'的点,在自己之外,他者之外,甚至是自己与他者所形成的关系之外,这是诗人张枣的清醒感——在诗歌写作中始终保持的清醒感。"①《望远镜》最后一节的视角转变也可以理解为诗人有意地在诗中寻找一个"保持清醒"的位置。钟鸣也说过,张枣诗歌中的抒情性是"以某种警觉(知道生命之极限,而仍渴望行动并趋于平静的经验)为保障的"②。另外,从人到神的视角转变也让爱情实现了升华,从人生的有限转向某种无限、超越与永恒。"更清晰""更集中"是"神"的望远镜将"我们"的形象不断放大,直到看进两个人的灵魂里——"永远是孩子",因为只有两个彼此相爱的人才能卸下防备,袒露孩子般赤诚纯真的内心。

二 从《望远镜》看张枣诗歌中的"甜美"

作为一首爱情诗,《望远镜》赞叹了爱情的温暖与神圣,以及爱情的"甜"与"美",而"甜美"也是贯穿张枣诗学观念与诗歌创作的一条重要线索。

首先,在张枣的诗学观念中,"甜"是核心性的一项。他认为:"诗歌也许能给我们这个时代元素的甜,本来的美。这就是我对诗歌的梦想。"③那么,这是一种什么样的"甜"呢?张枣说:"我特别想写出 种非常感官,又非常沉思的诗。沉思而不枯燥,真的就像苹果的汁,带着它的死

---

① 曹梦琰:《张枣:扮鬼脸和不扮鬼脸的抒情者》,载《海南师范大学学报(社会科学版)》2009年第5期。

② 参见钟鸣:《笼子里的鸟儿和外面的俄耳甫斯》,载《秋天的戏剧》,学林出版社,2002年,第50页。

③ 张枣、颜炼军:《"甜"——与诗人张枣一席谈》,载《名作欣赏》2010年第10期。

亡和想法一样，但它又永远是个苹果。"[①] 张枣诗歌的"甜"就像苹果和苹果汁的甜，它同时包含了感性与智性，满足与失落，愉悦与哀伤。我们很难说清楚这种"甜"究竟是什么，但它的确现身于张枣诗歌的方方面面——情感、韵律、意象、修辞等等。"甜"也直接出现在张枣的诗歌中："你梦见你仍在考试，而洪水/漫过了你的腰际。黑板上/重重地写着考题'甜'字/你的刘海凝注眉前/橘子的气味弥漫着聪慧——你想呀，想：对，一定是/那种元素的甜，思乡的甜"（《橘子的气味》）。除了"甜"，张枣还特别强调"赞美"。张枣说："我认为人类的诗意是发自赞美……我愿我的诗歌不管在什么年代，在什么境遇中，都是一种赞美性的诗歌。"[②] 赞美不仅是张枣的诗学态度，也是他的生存态度："赞美是一种呈现，它呈现了世界原本的'甜'、原本的'空'和原本的实在与充足。赞美不是美学手法，不是修辞领域，而是生存方式，是人的动作和行为。"[③] 张枣对赞美性的追求让他诗歌中的人、事、物都"美"得几乎不真实。而且，在张枣那里，"美"的东西也自然是"甜"的，反之亦然。因此，"甜美"就成了我们把握张枣诗歌创作风格的关键。也正是"甜美"，让张枣的诗歌与中国古典诗歌勾连在一起。张枣说，"汉语是世界上最'甜美'的语言"[④]，"中国汉语最伟大之处就是它的赞美性"[⑤]。钟鸣指出，张枣的诗歌具有"历史美感"，因为他直觉了汉语的"音势"："汉语的匀速也表现得最为明显，宁静缓速的音势动力现象是它的主要特征。"[⑥] 张枣认为，汉语的甜美、圆润和流转，能让消极性在赞美中升华而产生心境之美，这是中国古典诗歌区别于其他一切诗歌的真正奥秘。这种认识特别体现于他的代表作《镜中》一诗。

---

① 张枣、颜炼军：《"甜"——与诗人张枣一席谈》。

② 张枣、白倩：《访谈三篇：环保的同情，诗歌的赞美》，载《张枣随笔选》，第 231 页。此访谈初刊于《绿叶》2008 年第 5 期。

③ 同上书，第 233 页。

④ 同上书，第 229 页。

⑤ 同上书，第 231 页。

⑥ 参见钟鸣：《笼子里的鸟儿和外面的俄耳甫斯》，载《秋天的戏剧》，第 60 页。

只要想起一生中后悔的事

梅花便落了下来

比如看她游泳到河的另一岸

比如登上一株松木梯子

危险的事固然美丽

不如看她骑马归来

面颊温暖

羞惭。低下头，回答着皇帝

一面镜子永远等候她

让她坐到镜中常坐的地方

望着窗外，只要想起一生中后悔的事

梅花便落满了南山

    《镜中》是一首关于后悔的诗，诗人似乎在感叹爱情或其他美好的事物随时间逝去不可追回。整首诗的情感是比较消极的，甚至笼罩在不祥的气氛之下。但诗中那些遗憾、空虚、危险、哀愁、不祥的消极经验都被"梅花""南山"等意象所"甜"化、"美"化了，正呼应了"哀而不伤"的中国古典美学。"梅"与"悔"的字音、字形都十分相近，本来让人懊恼痛苦的"悔"变成了芬芳美好的"梅"。读这首诗时，人仿佛置身于诗歌所营造的意境中，心也随着"梅花"一起落下。张枣说："中国古代文化中的'天人合一'的思想就是'甜'的思想。"①《镜中》的"甜美"就藏在人心与梅花的相通相合之中，而《望远镜》最后一节那充满了神性的爱情也是"天人合一"的、"甜美"的。不过，与《镜中》绵延的遗憾与惆怅相比，《望远镜》的整体情感更加积极，似乎是更纯粹的爱情赞歌。因为，"镜子"和"望远镜"虽然都能容纳形象，给人的体验却大不相同，前者让形象虚幻、模糊、疏远，后者则让形象具体、清晰、切近。而且，在《望远镜》中，被观看的对象从《镜中》的"她"变成了"你"，人称的转

---

①   张枣、白倩：《访谈三篇：环保的同情，诗歌的赞美》，载颜炼军编选《张枣随笔选》，第230页。

变也意味着距离的拉近。从"甜美"的角度看，《望远镜》的"甜美"更加纯粹浓烈；而《镜中》的"甜美"层次更丰富。从这里也可以看出，在诗歌的精巧性和表现力上，《望远镜》是不如《镜中》的。当然，《望远镜》中也有一些令人不安的因素，比如"迷途"和"越阡度陌"，说明诗中的"你"是经历了一番波折才来到抒情主体面前的。而且，用望远镜去"看"毕竟还是"隔了一层"。

其次，张枣在诗歌的语言修辞上注重"化欧化古"与母语发明，这与他"甜美"的诗学观念和诗歌创作风格密切相关。所谓"化欧化古"，来自柏桦对张枣诗歌的评价，其最具体的表现之一是古今东西意象的融合。《望远镜》一诗就非常典型地融合了古典与现代、东方与西方的意象。标题中的"望远镜"是一个现代的意象；"夜莺""玫瑰""天堂"等是西方的意象；"阡陌""耳环发鬓""无穷的山水""海誓山盟"等则是古典的东方意象。张枣诗歌"化欧化古"的语言修辞特征主要源于他对中西诗歌传统对立的思考。但他不是要"克服"这种对立，而是要通过语言的自律，通过探索"词"与"物"之间幽微的关系来夺回"命名权"，进而尝试解决这场对立带给中国当代诗歌的危机、带给人和生活的危机。北岛曾评价张枣："他以对西方文学与文化的深入把握，反观并参悟博大精深的东方审美体系。他试图在这二者之间找到新的张力和熔点。"[1]

中国古典字词在《望远镜》中也被赋予了新的生机与可能，这就是所谓的"母语发明"。张枣对古典、对传统一直抱有一种特别的情思，他曾说："一个民族所遗忘了的，或者那些它至今为之缄默的，很可能是构成一个传统的最优秀的成分。"[2]而且，张枣有旅居德国的经历，当他面对第二语言时，也对自己的母语产生了新的理解。作为诗人的张枣有一个语言的梦想，他想发明一个新的汉语帝国，用诗歌重新唤醒中国古典的意象，唤醒母语中尘封已久的字词与语音。他说："一个诗人是去发明一种母语……母语不在过去，不在现在，而是在未来。所以它必须包含一种

---

① 北岛：《悲情往事》，载北岛主编《亲爱的张枣》，江苏文艺出版社，2010 年，第 84—85 页。

② 张枣：《一则诗观》，载颜炼军编选《张枣随笔选》，第 59 页。

冒险,知道汉语真正的边界在哪里。"①《望远镜》第二节中的"浏亮"一词原出自陆机《文赋》中的"诗缘情而绮靡,赋体物而浏亮"一句,"浏亮"与"寥亮""嘹亮""流亮"等词互通,这些词都是形容声音的高远嘹亮,也用来形容笛声,它们曾广泛地现身于中国古典文学中,如向秀的《思旧赋序》、陶渊明的《闲情赋》等。②但在现代汉语中,除了"嘹亮",其他词已经很少被使用了。张枣在其他诗作中也用过"嘹亮",如"一个嘹亮的、金属的默然"(《四月》)、"嘹亮的蓝色老虎走出暗喻"(《题辞》),但偏偏在《望远镜》中使用了"浏亮"。其实,用"浏亮"一词来形容雨后的长笛,是张枣对古代汉语资源巧妙灵活的新用。许慎《说文解字·水部》对"浏"的解释是:"浏,流清貌。"其他字典对"浏"的解释多是"水深且清澈"。"浏亮"一词在音和形两方面把流水清澈的视觉感受与笛声清脆的听觉感受结合了起来,这是"嘹亮"一词所不具备的效果。张枣在《望远镜》一诗中对"浏亮"恰到好处的使用,就是安排了"词"与"物"一次惊喜的会面,在这场会面中,现代完成了它朝古典的一次回望。作为补充,我们再看张枣的另一首诗《楚王梦雨》中的笛子和笛声:"你看,这醉我的世界含满了酒/竹子也含了晨曦和岁月/它们萧萧的声音多痛,多痛/愈痛我愈是要剥它,剥成七孔/那么我的痛也是世界的痛。"同样是情爱主题,这里的笛子和笛声却是"萧萧"的、痛的。"萧萧"一词在中国古典诗歌中常用来形容风声、草木摇落声、马鸣声等,有凄清冷落之感,连接着中国古人的情思,比如"风萧萧兮易水寒"(荆轲:《易水歌》)、"无边落木萧萧下"(杜甫:《登高》)、"萧萧班马鸣"(李白:《送友人》)。总之,两种笛声、两种心绪都在张枣的诗歌中被中国古典词汇所"甜"化、"美"化了,同样地,中国古典词汇也在张枣的诗歌创作中重新流动、活跃起来。

① 张枣、颜炼军:《"甜"——与诗人张枣一席谈》。

② 陈松青:《陆机〈文赋〉"浏亮"兼具声色二义说——兼论中国古代文论中"听声类形"的通感批评》,载《文艺理论研究》2013 年第 3 期。

三 从"甜美"到"虚无"

张枣诗歌中的"甜美"并不是充实的、圆满的，恰恰相反，它与"虚无"紧密交织在一起，带有虚幻性，笼罩在失落与颓废的情绪之下。张枣的诗歌中经常出现"镜子""蝴蝶""夜蛾""燕子""梦""云"等意象，这些意象飘忽不定、似真似幻，让人惴惴不安、难以捉摸，连接着诗人关于"虚无"的生命体验。比如"多年以后，妈妈照过的镜子仍未破碎/ 而姨，就是镜子的妹妹"（《姨》）、"他的梦，梦见了梦，明月皎皎"（《灯芯绒幸福的舞蹈》）、"我的梦正梦见另一个梦呢"（《楚王梦雨》）、"空白的梦中之梦，假的荷叶/ 令我彻夜难眠的住址"（《楚王梦雨》）、"别怕，小飞蛾/ 当你在时间里/ 再看不出一条道路/ 那儿只有我"（《一首雪的挽歌》）。总之，在读张枣的诗歌时，我们一方面讶异并感动于它们的"甜美"，另一方面又会产生"似乎缺了什么"的空虚感。那么，张枣诗歌中的"虚无"从何而来呢？

首先，是时间上的"虚无"。张枣常常把自己置身于某个混沌未知的"未来"，用回忆的口吻讲述"当下"，从而把"现在"变成"过去"。因为张枣意识到，一切的"当下"都将成为某个不可追回的"往昔"。既然一切都会随时间消逝，那么他的诗歌也自然流露出失落与颓废的情绪。从这个角度看，《镜中》的"不安"，就是对未来的"不安"；《镜中》的"后悔"，就是对时间逝去不可挽回的"后悔"。张枣的许多诗歌都展现了这种时间的虚无，比如"一个黄昏，一朵雪花的消融/ 一片新叶一个逝去/ 南岸第一次雪花/ 第一次对于未来的记忆"（《南岸第一次雪花》）、"我多年后的额头/ 他面对姨坐下/ 像我今天这样坐下"（《姨》）、"我在时间中等待我的月亮/ 月亮也是时间的囚徒"（《夜》）、"人朝向/ 过去，只为虚幻祭献/ 星星在堤岸上开花"（《断章》）。在张枣写给女友娟娟的情诗中，虽然有爱情的甜蜜，但也有对青春易逝的失落与担忧："你说这是最初一天也是最后一天"（《四个四季·春歌》）、"路标也说了许多话主要说我们一走动就会长大"（《四个四季·夏歌》）。在这些诗歌中，张枣总是在"回望",他的"回望"不是空间上的,而是时间中的。这种"回望"并非留恋过去,留恋曾经存在过的具体的人和事,而是以"回望"之姿承载对时间虚无性的深刻思考,承载"个人内在延续着的,体验着的,永无结束的神秘经验"[①]。一方面,诗人张枣站在自己假想的未来"回望"现在,让现在染上了过去的色彩;另一方面,他大量使用中国古典词汇,其实也是在诗歌语言上完成了现代对古典的"回望",拉远了诗歌所呈现的时空。前文提到,张枣对古典、对传统一直有一种特别的情思,他的很多诗歌都笼罩在一层古色古香的意蕴中。总之,在多重的"回望"中,张枣的诗歌呈现出丰富复杂的层次性和语言张力,过去、现在、未来被巧妙地融合在一起,而这正是建立在时间的"虚无"之上的。

让我们再次回到《望远镜》这首诗。《望远镜》是张枣于1994年左右创作的一首短诗,当时距离那首名作《镜中》的诞生已经过去了大约十年。写《镜中》时的张枣才二十二岁左右,而写《望远镜》时的他已经三十多岁了。如前文所述,相较于《镜中》,《望远镜》中飘忽不定的虚幻色彩和失落不安的情绪是有所淡化的,取而代之的是"更清晰、更集中"同时也更积极的情感。或许,随着诗人年纪稍长,未来对于他不再那么混沌不明,他心中的不安也就减轻了许多。从这个角度看,张枣在80年代创作的以《镜中》为代表的许多诗歌中的"不安"其实是青春特有的"不安"。

但是,走向成熟的张枣即便减少了青春特有的"不安",他也始终绕不开"虚无"。除了前文提到的"镜子""蝴蝶""梦"等意象,他的诗歌中还经常出现与"虚无"相关的词群,如"死亡""空白""沉默""遗失""怀疑"……以及前文分析《望远镜》时提到的"不"。比如"你花一整天时间寻找它/你计架上的书重新排列组合/你感到世界很大/你怀疑它是否存在过/那使人忧伤的是什么?"(《那使人忧伤的是什么?》)"只要你们想起一匹满脸心事的蓝马/你便顿悟沉默是不可避免"(《苹果树林》)、"哎,我感到我今天还活着/活在一个纸做的假地方"(《早春二月》)、"死亡猜你的年纪/认为你这时还年轻/孩子猜你的背影/睁着好吃的眼睛"

---

① 参见钟鸣:《笼子里的鸟儿和外面的俄耳甫斯》,载《秋天的戏剧》,第50页。

（《死亡的比喻》）、"日出而作，却从来未曾有过收获/ 从哪些黄金丰澄的谷粒，我看出了/ 另一种空的东西：那更大的饥饿"（《桃花园》）、"我会吃自己，如果我是沉默"（《夜半的面包》）、"森林里的回声猿人般站起/ 空虚的驼背掀揭日历"（《入夜》）、"无边无限的墙/ 我给它的空空如也戴上一副墨镜"（《今年的云雀》）、"有两声'不'字奔走在时代的虚构中"（《厨师》）。这些诗歌中的"虚无"已经不单单是时间的"虚无"了，它指向的是现实本身的"虚无"，这是张枣诗歌中"虚无"的第二个层面，同时也是张枣"元诗"写作意识的表现。或许，也正因现实本身的虚无性，我们才需要诗歌。本文将从以下三个方面出发对此加以阐释。

　　其一，张枣诗歌中的"虚无"来自他对语言与现实、诗歌与现实之间关系的认识。张枣在访谈中面对"诗歌与现实之间的关系"这一问题时曾说，"现实是在文字的追问下慢慢形成和构造的"[①]。因此，张枣可能不会接受诸如"诗歌缺乏现实向度"之类的批评，因为在他看来，现实是被语言文字建构起来的，创造语言文字就是创造现实："我们现在身处这样一个世界，这个世界的现实性仅仅存在于语言之中。"[②] 在此意义下，张枣说要发明一种母语，也就是要通过诗歌发明一种新的"现实"。海德格尔认为，语言的本质既不是表达，也不是人的一种活动，"语言说话"意味着是语言而非人在说话，是语言在召唤物，让物到来，让物在命名中物化和展开世界。[③] 而诗歌语言又是最能突显上述"本质"的语言，海德格尔正是借由诗歌阐释了他的语言观，他说，"纯粹所说乃是诗歌"[④]。总之，在"词"与"物"的摇摆中，张枣倒向了"词"的那一边，或者说，他认为"物"根本就是"词"："我们和那些馈赠给我们的物的最初关系只是简单而又纯粹的词化关系"，"词即物，即人，即神，即词本身"[⑤]。在

---

① 张枣、颜炼军：《"甜"——与诗人张枣一席谈》。

② 胡戈·弗里德里希：《现代诗歌的结构：19 世纪中期至 20 世纪中期的抒情诗》，周宪编，李双志译，译林出版社，2010 年，第 67 页。

③ 马丁·海德格尔：《在通向语言的途中》，孙周兴译，商务印书馆，2005 年，第 11—14 页。

④ 同上书，第 7 页。

⑤ 张枣：《诗人与母语》，载《张枣随笔选》，第 54 页。

这种认识下，"所指" 被悬置，"能指" 本身成了 "所指"，或者说，"形式" 本身成了 "内容"，成了意义的来源。语言 "导致了实物的毁灭，但是它同时也让被毁灭者在语言中存在。只有在语言中，那些离场的实物才能拥有在场"[①]。张枣在诗中写道，"我潜心做着语言的试验/ 一遍又一遍地，我默念着誓言"（《秋天的戏剧》）。在诗歌创作的过程中，语言剔除、消解、毁灭现实，让现实 "不在场"，将现实推向 "虚无"，同时又让其在词语中获得精神性的 "在场"。但这种 "在场" 也是 "虚无" 的，因为它不再指向某个确定的单义，而是指向某种纯粹的理念，或者指向围绕这种理念的晦暗的、无穷的、复数的意义——它可以是一切，也可以什么都不是。

其二，张枣诗歌中的 "虚无" 与前文所述的 "甜美" 并不矛盾，恰恰相反，它们之间有深刻的内在联系。正是 "虚无" 催生了 "甜美"，"甜美" 是 "虚无" 的解药。"虚无" 与 "甜美" 在张枣的一些诗歌中是直接联系在一起的，比如 "苹果林就在外面，外面的里面/ 苹果林确实在那儿/ 源自空白，附丽于空白/ 信赖它……"（《钻墙者和极端的倾听之歌》）、"我们不叫它虚无，我们叫它/ 萝卜汤，它飘香，不，它/ 飘起萝卜之香，虚无之香/ 它是无可比拟的。"（《千年以后》）。马拉美在给卡扎利斯的一封信中写道："当我找到虚无之后，我找到了美。"[②] 一方面，张枣诗歌中的 "赞美" 不是完全 "及物" 的，在某种意义上，他 "赞" 的就是 "美" 本身。这和西方 "为艺术而艺术"、"自然模仿艺术" 的唯美主义文论以及从爱伦·坡到瓦莱里的 "纯诗" 理论有很强的相通性。在语言与幻想的游戏中，现实被推到远处。奥斯卡·王尔德《谎言的衰落》一文中有这样一句："惟一美丽的事物就是与我们无关的事物。"[③] 按照王尔德的观点，艺术必须同我们自身保持一定的距离，这样我们受到的感动才纯粹是因为

---

① 胡戈·弗里德里希：《现代诗歌的结构：19 世纪中期至 20 世纪中期的抒情诗》，第 86 页。

② 同上书，第 102 页。

③ 奥斯卡·王尔德：《谎言的衰落：王尔德艺术批评文选》，萧易译，江苏教育出版社，2004 年，第 15 页。

美本身，而不是其他如政治和道德，这一观点与艺术的"非功利性"密切相关。许多唯美主义或浪漫主义艺术家也倾向于选择"离现实更远"的表现对象，比如空间上的远方或异乡，时间上的远古或未来，或者纯粹的虚构。卢梭曾说："空想之乡是这个世界唯一值得居住之地；人是如此无意义，只有那不存在的，才是美好的。"[1] 如果说卢梭对幻想的热衷还染有他个人的感伤情绪，那么，西方 19 世纪诗歌中出现的"专制性幻想"[2]则是更绝对、更具颠覆性的。[3] 在张枣的诗歌中，也有类似的"专制性幻想"，比如一些异质的词的并置："一支烟/ 也走了，携着几副变了形的蓝色手铐/ 他的眼镜，云，德国锁"（《边缘》）、"室内满是星期三/ 眼睛，脱离幻境，掠过桌面的金鱼缸/ 和灯影下暴君模样的套层玩偶，嵌入/ 夜之阑珊"（《祖母》）、"天空浮满故障/ 一个广场倒扣了过来"（《在森林中》）。另一方面，如前文所述，张枣有意识地用诗歌的语言文字之美消解生存的消极性，当我们沉浸在张枣诗歌的"甜美"中时，"虚无"也被"甜"化、"美"化了。波德莱尔曾说："艺术的神奇特权就在于，可怕之物经过艺术性的表述，会成为美；节奏化了的、分段表述出的痛苦能让头脑充满一种宁静的欢乐。"[4] 让我们回顾张枣在访谈中所说的："我特别想写出一种非常感官，又非常沉思的诗。沉思而不枯燥，真的就像苹果的汁，带着它的死亡和想法一样，但它又永远是个苹果。"[5] "沉思"是理性、反思的，它是面向"虚无"的，也是更现代、更西方的；"感官"是感性、直觉的，它是面向"甜美"的，在张枣那里，它更多地经由中国古典汉语字词所生发和升华。"虚无"被"甜美"的苹果和苹果汁所浸润、所包裹，这也是张枣在诗歌创作中所追求和呈现给读者的。

　　其三，虽然张枣诗歌中的"虚无"被"甜"化、"美"化了，但它一定是健康和必要的吗？围绕现实的"虚无"，我们一路走过了"现实由语言

① 胡戈·弗里德里希：《现代诗歌的结构：19 世纪中期至 20 世纪中期的抒情诗》，第 11 页。

② 胡戈·弗里德里希提出的概念，指"强行让相距最为遥远者相连，让明显之物与想象之物相连"。

③ 胡戈·弗里德里希：《现代诗歌的结构：19 世纪中期至 20 世纪中期的抒情诗》，第 68 页。

④ 同上书，第 27 页。

⑤ 张枣、颜炼军：《"甜"——与诗人张枣一席谈》。

文字建构""物即词""为诗而诗"等诗学观念，这也是理解以张枣为代表的后朦胧诗人的一条重要线索。但是，沿着这条线索创作的诗歌，"空虚"是无法避免的，张枣的诗歌也是如此。这种"空虚"当然不是钟鸣在《笼子里的鸟儿和外面的俄耳甫斯》一文中所说的把"词"变成"词具"，即"死板的华丽装饰"和"没有生命的语言填塞物"①，它是更深刻、更根本的"空虚"，也正因如此，我们不得不警惕这其中的危险性。张枣《朝向语言风景的危险旅行——中国当代诗歌的元诗结构和写作姿态》一文的标题也用了"危险"一词来形容朝向诗歌本身、朝向语言本身的实验与探索，可见他也注意到了此种写作姿态可能的困境与矛盾。关于张枣诗歌中的"虚无"以及沿着上述线索展开的当代诗歌创作的危险性，本文提供以下两方面的思考。一方面，从诗歌本体的层面看，沿着上述线索，诗歌最终是否会走向沉默？正如海德格尔所说："语言作为寂静之音说话。"②在这个意义上，诗人或诗歌的沉默不是不想说，也不是找不到合适的词说，问题不是庄子"言意之辨"中的"言不尽意"和刘勰《文心雕龙·神思》中的"意翻空而易奇，言徵实而难巧"，而是根本"无词可用"。因为诗人回到了语言命名之先，回到了世界和万物最初的混沌、晦暗与神秘。那么，沉默会成为诗人的最高理想吗？另一方面，从诗歌接受的层面看，沿着上述线索，诗歌是否最终会走向不可解读？如果"诗歌仅指向其自身"，那么"晦暗不是诗歌的随意之为，而是本体论意义上的必然性"。③既然诗歌的语言不指向信息传达，而仅指向其自身，那么诗歌在多大程度上是可以理解的？胡戈·弗里德里希将诗歌中"费解"与"迷人"的并列称为"不谐和音"。他指出，产生"不谐和音"的诗歌"依然还是语言，但却是没有可传达客体的语言，所以诗歌就带来了不谐和音的后果，而感知诗歌的人同时既受诗歌吸引又为诗歌而困惑"④。

---

① 参见钟鸣：《笼子里的鸟儿和外面的俄耳甫斯》，载《秋天的戏剧》，第46页。

② 马丁·海德格尔：《在通向语言的途中》，第23页。

③ 胡戈·弗里德里希：《现代诗歌的结构：19世纪中期至20世纪中期的抒情诗》，第107页。

④ 同上书，第4页。

这是否意味着，对诗歌来说，"困惑"本身就是一种绝对的价值，对诗歌的"解读"作为"解惑"或"解谜"反而削弱了这种价值？张枣曾说，文学是寻找知音的活动，当然，他也在寻找自己诗歌的知音。胡戈·弗里德里希说，"诗歌本身正是去人性化的。它不向任何人叙说，因而是一种独白"①，"它也许还是追求一种理解的，但却是少数知情者的理解"②。"独白"是诗人的暗自呢喃、自言自语和自说自话，是朝向"自我"的诗歌。"自我"也是当代新诗一向追求和关注的方向之一，即陈东东所说的"我对我的探究，我同我的争辩，我与我的迷失，我跟我的相逢"③。而"少数知情者"则是张枣所说的"知音"，我们很容易从中琢磨出一种天才的、骄傲的味道。那么，对读者来说，阅读诗歌是否容易演变成一种精英式的自我感动？或者说，诗歌只能提供一种随意的、偶然的共振的可能？这些都是需要我们反思和警惕的。

---

① 胡戈·弗里德里希：《现代诗歌的结构：19 世纪中期至 20 世纪中期的抒情诗》，第 56 页。

② 同上书，第 15 页。

③ 陈东东：《我们时代的诗人》，东方出版中心，2017 年，第 147 页。

撑伞呼救的怪鸟，或进化中途的使者

—— 张枣《卡夫卡致菲丽丝》试析

王宇轩

20 世纪 80 年代末，诗人张枣旅居海外，远离故土与母语，在某种神秘的使命（按张枣的说法，可以称之为"神的意旨"）的感召之下，情愿陷入生存与言说的双重困境，同时在"独白的绝境"中期待一个听者。在"欲去超越的冒险感"中，诗人的心灵"微妙地朝着一种较之过去更为复杂的语境滑动"[①]，也因此开启了十四行组诗《卡夫卡致菲丽丝》的写作。这组诗在其个人作品序列中占有举足轻重的地位，在十四行诗中国化的进程中也是有着里程碑意义的典范之作。张枣曾表明本诗讨论了一系列重大的问题，钟鸣更是认为这是他"转折性的、真正开始成熟的作品"[②]。

诗歌并非来自哪个幽闭，而是诞生于某种关系中，张枣在《断章》的结尾处如是说道。基于这一说法，在对《卡夫卡致菲丽丝》进行细读时，我们同样能在其文本内部尤其是结尾处找到一些彼此关联着的概念或是元素，它们的"某种关系"构成了一套完整的世界观和体系，类似于海子在《太阳·弥赛亚》中手绘出的模型结构示意图。而所谓的"关系"也势必造就了强劲的张力，在张力中则不仅诞生了诗歌，还向我们展示了身处磁场中心的诗人主体的尴尬体态，即他是如何在一个黑洞般的我们姑且称之为"中途"的空间，在绝对的凝固中通过连击空白释放出某种伟大的动势的呢？

---

① 钟鸣：《笼子里的鸟儿和外面的俄耳甫斯》，载《秋天的戏剧》，学林出版社，2002 年，第 59 页。

② 钟鸣：《诗人的着魔与谶》，载《西部》2012 年第 13 期。

一　场域："翠密的叶间"——夜，地下室或人之境

　　1989 年，"从不谈论死之恐怖"的向来爱着生活之甜的张枣，在写给陈东东等友人的信里谈到这"孤绝得令他欲疯的德国生活"[①]，在彼时所写的组诗《卡夫卡致菲丽丝》中更是多次直接呼喊出"我真想哭"。这是一个危险的极端时刻，在部分访谈和柏桦等人回忆他的文章中，都曾经谈到他出国前作为"诗人"的名望与成就，以及出国后所丧失的不被承认的诗人身份，在德国极度匮乏的知音、听者或是对话——作为以"谈话节"这样的"细论文式"的精神对谈承继了东方古老知音传统的"最迷恋交流的诗人"[②]——对此，张枣称之为后荒原景象，即"现代人如何在一种独白的绝境中去虚构和寻找对话和交谈的可能性"，因为"现代生活中没有交谈是一种遍在的难以终止的生存体验"[③]。此外，还有德国的日常生活节奏、民族性、精神气质与中国人（尤其是中国文人）的格格不入，母语、自我、祖国中止之时在拼音人中固守象形人的形象[④]的"不肯换血"的苦涩，在写作转型蜕变时期言说的格外困难……张枣在这样莫大的落差感与矛盾冲突中几乎是极其标准地陷入了布罗茨基称为流亡的状态，国内诗坛与政坛的局面、事态不论多么激烈、奇幻、澎湃汹涌，都与远在欧洲的自己之间隔着一层有触感却永远也捅不破的薄膜，这种归属感带来的注意力、焦急和失望，在折磨张枣的同时也似乎保护了他，"躲进了遥远的孤独里，一种纯粹的诗的境地"[⑤]。有关这一时期诗人的境遇和状态，已经由张枣本人、他的亲朋和研究者们非常详尽全面地描述过了，在此不做过多赘述。

[①]　柏桦：《张枣》，载《红岩》2010 年第 3 期。

[②]　臧棣：《可能的诗学：得意于万古愁——谈〈万古愁丛书〉的诗歌动机》，载《名作欣赏》2011 年第 15 期。

[③]　张枣：《略谈"诗关别材"》，载《张枣诗文集》（诗论卷 2·讲稿随笔），四川文艺出版社，2021 年，第 249 页。

[④]　敬文东：《抵抗流亡——张枣三周年祭》，载《当代文坛》2013 年第 9 期。

[⑤]　赵飞：《张枣诗歌研究》，社会科学文献出版社，2019 年，第 4 页。

抛开具体的时地因素，如果统观改革开放之后的文化中国，以及社会的诸多弊病、奇观，张枣等诗人所要处理的时代或是材料便是一个"过于复杂、变本加厉"的"世界的复本"，他们的文化身份要求他们对抗着一种"野蛮人的垂直入侵"，按照钟鸣的说法，譬如愚昧庸俗、功利主义、诋毁误读、反神话与疑古……"诗对现实中精神层面的支配性框架早已解体"，不论是充斥着"单词现象"与"词具"的诗歌写作，还是肤浅、功利的阅读行为，或是成为"泛格言"的诗，这些都与张枣企图复兴有关诗歌的宗教与神话的终极追求是相悖的："革命和金钱教育了一代人，代价惨重。前者，破坏了诗人和历史最幽暗的部分；后者，却破坏了诗人和文学——乃至书写最纯洁的关系。"[①]

据柏桦的描述，在那次著名的"第一次彻夜谈"时所留下的一片落叶和一张白纸上，张枣写下了"绝对之夜"等神秘的文字。我们不妨将1989 年张枣在德国的具体境况、整体的时代气氛与风向、他作为诗人或"神的使者"毕生都要试图克服的生存与言说的艰难视为众多个漆黑的夜晚，那么叠加、重合在一起便是绝对的夜——这也是《卡夫卡致菲丽丝》文本内外的宏观背景，我们也可以将其视为与诗对称的"人之境"，或是从许多个维度囚禁了诗人的"地下室"，即张枣和诸多"必死"的踏入了深渊的同类终其一生的视点与位置——能够隐约瞥见古堡的"翠密的叶间"。以上便是张枣在《卡夫卡致菲丽丝》中为"抒情我"所设置的场域，而最终构成了本诗隐含着的体系的要素，还有身陷该场域的诗人主体。

二　主体："测量员"——鸟，它，使者或棋手

柏桦和钟鸣等人在论及张枣的文章中都谈到了《刺客之歌》——诗人借历史中刺客承受了有去无回的以必死为结局的使命这一本事"自喻他在德国的境况"，"暗示或象征他自己身在异国的诗歌写作的凶险命运及

―――――――

① 钟鸣：《诗人的着魔与谶》。

任务"①——就像张枣写给陈东东和柏桦的信里都谈及他深知自己负有一个作为神的意旨的神秘的使命："他们具有共同的孤寂感和近似于虚无的使命……刺客在这里是'处境'诗化的名称"②。

张枣不仅仅是形而下层面的写诗者，更是"以诗为身体、精神的双重秩序者"，和卡夫卡在书信日记中不厌其烦地谈到自己关于写作的能力和使命、为了写作而导致的生活的萎缩一样，张枣赋予了自己崇高化的定位和名义，作为信仰、使命，也作为宿命——神的使者——"以诗为生，拯救自己，已无可挽回，也就是你不能回头"，写诗乃是生之乐趣，"其它的只是为此服务……为自己划出了块'圣地'……他真正地热爱诗，故用诗评价一切"③。

与卡夫卡对自己的预设相似，作为一个极其低产的对作品有着更高要求的诗人，张枣同时也面临着现实或是所谓的"人之境"对其写作使命的挤压和损害："我却不能完全献身于这种文学使命，尽管这是必须的。原因是多种多样的。撇开我的家庭关系不谈，由于我的作品产生缓慢，由于其独特的特性，我便不能赖文学以生存。因此我成了一家社会保险公司的职员。现在这两种职业绝不能相互忍让，绝不会产生一种共享的幸福。"④卡夫卡多次提及"办公室"作为不得不赖以谋生的世俗场合对其产生的巨大困扰，张枣在"一切都那么有序，一眼就望到了来世，没有意外和惊喜"⑤的德国，也曾有过这样的分裂感："我这年的写作状态不佳，因为为了谋生，我上午得去一家公司工作，下午往往太紧，稍事休息，便要去攻读论文。你可能知道，我的写作习惯总是在上午，接近中午的时刻，在这段时刻，我只能游手好闲，或散读一点什么，孤独一人，方能写作……现在我的生活方式变了，我习惯不过来"⑥。这是一个"经

---

① 柏桦：《张枣》。

② 钟鸣：《笼子里的鸟儿和外面的俄耳甫斯》，载《秋天的戏剧》，第60页。

③ 钟鸣：《诗人的着魔与谶》。

④ 卡夫卡：《日记》一九一一年三月二十八日，载《卡夫卡书信日记选》，叶廷芳、黎奇译，百花文艺出版社，2009年，第9、10页。

⑤ 张枣：《温洁与每个人的拜伦》，载《张枣诗文集》（诗论卷2·讲稿随笔），第254页。

⑥ 张枣：《致钟鸣》7，载《张枣诗文集》（书信访谈卷），四川文艺出版社，2021年，第29页。

典"的恒久的困境，写作者能否平衡生活、生存、表达与写作，能否拥有伍尔夫所说的"一间自己的房间"，显然，多数写作者的写作是处处受制于生存空间的剥削、干扰、挑衅与挤压的，毕竟如卡夫卡所说，"为了写作我需要孤独，不是'像一个隐居者'，仅仅这样是不够的，而是像一个死人。写作在这个意义上是一种更酣的睡眠，即死亡"①。对此，张枣也曾有过类似的表态："在我们的时代，诗人是心灵的职业而不是社会的职业，诗的创作者都不可单纯地生存，都必须寄身在各自的社会角色里，来种植和呵护自己的莲花。"②

卡夫卡与生活的关系呈现出一种极富张力的极端的病态，"在我身上最容易看得出一种朝着写作的集中……一切都朝它涌去，撇下了获得性生活、吃、喝、哲学思考……我在所有这些方面都萎缩了"③，但张枣的深刻性在于"他也不否认世俗生活对诗歌写作的意义，认为任何芜杂的现实材料都能够被转化为诗歌……张枣将生存视为诗歌之'策源地'……"④，正如他那句著名的快要成为格言的诗"首先得生活有趣的生活"，张枣沉溺在食色趣味与生活之甜中，热爱并且懂得生活的趣味，即使是在世俗生活与精神领域交接最为紧密、紧张的地带，也像臧棣所说的那样，"万古愁是可用日常的物品来消除的"⑤。张枣血液中东方和中国的部分促使他朝着更为和谐、和睦的方向发展，不论是注重诗的言说风度，还是在处理双重困境之时努力向着"圆"的哲学渴求重建某种秩序，"即使是苦闷也是健康人的苦闷"⑥。

"真正的道路在一根绳索上，它不是绷紧在高处，而是贴近地面的。

---

① 卡夫卡:《书信》致菲莉斯·鲍威尔 二十八，载《卡夫卡书信日记选》，第211页。

② 张枣:《略读"诗关别材"》，载《张枣诗文集》(诗论卷2·讲稿随笔)，第249页。

③ 卡夫卡:《日记》一九一二年一月三日，载《卡夫卡书信日记选》，第27页。

④ 张桃洲:《死亡的非形而上之维》，载《语词的探险：中国新诗的文本与现实》，社会科学文献出版社，2012年，第283、284页。

⑤ 臧棣:《可能的诗学：得意于万古愁——谈〈万古愁丛书〉的诗歌动机》。

⑥ 钟鸣:《笼子里的鸟儿和外面的俄耳甫斯》，载《秋天的戏剧》，第59页。

它与其说是供人行走毋宁说是用来绊人的。"① 张枣在《卡夫卡致菲丽丝》中以几乎是命名的口吻和姿态将某一批与他同呼吸共命运的使者们喻为测量员，在全诗的其他角落，与之对等的概念或主体还有神的使者、鸟、它、棋手等等。"'测量员'这个词在希伯来语中与'弥赛亚'谐音，卡夫卡《城堡》中 K 的身份因为这个隐微的关联而暗示了救主曾如预言所说的那样重返人间"②。显然，张枣对自我的定位是作为半神的诗人，勾连起天空与土地，接收宇宙中神的讯号，并将其落实为诗歌——鸟会飞翔，能够摆脱尘土，本质上其灵魂属于精神的天空，但又不得不着陆歇脚，回到它属于又不属于的大地，就像其一定程度上超越了肉体，却又还是要依附于肉体。使者们向下看是琐碎繁杂的戕害自己却又美妙甜腻的生活，或是"人之境"，向上看则是神的领域，是永不可进入的古堡——这便涉及上文所谓的"体系"中处于顶层的要素，即介于二者间的主体的动势所朝向的目的地。

三　目的："古堡"——神，光或无限的开阔

很多研究和批评在论及张枣时都会涉及里尔克，尤其是其《杜伊诺哀歌》，并由钟鸣率先提出二者对"危险"和"美"的描述存在着巧合性的近似值。在《笼子里的鸟儿和外面的俄耳甫斯》中，钟鸣所引的里尔克的语段里人与天使的碰触在张枣的体系中便是神的使者与神的对话，天使作为更强烈的存在或是作为"美"，冷静地蔑视着人（偶尔听见人的叫喊，并接近人），人在可怕的天使面前感到恐惧、渺小（"我将消逝"），却又要忍受着并且赞美着。《杜伊诺哀歌》便是如此摹写了神界和凡界的"质的差异"，"天使和美是永恒自然秩序和此种秩序不可证实的虚无象征，具体的个人存在，是渺小而卑微的，他如若要接近这秩序，既是美妙的

---

① 卡夫卡:《对罪愆、苦难、希望和真正的道路的观察》，载《卡夫卡书信日记选》，第 111 页。
② 宋琳:《精灵的名字——论张枣》，载《当代作家评论》2011 年第 1 期。

事情，极富诱惑的事情，但也肯定是危险和令人不安的……这种差异和不可企及，介于个人之存在所欲寻求的宗教感情和冷静蔑视这种存在的神之间。这显然促成了里尔克……对人类终极失败的悲悯之情"。

钟鸣认为《卡夫卡致菲丽丝》是"神人关系的回光返照"，"前者是后者省思与行动的终极前提" [①]。王东东则认为这首诗是"以爱情的忧郁来隐喻历史的无能、启示的缺失与神性的隐匿" [②]。颜炼军提出张枣在处理着"现代性处境下，如何通过对话来发明一个包含神明的倾听者、对话者" [③]这一问题，试图重建一个大写的崇高的"你"或是对话者。而余旸认为，出国后的张枣把对话的对象转向"某一具体而又私密的个人"，不再是若即若离的神一样的无所不在又无处寻找的、神秘亲切的对应于传统的那个"你"了。[④]如果按照敬文东在《抵抗流亡》中的论述，神或是第九首中的"它"（模糊的未完成的未实现的、被认为是神却又远不及神的一个理想化的自我）则应该是那作为"比我更好的我"存在着的"另一个"，即理想自我，等待着站在外面的这个我与其会合、重叠、交融。

对于张枣，"神"是过于神秘、抽象的代表着无限的存在，具有至高的地位与强大的能量。如果非要将其片面地具象化为某物，大概就是语言，或是母语。"太初有言"，言与神同在，言就是神，母语逼视并命名万物，赐予我们一切，是"像神一样的主观的永在，通过个人言语对历史亲近而存在着，是一种更高的回溯" [⑤]，他相信"神性就在我们赖以生存的语言中" [⑥]。

在《卡夫卡致菲丽丝》中，抒情主体与倾诉对象之间明显存在着地位上的不对等，带有浓重的祈祷的意味，显示出对方的高贵与不可冒犯，

① 钟鸣：《笼子里的鸟儿和外面的俄耳甫斯》，载《秋天的戏剧》，第 64 页。

② 王东东：《护身符、练习曲与哀歌：语言的灵魂——张枣论》，载《新诗评论》2011 年第 1 辑。

③ 颜炼军：《诗歌的好故事……——张枣论》，载《文艺争鸣》2014 年第 1 期。

④ 参见余旸作品中论述张枣的文章《张枣："文化身份"的困扰》(《"九十年代诗歌"的内在分歧——以功能、建构为视角》第二章，人民出版社，2016 年)。

⑤ 钟鸣：《笼子里的鸟儿和外面的俄耳甫斯》，载《秋天的戏剧》，第 55 页。

⑥ 赵飞：《张枣诗歌研究》，社会科学文献出版社，2019 年，第 1 页。

"预先进入祈祷型诗人的行列"[①]——"张枣诗中的祈祷是向一个不确定的终极存在物发出的"[②]。神、光的本身都存在于那个"无限的开阔"——需要突围与无尽的转化才可抵达的神秘领域，但往往使者们的宿命与测量员是相似的：必死，也必然失败，永远无法进入（哪怕是靠近）这"古堡"，永远是"编外"的旁观姿态，永驻在作为黑暗闸门的"翠密的叶间"。

四 "无始无终的中途"：写与活的困境

"只有在诗歌中，才会酝酿出这样的态度：爱因无疑的事物而萌生，而强悍。借助于必死带来的速度和力量，爱，帮助我们去捕获'生存的勇气'……勇气，是一种内在的自由……而和诗歌有关的勇气，只能靠我们凭借运气去捕捉。"[③]张枣一直在强调"坚强"的重要性，但坚强需要勇气，需要生存和言说的勇气，诚如臧棣所说，勇气并非每个人在每时每刻都能拥有的概念中的美好品质，在更为真实的境遇中，更多的是退却、回缩，或是滞留、彷徨。基于上文的分析，我们从《卡夫卡致菲丽丝》中提取出了一套自下而上的体系或模型，并且简要分析说明了它们各自的特点、定义，彼此之间的关系。作为主体的使者，或是鸟、棋手、它、测量员，以腾空的姿态位于地表的"人之境"与天空的神界之间，处于不上不下的中间地带，若以"自下而上"的动势来解释伴随着主体内在进化的"突围"，那么使者便正好处于进化和突围的漫长中途——这是一种似乎已经凝固了的姿势和位置，迫于个体的局限性，"它"无法向上抵达神界或无限的开阔，以自身的光明溶于光的本身，却又绝不可能也没有机会选择向下歇脚——出于自身的高尚追求，拒绝妥协和退避，同时"人

---

① 钟鸣：《笼子里的鸟儿和外面的俄耳甫斯》，载《秋天的戏剧》，第59页。

② 宋琳：《精灵的名字——论张枣》，载《当代作家评论》2011年第1期。

③ 臧棣：《可能的诗学：得意于万古愁——谈〈万古愁丛书〉的诗歌动机》。

之境"已然没有了"它"的席位。因此，使者就进入了一种"无始无终的中途"，在无解的怪圈中处处碰壁，品尝着写与活的双重艰难，直至肉身的消亡——难怪张枣在最后的最后竟给出"最好是远远逃掉"的建议。

那么，所谓的"中途"是怎样的："从一个端点到另一个端点，远没有像《边城》里翠翠和爷爷撑一条渡船那样悠然平易：中途就是短暂而重复的水面时光，对岸就是白塔下的小屋；中途的世界观疾速地更改了我的掌纹，像一个被赶上'愚人船'的怪人，我不得泊岸，终日漂流，面朝着苍茫的水面、无尽的暗夜、妖娆的塞壬……起点和终点不过只是被中途消融的两个逃逸的点……觉得每读一本书，就是练习在众生千奇百怪的中途里洞穿漂流的意义，寻觅失败的尊严……这恐怕该是一个文学工作者所遭逢的情境，一种居于中途、永不完成的思想，它还有可能再度迎接青春的风暴和狂飙的创造力吗？青年、青年作家、青年学者、青年批评家，如此美好的冠名，背负着文学事业和良师益友的期许和重托，我们就是在'告别革命'之后再次沉睡在物质和符号的铁屋子里的那些人吗……他们历史地被唤醒了，被挟制成中途精神的肉身。他们的肩头披上了一只文学的褡裢，一头是天真的痛，一头是感伤的爱……每一个人的中途都足够漫长，也足够接近内心的绝对，它需要与每一个差异的个体相对称的倾听之眼。"① 足够漫长并且绝对的中途，致使"起点"和"终点"这两个概念的消解，也消磨了热忱、意志与使命感，但这样绝对的长夜，从不给使者回头的机会，回头就必死无疑，若不回头，一直朝前走，却也仍将走向必死的结局：一旦进入了"中途"，就再也没有了回旋的余地，向着任何一个方向走去，其终点都将是不同维度的必然的悲剧。但是如昌耀所说，所谓乐观，必须以悲观打底——使者们也只能在悲情的漆黑的底色中"不断进行身体和语言的调整，等待玄机当头，恒言受命，方能见一线生机."②，"没有出路便是出路，无可后悔便是后悔"③。诗人宋琳

---

① 张光昕：《中途》，载《文艺报》2018 年 6 月 22 日第 7 版。

② 钟鸣：《诗人的着魔与谶》。

③ 钟鸣：《笼子里的鸟儿和外面的俄耳甫斯》，载《秋天的戏剧》，第 56 页。

在《亲爱的张枣》的序言中说道："然在缅怀中，人们往往发现死亡并没有使一切终结，某种东西逸出了时间之外，歌者看不见了，歌声却更加清晰、动人、不绝如缕。"[①] 这也正是奥登悼念叶芝时所写的诗句的含义：一个死者的文字，要在活人的肺腑间被润色——"亡灵的好意，就在于他能重申其生前赋诗时蓄意留下的暗示。"[②] 这大概是唯一的慰藉了，对于在中途的流亡者而言。

　　在绝对的夜、绝对的中途，使者们进行着除了政治流亡、词的流亡以外的第三种流亡，在某种密不透气的真空中更为集中、专注地被迫品鉴着生存和言说的艰难。"真正的绝望一下子就超出了目标"[③]，这样的绝望已与终点或目的无关，而纯粹是一种"过程的折磨"和"折磨的过程"，人在其中，心智难免受损，进而进入一种无意识的混沌状态。"我摇摇晃晃，不停地向山顶飞去，但在上面一刻也待不住。其他人也摇摇晃晃，但那是在下方，而且力量比我大，当他们有坠落的危险时，亲戚们就会抓住他们……而我晃动在上方，可惜这不是死亡，却是死的永恒的折磨"[④]。张枣在写给柏桦的信中曾明确表示，不相信幸福，痛苦和不幸才是常调——谁相信幸福，谁就是原始人，幸福只是偶然的事情。卡夫卡也曾在笔记中写下"受难是这个世界上的积极因素"，"在巴尔扎克的手杖柄上写着：我在粉碎一切障碍。在我的手杖柄上写着：一切障碍都在粉碎我"。[⑤] 在许多个向度的紧张感和危机感共同作用的结果下，使者们濒于崩溃之时会进入一种"口吃"的恍惚的艰难言说的状态。"现在，社会形态、个人情感交织更为复杂，张枣的诗一直处在这样紧张的关系中，加上时空、肉身的种种不适，其音势必然是一种近似于反反复复、絮絮叨叨的风格"[⑥]，就像《空白练习曲》中张枣所谓的"我有多少不连贯，我就

---

① 宋琳：《初版序：缘起》，载宋琳、柏桦编《亲爱的张枣》，中信出版社，2015年。

② 钟鸣：《诗人的着魔与谶》。

③ 卡夫卡：《日记》一九一〇年初，载《卡夫卡书信日记选》，第3页。

④ 卡夫卡：《日记》一九一四年八月六日，载《卡夫卡书信日记选》，第42页。

⑤ 卡夫卡：《笔记》，载《卡夫卡书信日记选》，第101页。

⑥ 钟鸣：《诗人的着魔与谶》。

会有多少天分"，又如卡夫卡写给菲丽丝的自述，"我说的话几乎没有一句是有头有尾的，它们都是在远远的某处，在半途中，在极为庞杂的情况下偶然地被捕捉到的"①，"叙述时，我多半有一种感觉，就像刚刚学步的小孩子的感觉"②。这便是"通灵者之沦丧"③，是卡夫卡"五个月来什么也没写"，"试图为秋天积蓄精力"④的窘境，也是张枣"很快就是秋天，而很快我就要用另一种语言做梦"的中途精神——是的，虽然张枣曾坦言《卡夫卡致菲丽丝》与死者卡夫卡并无过多的关联，但其中仍有非常多的细节来自卡夫卡的历史本事，算是一种用典。在暗无天日的中途，"一切全都是镜子"，文字、语言、文学、诗歌等本就充斥着含混、歧义的危险的魔镜，也因自我怀疑超出了限度而被顺带质疑："不知它们是上帝的儿女，或从属于魔鬼的势力。"正如卡夫卡所说的那样，"一切在我看来皆属虚构"⑤。

五 "但总在某个边缘"：一次行动

"现代人最大的工程就是修复主体，如何重新自由地表达自己。一个主体被损害之最大的表现就是他的语言被损害了……"，张枣、卡夫卡，无数的神的使者都是这样在漆黑的中途以不同的方式开启了自我保护和修复的独特模式，因为"中途"也是一种囚禁，"文学现代性的表达就是在同这种可怕的囚禁导致的精神分裂和失语症的抗争中艰难地进行的"⑥。在这种以虚无为基底的保护机制中，张枣似乎和卡夫卡在巧合中发明了同一套抵抗的方式：收藏、排序。在《卡夫卡致菲丽丝》的第八首中，张

---

① 卡夫卡：《书信》致菲莉斯·鲍威尔 二十四，载《卡夫卡书信日记选》，第 207 页。

② 卡夫卡：《书信》致菲莉斯·鲍威尔 二十六，载《卡夫卡书信日记选》，第 209 页。

③ 钟鸣：《诗人的着魔与谶》。

④ 卡夫卡：《书信》致菲莉斯·鲍威尔 二十七，载《卡夫卡书信日记选》，第 210 页。

⑤ 卡夫卡：《日记》一九一三年十一月十九日，载《卡夫卡书信日记选》，第 39 页。

⑥ 宋琳：《精灵的名字——论张枣》。

枣写道："它们等在桥头路畔，时而挪前一点，时而退缩，时而旋翻，总将自己排成图案。可别乱碰它们，它们的生存永远在家中度过"。"桥头路畔"显然是衔接起各种作为"线"的路径的点，是关卡性质的地带——至于如何选择接下来该走向何处，"它们轻呼：'向这边，向这边，不左不右，非前非后，而是这边，怕？'"卡夫卡也曾有过这样的自语："假如我要向右边走，我便先要向左边走，然后忧伤地使劲向右边转。主要原因可能是因为恐惧：向左走我完全不必担忧，因为我本来就一点都不想到那里去。"① 对于有着至高信仰和明确追求的使者而言，"这边"无疑是内心给出的唯一答案，但无始无终的中途毕竟给人以莫大的折磨和打击，以及无尽的恐惧和"怕"，因此通灵者往往会选择截然相反的一条路径或是一个方向，以自渎式的堕落行径伤及自身，再转身走向本就已经注定的归宿——或者就是徘徊在闸门处（即"桥头路畔"），不进不退，以"等"的姿态什么也不等待，或是等待恐惧感消退，时而做出一些微观的无用的改变与尝试："挪前""退缩""旋翻"，即便有"驱策着我的血"，也无济于事。于是，出于脆弱的敏感、苦痛的挣扎，使者们发明出一套聊以自慰的虚假的自我保护方法："我将试着逐渐把我身上一切无可置疑的东西作一番归纳，以后再去归纳可以相信的东西……我身上无可置疑的东西是对书的贪欲。并不是想要占有或阅读它们，而是想要看到它们，想要通过一个书商的陈列证实它们的存在。"② 与卡夫卡相似，张枣也是一个"保持对作为物的物的忠诚"的收藏家，"他只收藏两样东西：记忆和书"，"一旦进入广义收藏的魔圈，你就成为自己的掌门人、判官、法律的制定者、仓库管理员、修补匠、继承者……甚至不小心还会是某种快感的奴隶。这些'物'的存在、现实性，使你必须照看它们，维护它们……它也很容易会成为你的累赘，成为你咒骂的对象，继而成为你咒骂自己和社会的原因"。③ "他尤其喜爱小东西……将它们按一定的分寸

---

① 卡夫卡：《书信》致菲莉斯·鲍威尔 三十二，载《卡夫卡书信日记选》，第 215 页。

② 卡夫卡：《日记》一九一一年十一月十一日，载《卡夫卡书信日记选》，第 18 页。

③ 钟鸣：《诗人的着魔与谶》。

和火候摆列组合"①。这便是"排成图案""别乱动""永远在家中"的一种
阐释方法——将与精神、信仰、追求等形而上的无序的难以捉摸和归纳
总结的"虚存虚在"相关的物件进行收藏般的排列组合，形成一套不可撼
动的虚假的秩序或仪式感，获得一种因心中悬浮、缥缈的情思（由于无
能和软弱难以进行归纳、总结、解决）得以有序地投射、落实在具象的
实体之上而产生的"着陆"的快感。通灵者，也难免借此自慰，学些"致
幻"的招数骗过自己，勉强度日。

　　所谓动势，在造型艺术中是指对象物在视觉上具有一定的动感，然
而无论是绘画还是雕塑，动感也只是某种带有倾向性的瞬时的视觉假象，
事实上对象物并没有进行任何位移，反而永远都是凝固着的静物。"一切
死于中途"，海子在《泪水》中如是写道，这其中有着悖论式的悲剧性，
有待主体慢慢体认——宿命使这些使者无法弃权、退避，而必死的结局
又意味着行进的不可能与无意义，那么除了在张枣屡屡提及的"外面"与
"边缘"借助一些幻象聊以自慰、自救，是否还存在应对、解决甚至突围
的办法呢？正如张枣在另一首十四行组诗《跟茨维塔伊娃的对话》中的
发问："或许可用？"而随后张枣就给出了某种格言般的启示："生活的踉
跄正是诗歌的踉跄"。诗歌是一次行动，诗人在"让它成真"的同时更需
"把它当真"，这便是唯一的方法论。这种行动是一次性的，仅从结果来
看也是几无成效的徒劳，但"你必须改变你的生活"（里尔克语）。卡内
蒂在《另一个审判》中认为，卡夫卡的《审判》是以其现实生活中的订婚
和解除婚约为蓝本，他的写作习性、使命和健康状况等诸多因素，使其
最终也不能确信自己能够以婚姻的形式组建一个和谐美满的家庭，这本
身亦是一个残酷的寓言——但当"你果真做了"，才能在阴冷无望的中途
"因迷狂的节拍而温暖和开阔"（张枣《祖父》）。

　　有关本文标题中的怪鸟，钟鸣在纪念张枣的文章中这样写道："其中
一张，引我写了《画片上的怪鸟》，题献给他，时间是1987年……明信
片图案是雨中飞行的怪鸟，撑着伞，口呼'help'——'救命啊！救命

---

① 宋琳:《精灵的名字——论张枣》。

啊！'"① 这只稍胖的怪鸟，想必是无法忍耐"无尽的中途"的艰辛与苦痛，所以借助暴食的方法来缓解，同时也戕害着自己早已不再健康的肉身，它那与画片整体的灰暗色调格格不入的鲜红色的鸟喙像是小丑的红鼻头，在世人面前不过是充当了一个滑稽可笑的被误读甚至诋辱的形象，手中的破伞也完全不能遮蔽全身，狰狞的面容和呼救的字样格外醒目。它没有退路，也没有多余的选择，只能默默祈祷着天气转晴，或是自己的故事在某天成为传说，多年以后仍被人们不断提起、重温。"正如人不可能超越任何生存方式"②，它，一只怪鸟，却主动打开了正在"寻找着鸟"的"血腥的笼子"，像只苍蝇一般潜入了这血腥的满是阴影和斑痕的"孔雀肺"③ 中。

---

① 钟鸣：《诗人的着魔与谶》。

② 张枣：《致钟鸣》21，载《张枣诗文集》（书信访谈卷），第81页。

③ 参见张枣：《卡夫卡致菲丽丝》，载《张枣诗文集》（诗歌卷），四川文艺出版社，2021年。关于"孔雀肺"，张光昕曾这样阐述："与'心性'代表诗歌的理想原则一样，肺宣告了诗歌的现实原则，它象征了诗歌在日常生活中的呼吸和节律，在严酷的命运流徙中，它甚至指代着现代生命的一种绝对形式……诗人张枣贡献了一个伟大而精致的意象——'孔雀肺'——在那些敏感而先觉的现代诗人那里，它是一个既坚韧又脆弱的呼吸器官，而肺的病变几乎成为现代知识分子精神生活的共同厄运。"参阅张光昕：《昌耀诗歌文体变迁的内在逻辑》，载《中国现代文学研究丛刊》2014年第12期。

细读、诗学反思及其他

—— 张枣研究现状浅思

李海鹏

一　细读的维度

在《诗人的"德国锁"》一文中，颜炼军曾谈道："张枣诗里写过'德国锁'，他的许多诗其实就像德国锁般精确。一首杰出的诗，肯定有非常精密的内在运转方式。读不懂，并不是诗人欺骗我们，而是读者的迷失。好诗一定非常精确，每个字、每个标点符号都不能出错，否则整首诗都会受影响。"[①] 若从极高的标准而论，我们不能说张枣的诗都是杰作（这一点张枣自己也有自觉），但是在文本层面呈现出"德国锁"般的精密与精确，则可构成张枣几乎所有诗作的面貌与特质。也正因如此，层层"解锁"式的文本细读往往构成学界研究张枣诗歌时几乎都会采用的方法，无论这些研究的最终目的是帮助读者更为深入地理解张枣的诗，还是借助张枣的诗歌文本而探讨背后深层次的诗学理论问题与诗歌史问题。记得有　次在微信上与王子瓜聊起张枣，我们二人都认同细读之于张枣研究的重要性，子瓜说道："张枣只能细读才行。不让贴近（文本）的话，也就是只能跟明白人说明白话，不懂的人还是不懂。"一个对此的印证是，在目前已有的张枣研究实绩中间，单篇文章只聚焦于某一首诗或某一组

---

① 颜炼军：《诗人的"德国锁"》，载《世上漫相识：阅读享乐派札记》，人民文学出版社，2021年，第 241 页。

诗，并以细致深入的文本细读而完成，这一情况占据着相当的比重，这也是张枣研究相比于其他当代诗人研究的一个突出特点。具体而言，在我有限的观察里，这些细读文章呈现出三个维度：其一是着眼于张枣诗歌文本的某些细节，梳理、考辨与之构成影响关系的中外诗歌文本；其二是以细读的方式呼应张枣的诗学观念与话语表述，揭示、厘清张枣诗学观念与创作实践之间的互动关系，这类研究往往呈现出研究者与诗人之间的"知音"状态；其三是以拒绝同义反复的姿态，突破张枣自觉的诗学话语，从而在更完整的诗歌史视野或诗学理论纵深中打量、重释张枣的某些诗歌，要么反思其限度，要么为某些文本打开新的解读空间。

在第一个维度中，我注意到的较早的代表性文章是德国学者苏珊娜·格丝的《一棵树是什么？》，此文注意到了张枣《今年的云雀》一诗与布莱希特和保罗·策兰之间自觉的对话关系，并且在此之上阐明了张枣基于中国的知音观念以及自身主体性的时代特质（即以个人的方式而进入和发明传统，集体则作为创伤而存在）而与二者之间存在的差异。由此，苏珊娜将这首诗称为"一个'知情者'刻意创作的互文元诗"[①]。西渡的《时间中的远方——解读张枣的〈镜中〉》一文则揭示了《镜中》与台湾诗人杨牧《凄凉三犯》之间隐秘的关联，并认为张枣所理解的诗人与传统的关系并非诗人单向度地进入传统（西渡这里举了何其芳来做对照），而是双向互动，即诗人与传统是互相发现、阐释的关系。张伟栋在《"鹤"的诗学——读张枣的〈大地之歌〉》中对《大地之歌》第四节以多个"那些"领起的排比句的细读同样令人印象深刻，张伟栋由此令人信服地揭示了张枣这首诗与特朗斯特罗姆长诗《舒伯特》之间的影响关系，尤其是在证明了特氏此诗中排比句的使用源自《圣经·以赛亚书》之后，互文的空间就进一步被打开。在张伟栋看来，特氏对张枣的影响不仅限于此，而是"很多诗句中都能读出特朗斯特罗姆的影子"[②]。记得有一次和陈东东在

---

① 参见 Susanne Gösse：《一棵树是什么？》，载孙文波、臧棣、肖开愚编《语言：形式的命名》，人民文学出版社，1999 年，第 348 页。

② 张伟栋：《"鹤"的诗学——读张枣的〈大地之歌〉》，载《山花》2013 年第 13 期。

温州岛屿间颠簸的船舱里聊起过张枣受影响最深的西方诗人这一话题，特氏是陈东东脱口而出的三四个名字之一，这无疑印证了张伟栋的判断。这一维度中另一颇具特色的研究方式则是对张枣那些晦涩的组诗、长诗进行古典注疏式的文本细读，江弱水在这方面尤为突出且仍在继续，比如他的《言说的芬芳：读张枣的〈跟茨维塔伊娃的对话〉》就是此中代表。他在该文中俨然化身为古代的注疏者，对张枣这组完成于 1994 年、以莎士比亚体十四行诗写就的精深之作一首首进行抽丝剥茧式的细读，并自陈这篇文章"等于是给这组诗做了详注"①，纵览这一维度内的细读研究，我觉得有三点颇可继续推进与反思：其一是继续发掘张枣诗歌中与其他中西诗歌的化用、互文关系，并将这些关系阐释清楚，从而最大程度探明张枣诗歌的文化深度与空间。这一工作目前远未完成，留有较大的研究余地，既可以针对某一相关文本而做细致的阐释，也可以聚焦于某一与张枣构成重要影响关系的诗人（如叶芝、特朗斯特罗姆等），发掘张枣诗中与其相关的文本做整体性的研究。从我有限的观察里，兹举一例，张枣与叶芝互文关系最显著的当属组诗《历史与欲望》中的《丽达与天鹅》，而我在阅读《卡夫卡致菲丽丝》中"活着，就是缓慢的失血"句时，会联想到叶芝《塔楼》（Tower）中的"slow decay of blood"，如果深入探究，二者之间或许也存在着化用、互文关系。总之这样的例子应该还有很多，值得发掘与研究。其二，张枣的那些组诗、长诗篇幅较长也极其深奥难懂，因此对这些作品进行注疏式的研究，一首首或一句句解读清楚，各自给出能够成立的不同解读路径与空间，也很有必要。其三，张枣在《朝向语言风景的危险旅行》中曾言，自己是"要求在学术上将'现代性'定义为'现代主义性'的辩争者"②，并由此自觉但略显狭隘地将中国新诗的发展传统视为一个追求现代性的传统。这一点，我们从他博士

---

① 江弱水：《言说的芬芳：读张枣的〈跟茨维塔伊娃的对话〉》，载颜炼军编《化欧化古的当代汉语诗艺：张枣研究集》，华文出版社，2020 年，第 311 页。

② 张枣：《朝向语言风景的危险旅行——中国当代诗歌的元诗结构和写者姿态》，载颜炼军编《张枣随笔选》，人民文学出版社，2012 年，第 172 页。

论文《现代性的追寻》中会看得更为清楚。从我们现已探明的、与张枣构成重要影响关系的西方诗人谱系来看，特点鲜明的西方现代主义诗人构成其核心，而前现代诗人则很少出现，尤其是相比于他的知音诗人如陈东东、钟鸣等（陈东东诗中反复出现但丁，而钟鸣则深受诸如密茨凯维奇等诗人的影响），这一情况就尤其突出。因此，对张枣受到影响的诗歌资源进行更为完整的挖掘与考辨，会在谱系学的意义上帮助我们更深入完整地窥看张枣诗歌中现代性的内核与形态，也有助于我们更进一步地反思其诗歌的向度与局限。

　　知音式的细读，最早的代表作当属钟鸣的《笼子里的鸟儿和外面的俄耳甫斯》，该文以知音的姿态澄明了张枣诗学的诸多面向，譬如语言本体意识、个体语言与系统语言的挣脱突围关系、对话性的内在模式等。钟鸣精彩地细读了分属张枣两个写作阶段的《镜中》与《卡夫卡致菲丽丝》，并让人印象深刻地揭示了这两个作品人称上的变化及由此而来的对话性模式的差异："《镜中》和《卡夫卡致菲丽丝》在人称上的变化，是有很大差别的，分别表现着作者早期的对话意识和中期与印欧语系碰撞后的对话意识。"[①]钟鸣的判断是非常有效的，后来陈东东在《亲爱的张枣》一文中谈及《卡夫卡致菲丽丝》时，也明确认可这首诗在张枣写作历程中的转圜意义。有趣的是，在钟鸣的认知中，这两首诗本身就指涉了张枣的两个知音阶段：前者与柏桦相关，后者则正是钟鸣自己；当然，到了 20 世纪 90 年代末期的《大地之歌》阶段，知音的指涉则落在陈东东那里。自 2010 年张枣去世以后的十余年间，张枣诗歌研究蔚然成为当代新诗研究中的显学，张枣也一跃成为经典化程度最高的当代诗人之一。在这一经典化过程中，知音式的细读研究实际上扮演着相当重要的角色，诸多文章围绕着张枣自觉的诗学理念与实践而展开，并以褒扬的策略不断耐心而精彩地进行着阐明，张枣的新诗史地位在此过程中也很大程度得以厘定。这方面我印象较深的文章有颜炼军《祖母的"仙鹤拳"——读张枣诗作〈祖母〉》、王东东《护身符、练习曲与哀歌：语言的灵魂——

---

① 　钟鸣：《笼子里的鸟儿和外面的俄耳甫斯》，载《秋天的戏剧》，学林出版社，2002 年，第 64 页。

张枣论》、张伟栋《"鹤"的诗学——读张枣的〈大地之歌〉》、张光昕《茨娃密码——张枣诗歌的微观分析》等。而与此相应的，则是第三个细读的维度，该维度的细读文章往往衔接着第二个维度的充分展开而来，希望在"知音"的基础上能够超越为张枣所自觉的诗学意识与话语，从而为一些作品打开新的解读空间，或由此对张枣的写作进行可能的整体性的反思。这个维度的文章里，冷霜的《诗歌细读：从"重言"到发现——以细读张枣〈镜中〉为例》极具代表性。该文肇始于其方法论的自觉，即希望超克当代新诗研究中存在的两种同义反复（即"重言"）："一是新时期以来追求审美自主性并接受现代主义诗学影响而逐渐将之教条化的层面，简言之，就是阐释成了'诗就是诗'的重言式表达；二是在对诗人（尤其是那些强力诗人）创作的批评中，被后者的个人化诗学所吸附，而使得批评成为后者的重言式回声。"① 由此而来，冷霜对张枣这首已被无数次谈论、解读空间看似已在"重言"中耗尽的《镜中》进行了重读，尤其令人印象深刻之处在于对诗中"皇帝"所给出的崭新解读，结合这首诗所置身的 20 世纪 80 年代文学的知识感觉与精神感觉，揭示出了这个"化古"意象本身蕴含的新诗创造力与未来主义姿态，这一解读也由此超克了张枣本人在自觉话语上对于"传统"的谦卑，因而深入某种文化的无意识层面："如果从'元诗'的角度，将之置于当代诗与'传统'的关系上，这个'皇帝'显然并非'传统'或'古典精神'的象征，而指征着新诗所具有的创造力，而这个'面颊温暖'而'低下头'的少女，则更像是古典世界的婀娜化身。就像这首诗在读者中的影响所表明的那样，它的魅力与其说是源于它所建构的与中国古典诗歌之间的联系，毋宁说是在建立这一联系时，面对后者所显示出来的强烈的信心。而这种强烈的信心，正是 20 世纪 80 年代文学，尤其诗歌所体现的文化意识给我们留下的最深刻的记忆。"② 我所写的《意外的身体与语言"当下性"维度——重读张枣

---

① 冷霜：《诗歌细读：从"重言"到发现——以细读张枣〈镜中〉为例》，载《文艺争鸣》2015年第 5 期。

② 同上。

〈祖母〉》也属于这个维度内的努力，试图对该诗结尾处出现的"小偷"意象进行细读，来突破张枣对话诗学中已广为人知的汉语性与现代性的二元对话模式，从而为张枣以《祖母》等作品为代表的 20 世纪 90 年代中期以后的诗歌打开新的解读空间，并由此窥看张枣后期的诗学转变。总之，第三个维度的细读研究在未来一段时间应会持续出现，或许有两个可能的方向，一是对张枣不同诗歌阶段的关联与差异进行概括与勾勒，尤其是其后期作品与之前创作阶段之关系，因为从诗歌文本层面，我们能注意到其变化，但是在对此的表述上，张枣并未形成足够完整和自觉的论述，只是在少数访谈和通信中留下了蛛丝马迹，因此这一方向便存在着可能的空间；二是跳出张枣自觉的诗学话语，以更具当代新诗史与文化史意识的视角而对他的创作成就与限度进行阐释与反思。

二　元诗与对话性：诗学反思

目前学界对张枣诗学问题的研究，包含了两项核心内容，一是其元诗观念，二是其汉语性与现代性的对话观念（以及与此相关的"传统"观）。张枣元诗观念的核心装置是一种朝向意义空白的追问姿态与命名逻辑，这一点他在《朝向语言风景的危险旅行》一文中谈及柏桦的诗歌《表达》时曾清晰表述过："对这一切不会存在正确的回答，却可以有正确的，或者说最富于诗意和完美效果的追问姿态。"[①] 这种追问姿态使得诗歌写作成为对不断命名过程的展演，而命名的结果只能保持为空缺，诗歌因此成为一种"空白练习曲"。亚思明在《张枣的"元诗"理论及其诗学实践》一文中曾结合张枣的诗歌文本深入谈论了这一元诗观念，而王东东在《护身符、练习曲与哀歌：语言的灵魂——张枣论》一文中也曾对元诗的命名逻辑进行过精彩的阐释："一个词可以被另一个词替代，一个词形成的空洞可以被另一个词占有；对命名危机的解答不是停止命名而是坚持不

---

① 张枣：《朝向语言风景的危险旅行——中国当代诗歌的元诗结构和写者姿态》，载颜炼军编《张枣随笔选》，第 176 页。

懈地命名。"① 实际上这一追问姿态正是西方现代主义文艺观念与现代性
美学理论的核心，譬如阿多诺在《美学理论》中的表述便与此如出一辙：
"新事物乃是对新事物的渴望，而非新事物本身。这正是新事物的祸因。
由于是对旧事物的否定，新事物在自认为是乌托邦空想的同时，也从属
于旧事物。"② 可以说，张枣的元诗观念实际上具有相当原教旨的现代主
义质地，在这个意义上讲，他的博士论文《现代性的追寻》可谓是以其元
诗观念而对实际上更为驳杂的中国新诗历程进行的一次强制性历史建构，
或者说这部论文的史学形态相当清晰地印证与阐释了其元诗观念。而若
要追问这种"元诗"式的命名逻辑为何就隶属于现代主义文学观念，杰
姆逊在《晚期资本主义的文化逻辑》中则给出了某种可能的答案。在他
看来，现代主义文学观念实际上是发达资本主义时代的意识形态在符号
学模式与书写机制上的对应，而诸如古典时期、早期资本主义时代与晚
期资本主义时代等所对应的符号学模式与书写机制之间各不相同，也就
是说，元诗观念所对应的现代主义文学观念只是某种历史性的产物，而
非超验性的存在。但问题恰恰在于，作为新诗史的事实，中国当代新诗
之先锋性的生成，与现代主义之间存在着极大的亲缘性，这在 20 世纪
八九十年代确实曾释放过极大的能量与活力，不过当语境变化以后，当
代新诗的先锋性需要新的内容与活力时，我们却也往往容易基于过往的
经验而将先锋与现代主义僵化为某种同义反复，由此陷入某种对现代主
义的超验性迷思之中，而我们对张枣元诗观念的很多既有认知则正是其
中重要的一种。由此而来，我们对于元诗观念的研究，或应在两个层面
上从这一超验性迷思中走出来，将其归还给历史：其一是在诗学史的层
面上，将元诗观念放置在 20 世纪八九十年代的历史语境中进行考量，在
当时的感觉结构中重释元诗的观念活力与历史诉求；其二是在诗学理论
的层面上，思索元诗与当下语境之间对话、追问的可能性，寻求元诗既

---

① 王东东：《护身符、练习曲与哀歌：语言的灵魂——张枣论》，载《新诗评论》2011 年第一辑，第 109 页。

② 阿多诺：《美学理论》，王柯平译，四川人民出版社，1998 年，第 57 页。

有模式的转换，由此在这一向度内更进一步，构想对当下伦理、文化逻辑能够有效记录与阐释的崭新诗学理论之生成。

张枣关于汉语性与现代性的对话诗学观念，最清晰的表述则同样来自其诗学文论《朝向语言风景的危险旅行》，尽管在张枣看来，加入现代性意味着加入一场诗歌的危机，因为这会使得当代诗沦为一种"迟到的用中文写作的后现代诗歌"①，在词物关系上这意味着当代诗只是一种词的自洽，而丧失了与物的连接。但是，张枣同样不认为加入现代性就意味着必须放弃汉语性，在他看来，作为一种开放性语言系统的现代汉语有能力应对这场因加入现代性而引发的诗学危机，并认为二者会在一种辩证、对立的对话关系中彼此追问与周旋，而由此而来的危机本身就是最富诗意的。张枣这一对话诗学观念的内在逻辑大致如此，如果进一步考察这一观念所针对的语域，便会知道，它实际上内在于90年代由宇文所安、奚密、郑敏、臧棣等人那几篇重要文章所交织起的关于所谓"世界诗歌"以及中国新诗与传统之关系的论争。而这一论争正如苏晗在《新诗的"身份"与1990年代历史意识——以"世界诗歌"争论为起点》一文中所指出的，是进入90年代以后高速发展的全球化时代的国别文化政治与身份政治问题在当代诗的诗学与审美层面的反映。② 简而言之，可以说是在全球化时代，中国如何在参与其中的同时又能保持其自身主体性的问题（王安忆的小说《我爱比尔》可以算是关于这一问题最好的一个杰姆逊意义上的"民族寓言"），中国当代新诗如何在参与其中的同时又能保持其汉语性的问题。也就是说，尽管与传统之间的关系自中国新诗诞生之日起就一直是新诗合法性危机中的核心问题，但是将汉语性与现代性在危机中的辩证对话作为对此的一种答案，其有效性则内在于90年代的这一历史性维度之中，如若我们将其视作某种普适性的答案，便又意

---

① 张枣：《朝向语言风景的危险旅行——中国当代诗歌的元诗结构和写者姿态》，载颜炼军编《张枣随笔选》，第191页。

② 苏晗：《新诗的"身份"与1990年代历史意识——以"世界诗歌"争论为起点》，载《当代文坛》2022年第4期。

味着陷入某种超验性的迷思。此外，因为这种身份政治的存在，汉语性内部矛盾混杂、不断自我生成的状态则往往被忽略，代之以一种整体化的面目，由此在与外部的对话中不断明确自身的边界，这种对话关系酷似"冲击—回应"模式在当代新诗中的某种变体，张枣的汉语性观念也由此最终凝定、本质化为"汉语之甜"式的表述。这一问题，余旸在《张枣："文化身份"的困扰》一章中曾清晰谈论过："在这样的身份意识结构中，他所建构的'传统'是'本质化'的，同时也将与之相对的'西方文化'本质化了，限制了其诗歌进一步走向开阔……一方面，他以一种现代的文化意识发现了'传统'的价值，激活了'传统'在当代新诗的一种实践可能性；另一方面，受制于文化政治视野，他对'传统'的渐趋本质化阐释与理解反过来又制约了他对新诗'可能性'的进一步开掘，致使其诗歌的广度受到限制。"① 如果我们从这种对传统与汉语性的本质化认知中跳脱出来，便会注意到两方面的问题：其一，具体而论的话，张枣汉语性观念中最重要的两种构成分别是"日常生活的唯美启示"所指涉的楚辞传统和晚唐的文学传统，它们所共性的唯美主义色彩、颓废而非功利的文学姿态，又恰好构成了他所青睐的西方现代主义观念中消极主体性、颓废主义美学的"知音"对话者。对于张枣汉语性观念的探讨，其实可以帮助我们更加厘清其现代性观念的质地与内涵，破除对汉语性的迷思，本身也是在破除对现代性的迷思。其实若着眼于中国新诗史的话，相似的认知方式也并非首次出现，譬如何其芳在其《梦中道路》一文中就曾言及自己早期的诗学取径，正是在中国的晚唐诗歌与法国巴纳斯派中找到了对话性，而"晚唐诗热"正是 20 世纪 30 年代新诗现代派中间代表性的诗歌现象。也就是说，既然需要走出现代性的迷思，那么我们如今对汉语性的认知便也有必要破除诸如"汉语之甜""晚唐—现代性"这类已然本质化的装置；其二，由此而来，我们看待汉语性的视角有必要从整体化、本质化的方式中调整出来，转向汉语性内部的辨析与对话，

---

① 余旸：《"九十年代诗歌"的内在分歧——以功能建构为视角》第二章，人民出版社，2016 年，第 103 页。

进而从我们对当下语境的理解中，找到汉语性中能够与之有效对话的资源，并由此释放出汉语性之于当下的观念活力与审美活力。在这个意义上讲，我想提请注意张枣后期一首未完成的长诗中所可能暗藏的重要性，即《看不见的鸦片战争》，张枣这首诗从传统中调动的是晚清的资源，相对于其惯用的楚辞、晚唐资源来说，可谓是某种变化，不过这首诗并未最终完成，这种变化是否真的存在，究竟如何变化，我们也不得而知了。不过新世纪以来，在我的观察里，当代诗人从晚明、晚清的一些文学资源中调动创作力，倒是一个值得关注的现象，我个人粗浅的感觉是，这两个时段文学中所暗含的状态与伦理性，譬如回应其社会的世俗化与商业化、权力的形态、人性的状况等的方式，或许恰好能够对于当下的新诗写作有所启示，张枣这首未完成的诗或许就内在于其中。当代诗某种新的历史想象力，或许已经暗暗滋生于斯。

三　其他

最后补充几句。张枣的"元诗"之"元"，广为研究者所注目和着力，不过作为一个好玩的人，张枣其实有很多别的兴趣爱好，这些其实构成了他诗中的"暗功夫"，或者说构成他的"元诗"之"不元"的部分，这部分内容也别有考察的可能与乐趣。他作为一个军事迷，对各种现代武器和战争有很多了解，这些内容在他的诗里有很多体现，比如《大地之歌》开头处"逆着鹤的方向"飞行的美军隐形轰炸机。在这部分内容里我对他的《德国士兵雪曼斯基的死刑》和《在夜莺婉转的英格兰，一个德国间谍的爱与死》这两首谍战诗格外感兴趣。尤其是后者，我在阅读美国学者马克拉奇斯的《囚徒、情人与间谍：古今隐形墨水的故事》一书时，曾读到过一段二战期间的谍战故事，与张枣这首诗的叙事非常相似，由此猜想这首诗所讲述的故事或许并非张枣全然虚构，出于他军事迷的日常修养，或许脱胎于某个实有的谍战本事也未可知。那么他对这段本事如何改写，从中想呈现出怎样的风格、状态与思考，其实也是颇为值得探究的问题，这样的研究也极具趣味性。此外，在张枣后期的几首诗如《春秋来信》《大地之歌》中，"上海"这个城市扮演着非常重要的角色，尤其是在《大地之歌》中，"如何重建我们的大上海，这是一个大难题"[①]这句诗在诗中承担着非常核心的创作焦虑与伦理焦虑。如果考察90年代上海城市建设史这一横向语境便会知道，上海能发展成如今的样子，与90年代中国政府的"大上海计划"密切相关，而置身于90年代的当时之雾中，上海的未来究竟何如，还尚不可知。张枣后来跟陈东东所说的觉得上海的现代化真的成功了等语，正与此相关。也正是这样的横向语境，才构成了张枣这句诗得以生成的历史根源，也是张枣这几首相关作品得以产生的历史根源。对当时上海的思虑，在一些其他诗人、作家那里也有呈现，比如宋琳的《外滩之吻》也是一例。总之，对大上海的横向语境进行考察，是探究这些作品必要而且有效的路径，有助于在相对逼仄的诗学内部探讨之外打开更为开阔的谈论空间。最后，张枣去世以后，多篇亲友、同事、学生的回忆文章陆续发表，在诗学研究之外，堆叠起张枣在文字中间的另一重生命，这些文章对于张枣去世后的经典化过程同样起到了巨大的推动作用。而纵观这些文章，大部分的回忆方式和策略皆是谈论他温和幽默、爱吃爱玩、善良甜美的一面，这对称于他诗歌中的"汉语之甜"，这些回忆饱含善意也足够动人。不过我略微不满足的地方在于，正所谓"人无完人"，实际上张枣也并非完人，他的一生实际上也并非如这些文章里所呈现的这么松弛与美妙。钟鸣说他是"苦命文章苦命诗"，因此，张枣一生中与"甜"相对的"苦味时刻"实际上同样值得被回忆出来，日后如果时机合适，他的一些缺点也同样有必要被回忆。在这个意义上，我对顾彬《综合的心智——张枣诗集〈春秋来信〉译后记》、刘淑玲《"伦敦，一座红色的迷宫"——纪念张枣》两篇回忆印象深刻，前者回忆了张枣作为一个语言天才而如何浪费了自己的才华；后者则更具体，在饱含善意之中也道出了作为一个讲课优秀、吸引学生的好老师之余，张枣

---

① 张枣：《大地之歌》，载《张枣的诗》，人民文学出版社，2012年，第270页。

又是一个怎样难以合作且经常添乱的"坏同事"。① 总之我期待不断有关于张枣的回忆文章问世，而且能够越来越立体多面、完整客观地塑造出张枣的形象。当然，因为一些人情世故，这并不容易，不过还是让我们保持期待、耐心等待吧。我之所以有这样的期待，并非出于猎奇或者内心阴暗，而是在想，如果日后有哪个有心人想完成一本真正高质量的张枣评传，这些文章是不可或缺的，也惟其如此，我们才能在新诗史上给予张枣真正完整的书写与评价。作为一个好玩的人，张枣若在天有灵，也当不会怪罪。

---

① 两篇都收入颜炼军编《化欧化古的当代汉语诗艺：张枣研究集》。

也谈"重建大上海"的诗意方案

姜 涛

在当下的青年诗歌"场域"中,有关张枣的论说,实在已太过密集,这个感觉常和周边朋友说起。这种"密集"之感,倒不完全指文章数量之多,而是说许多绵密深入的解读,结论总不太出意外,每每还是落回一些当代诗既定的自我认知框架,诸如写作与"人之境"的对峙、迷宫一般的语言镜像、寻求无穷"转机"的"元诗"信念,等等。多年前,冷霜兄曾借重读《镜中》一诗,提醒过此类"重言"的问题。可能因张枣的诗和诗论,特别能佐证当代诗的自我感觉,也特别能贴合年轻作者的心境,值得一再"细读",所谓"重言"现象也就一再发生。

这一辑《新诗评论》"文本重释"专栏,再一次聚焦张枣的诗作,自然不是为了加入"重言"式的再生产,反倒是想有所间离,将张枣的论说"再问题"化。三篇细读文章之外,特别增加回应、争鸣的环节,就是为了更多一点撑开"间离"的空间。其实,这三篇细读文章本身也都别有新意,在"解锁"式的细读中,不同程度包含了反思、检讨的意识。写于1999年的《大地之歌》,体现了张枣后期突破"元诗"封闭性的努力。李春对这首"登峰之作"十分痴迷,自言"反复吟诵近百遍",他的文章就采用"模块化"阅读的方式,紧贴长诗的内在线索和肌理,相当完整地"厘清内部各单元的功能及其相互之间的关系"。下面,我想接着他的分析做一点补充,重点谈谈对全诗第六节,即"如何重建我们的大上海,这是一个大难题"这一节的理解。

逆着鹤的方向飞，当十几架美军隐形轰炸机

偷偷潜回赤道上的母舰，有人

心如暮鼓。……

正如李春所分析，《大地之歌》以"鹤"与"美军隐形轰炸机"逆向而飞的场景开篇，由此牵动精神不同方向的延伸，也为"心的浩渺"提供了足够辽远、足够宏阔的空间。后来增补的第二节、五两节以及马勒出场的第三节，则"穿插，联结，总想戳破虚空"，引入与马勒的对话，凌空架设至高的"鹤之眼"，于"重建我们的大上海"的主题之外，叠加了另一主题："精神的突围与冒险"。确实如此，我的阅读感受也是这样：上述几小节，类似于交响乐的开场，构架了不同声部的分流、交叉，也在高潮到来之前，烘托出一片万物骚动的总体氛围。在第四节的开头，诗人批评那些迟钝者——"对大提琴与晾满弄堂衣裳的呼应/ 竟一无所知"。批评归批评，这两行诗却极为传神。上海弄堂里的晾衣杆和悬垂的衣裳，恍惚间可视作一张五线谱中的横线与乐符，我们仿佛也能听到暴风雨来临之际风的吹动、房屋的轻颤，一场伟大的合鸣即将开始。

照此势能，随后倾泻而下的第四节、第六节，应是高潮的段落、全诗之中坚。张枣也的确卖了力气，使出一波又一波澎湃的排比句，来勾画"现实的大上海"与"理想的大上海"之对峙：

那些生活在凌乱皮肤里的人；

　　　　摩天楼里

那些猫着腰修一台传真机，以为只是哪个小部件

　出了毛病的人，（他们看不见那故障之鹤，正

　屏息敛气，口衔一页图解，踯立在周围）；

那些偷税漏税还向他们的小女儿炫耀的人；

那些因搞不到假公章而煽自己耳光的人；

那些从不看足球赛又蔑视接吻的人；

那些把诗写得跟报纸一模一样的人，并咬定

　　那才是真实，咬定讽刺就是讽刺别人

　　……

　　从第四节开始，诗歌进入了对现实的讽喻（"'元诗'降格为一种局部的方法"）。这一大波讽喻性的排比，展现各种庸常、琐碎、被"蝇头小利、偏见或无知所困住"的生存样态，读起来趣味盎然，也颇能调动后续阅读的期待。问题是，在第五节的暂停和突然拔擢、俯瞰之后（"鹤之眼：里面储存了多少张有待冲洗的底片啊！"），正面展现"大上海重建"的第六节、本应更精彩的第六节，好像并没有满足这样的期待：

首先，我们得仰仗一个幻觉，使我们能盯着

　　某个深奥细看而不致晕眩，并看见一片叶

　　（铃鼓伴奏了一会儿），它的脉络

　　呈现出最优化的公路网，四通八达；

我们得相信一瓶牛奶送上门就是一瓶牛奶而不是

　　别的；

我们得有一个电话号码，能遏止哭泣；

我们得有一个派出所，去领回我们被反绑的自己；

我们得学会笑，当一大一小两只西红柿上街玩，

大的对小的说：Catch-up！"；

我们得发誓不偷书，不穿鳄鱼皮鞋，不买可乐；

我们得发明宽敞，双面的清洁和多向度的

　　透明，一如鹤的内心；

　　……

　　怎么说呢，看到这又一波的排比句式，感觉诗人有点力不从心了。"如何重建大上海，这是一个大难题"，这同时也是一个写作的"大难

题"。面对这个难题，张枣或许不知如何措手，只好接续排比句的惯性势能，接着铺排一些直观化的幻觉和判断。

当然，这些排比句大有来头，张伟栋讨论过《大地之歌》与特朗斯特罗姆的长诗《舒伯特》的关系，后者采用了类似的、源自《圣经·以赛亚书》的排比句式。总体上说，这个段落还是写得昂扬、漂亮，洋溢了浪漫又可爱的想象力。问题是，是不是太依赖排比句了？而且，每一句都不容分说，用了教训式的论断口气——"我们得⋯⋯"、"我们得⋯⋯"，那个灵动的、四处寻找"转机"和"突围"的张枣去哪了？我甚至感觉，这首结构繁复又轻盈的长诗，到了最该硬核的地方，因为触到了"难题"反而力有不逮，只好借助热闹的、幻想性的铺排，借助一些对理想城市生活的比较表面的想象，才勉强撑住这个本该起伏跌宕、深闳雄肆的乐段。

李海鹏在回应文章中提出，"如何重建我们的大上海，这是个大难题"一句体现了非常核心的创作焦虑和伦理焦虑，如果带入上海90年代的城市建设方案这一横向语境，将有助于"在相对逼仄的诗学内部探讨之外打开更为开阔的谈论空间"。这是一个有建设性和可能性的思路。那么，从上海城市生活和建设的角度来看这份"诗意提案"，又会如何呢？在"仰仗一个幻觉"之后，从凌空之"鹤眼"来看，"理想的大上海"应该是这样的：路网通畅、交通发达、食品安全、杜绝假货；大家应彼此倾听、安慰、人身自由有保全；理想的大上海人，应该会开玩笑，懂幽默，穿衣打扮有品位（"不穿鳄鱼皮鞋"）；整个城市的感觉也应是可爱的，没有政治套话和压迫感，应信息公开，每个人可以"说不"，可以宽容到由诗歌来立法⋯⋯但仅有这些，"还远远不够"，关键在于，还要有个暂停键，可以随时暂停一切、瞬间顿悟、随时解散（解放），一切既"在"又"飞"。这是一个现代的、便利的、安全的"大上海"，也是一个透明的、自由的、雅痞且带点卡通感的"大上海"，是一个再理想不过的"大上海"。

这份"诗意提案"，让我不由联想到40年代后期，沈从文以巴鲁爵士为笔名发表的一系列北平通信。他就如何重建故都北平，也贡献过一份"审美提案"，内容包括：应由大学校长，图书馆博物馆馆长，音乐美术教授与二三心理学、神经病专家，组成"特种专门委员会"，负责北平的重建；以及，请参与设计联合国大厦的梁思成任副市长，警察局长、教育局长应由戏剧导演、音乐指挥或工艺美术家担任；购置大型收音机三百座，分配于各级学校、机关，及监狱、党部、餐厅，"每日必于一定时期，作世界名曲名乐章之介绍于演奏"，以使"军警宪及各机构中级以上职员，均宜就地就近听取音乐，洗刷灵魂"。他认为，此案如能实行，三五月内，北平各方面就会有"截然不同之惊人现象"，如"奇迹"一般发生。简言之，北平市政应由审美全面接管。在 1947—1948 内战的情境中，沈从文也自知这份提案不过一种文化撒娇，只是"于'求明日转机'一语中略作好梦"。与此类似，张枣的"诗意提案"如李春所言，只是一种权宜性的，"只负责为我们'破除窒息''戳破空虚'提供动力，却不负责安排未来的生活"。可正如沈从文的提案包含潜在的排斥性、专断性（比如要加强广播管制，"一般播音台靡靡之音与商业广播，均应严格管制，如不服取缔，即控以妨害多数市民健康之罪，加重其处罚"），第六节中"理想的大上海"，似乎也太整饬、太光鲜了一点。粗略一点说，这首先被仰仗的"幻觉"，大概不过 90 年代新兴中产阶级对富裕现代社会的一系列想象：言论自由、绿色环保、讲究情调和情趣、自在又安全。可那些市井小民的家长里短呢？那些纠结"蝇头小利"的小心思和小伎俩，那些沾染烟火气的吵闹和人间苦乐，特别是弄堂里还等着被大提琴呼应的那些晾衣杆和衣裳，好像都经过了市容整顿一样，均被剪除于大上海的"幻觉"之外。在"鹤之眼"看来，这些似乎只是劣质的、只配被讽喻却不值得过下去的生活。果真这样的话，那"理想的大上海"也太过均质、太过傲娇，以至有点无聊了。或许，并不是所有的人都想搬迁到那里去。

我读第四、第六两节的不满足，应与这个感觉相关："理想的大上海"和"现实的大上海"怎么如此形而上地对峙着？而且，这样的对峙并不怎么有趣，并不怎么意外。主张"破除窒息""戳破空虚"的诗歌想象，好像只在"大上海"的表面打了个旋儿，还没真的进入城市内部，就过快落回一些浅表的观念和感受结构中，而这些浅表的结构，恰恰是需要"戳破"的。这样说来，那高悬的"鹤之眼"，能否真的形成历史的"对位"，带来无穷的"转机"，也就值得疑问了。即便这只是一份"权宜性"（"诗意"）的提案，"不负责安排"什么，这并不意味着它展示的理想幻觉，不需要被认真对待。当然，扪心自问，这样的评断是不是太苛责、太煞风景了？无论对张枣本人还是当代诗而言，《大地之歌》都称得上是一首极重要的作品。如果沿着李春兄的思路继续推进，我觉得，它的价值不只体现为"元诗"封闭性的突破，更是在于一不小心触到了当代诗的天花板。世纪之交，张枣的写作需要转型，追求历史个人化的 90 年代诗歌同样需要突围。在这个时刻，这首小长诗更像一篇雄心勃勃的草稿，虽然在形式上已经整全，但实际上包含内在的未完成性、难题性。如何"重建大上海"？为了回应这个难题，张枣宏阔地拉开了架势、较为恰当地烘托了气氛，但究竟该如何具体展开，他似乎没有想好、准备好，结果只好"以势"取胜，用一波又一波排比句，在"大上海"的表面（也是在"难题"的外围）漂亮地打旋儿。

事实上，要应对"重建大上海"这样的难题，对于写作者的现实感知力、思想的洞察力和语言的驾驭力，乃至某种心力和耐力，有着极高的要求。如何培植这样的能力，乃至重构写作的位置，或许是诗人当年已意识到了但尚未及展开的方向。在这个意义上，可能需要检讨的，不是张枣本人的写作，而是后来过于轻快昂扬的张枣评论。如果将"难题"的提出，顺势就误认为"难题"的解决，这样的"轻快"也会掩饰某种偷惰，在夸耀当代诗可能性的同时，也在暗中缩减其并非无限的可能。张枣在博士论文中，曾将《野草》作为现代诗歌的起点，努力将自己的"元诗"理解嫁接到鲁迅那里。对此，好友钟鸣有这样一段评论颇有意味：

> 所以，视《野草》为"鲁迅将生存之难等同于写作和言说之难"，遂挪语言的十八般武器，诉诸现代性必需的"自我重建"云云……就语言层面恍惚地看，也没啥毛病，但，关联《野草》本身和鲁迅写作的实际历程，便不能忽略一些基础情况。哎，诗人为什么就不多动动脑筋呢！①

---

① 钟鸣：《张枣关于现代诗的空白练习》，载张枣《现代性的追寻：论 1919 年以来的中国新诗》，亚思明译，四川文艺出版社，2020 年，第 19 页。

　　这段议论，仅就张枣的诗歌史论而发，但对诗歌写作而言，也不无针对性。推崇 "历史个人化" 的当代诗，感慨一下历史的荒谬和生命的短促，针对社会议题发点牢骚，为了 "戳破空虚"，在语言中抖个机灵、渲染一下 "奇迹" 感，这些都没问题，如钟鸣所说 "就语言层面恍惚地看，也没啥毛病"。然而，一旦超出 "个人化" 的直观经验，进入 "重建大上海" 一类的难题，光有恍惚的感觉，"戳破空虚" 的意识，肯定是不够的，需要多动动脑筋，多进入一些 "基础状况" 和现实本身的交错脉络之中。"哎，诗人为什么就不多动动脑筋呢！" 钟鸣的劝说，怎么听起来有点像宋小宝的经典台词—— "海燕啊，你可长点心吧！" 对于关切当代诗的前景的读者而言，这可爱的打趣有点推心置腹了，有着一份自家人的恳切或郑重。

圆桌讨论

作为声音的艺术：诗·诗剧·小说

——《白鲸文丛》池凌云、伽蓝、杜绿绿诗集分享会实录

时间：2022 年 1 月 9 日下午

地点：小众书坊雍和书庭

嘉宾：西渡、李洱、张桃洲、池凌云、杜绿绿、伽蓝

西渡：大家下午好。谢谢大家来参加《白鲸文丛》第二辑三位诗人的诗集分享会。我先介绍一下参加今天活动的嘉宾。李洱，现代文学馆副馆长，著名作家。大家都知道李洱是个杰出的小说家，但对我来说，他另外一个身份更加重要：他也是一个杰出而忠实的诗歌读者。张桃洲，首都师范大学的教授，也是著名的诗歌评论家和诗人。还有三位诗集的作者，池凌云、杜绿绿、伽蓝。伽蓝是北京本地作家。出席今天活动的还有老舍文学院院长周敏女士，周老师也是杰出的儿童文学作家。周老师还带了她的众多弟子来为今天这个分享活动捧场。谢谢周老师。今天的活动分为两个环节，第一个环节是我和李洱、张桃洲两位老师的对谈，对几位诗人的创作情况做一个交流；第二个环节由三位诗人来介绍自己的诗集和创作情况。我们先请张桃洲教授来介绍一下《白鲸文丛》的策划出版情况。

张桃洲：各位朋友下午好，非常感谢大家在这样一个临近年关的时节来这里参加《白鲸文丛》分享会。我先简单介绍一下《白鲸文丛》策划出版的情况。《白鲸文丛》是我们四位平时谈得来的朋友，西渡、敬文东、我以及吴情水共同发起的。吴情水原名宋劲松，他现在是一家咨询公司的管理人员，早年从事过文学创作，还出过诗集，他一直对文学特别是诗歌葆有情怀。几年前某一天我们四个聊天时，吴情水提议说我们能否一起做一点关于诗歌的事情，就是策划出版一套诗歌文丛，当时可谓一

拍即合，并给文丛取名"白鲸"，随即启动了文丛的编选工作。当时计划每年出版5本诗集（包括原创诗集和译诗集），并且将约稿目标锁定在两类诗人上：一是有实力、比较重要，但较少甚至没有出过诗集的，或以前出过但诗歌写作有新的累积和进展，至少5年没出新诗集的国内诗人；一是很重要、但作品较少被译介过来、国内读者不太了解的国外诗人。我们最初商议遴选了国内国外五六位诗人，然后向国内诗人发出邀请，邀约专人对国外诗人的作品进行翻译。第一辑的国内诗人里本来有我们非常看重的钟鸣、宋炜，但遗憾的是钟鸣的作品未能获得出版社的批准，宋炜本人不愿意出诗集（他有一个奇怪的理由），最终第一辑面世是2本原创诗集、2本译诗集。

现在看来，第一辑4本诗集符合我们的预期，也是立得住的。比如路东写诗多年，算得上是朦胧诗人的同代人，一直默默进行具有探索性的写作，但从没有出过诗集；西渡的这本诗集是他近十年新作的结集，能够体现他创作的最新进展；贾雷尔是美国非常重要的诗人和批评家，但他的作品基本上没有进入国内读者的视野；我自己翻译了新西兰诗人巴克斯特晚年的两部重要诗集，我之所以翻译他的诗集，一是个人喜欢，二是他的诗歌创作和诗学理论成就很大，但国内的读者对他不太了解。总的来说，我们的出发点带有一定的挖掘性质，就是把那些十分重要却少为人知甚至被湮没的诗人展现出来。我们注重的不是诗人的热度、曝光率，也没有考虑诗集出版后的发行量。

在第一辑出版过程中，我们就开始酝酿、策划第二辑。第二辑原来计划出5本，但可惜的是我们十分期待的四川诗人哑石的诗集也是在出版社没有通过，最终出了4本，包括3本原创诗集和1本译诗集。这一辑仍然遵循了我们确定的遴选诗人的原则，比如伽蓝，他默默写诗将近二十年，在门头沟一个偏僻的乡村小学担任教师，他的写作处于潜伏的状态，偶然被西渡发现了。这一辑的池凌云、杜绿绿都是当下活跃的实力诗人，她们虽然以前出过诗集，但也有五年以上没有出版过新诗集，已经有了较丰厚的累积。这一辑还有一本王东东翻译的英国诗人缪亚的诗集。缪亚是艾略特的同代人，很重要且受到艾略特的推崇，但他的诗名远没有艾略特的那么显赫，他是写作的奇才，属于隐匿性质的大诗人。相信这 4 本诗集会得到大家的认可。

最后我要说明一下，目前《白鲸文丛》的出版主要是两个系列：原创诗集和翻译诗集，后面会增加一个诗论系列，包括原创和翻译的诗学论著或论文集。刚才谈的缪亚，他的诗论也非常出色，其中有一部诺顿讲座文集，我们希望今后把它译过来。目前国内原创诗论我们已经征集到了一些，第三辑将推出其中的部分。

西渡：谢谢张桃洲教授。一直以来，诗集出版都非常困难，有些优秀诗人甚至一本诗集都没出过。但同时也存在另外一种情况，就是大量的重复出版，以及大量的平庸作品的出版。一方面是诗集出版困难，另一方面是大量的重复出版。一些所谓的一线诗人，他们的诗集反复出，其实很多都是炒冷饭，增减几首又出一个集子。这种重复出版造成了出版资源的极大浪费，同时是另一些优秀诗人的作品长期得不到出版机会。我们几个朋友编辑这个《白鲸文丛》就是有鉴于这种情况，希望给出版机会比较少的优秀诗人提供机会。《白鲸文丛》做了一个十年规划，希望通过十年的努力出版几十种有分量的当代诗人的作品，还有一些在国内关注不多但非常重要的国外诗人的译作，也包括诗论。我们希望通过这些努力，对当代诗歌的出版格局有所改变，把被埋没的优秀诗人推荐给读者。第一辑的路东、第二辑的伽蓝就是这种情况。伽蓝从 2004 年开始写作，到现在写了将近二十年，创作量也很大，但他在 2020 年之前发表、出版的机会都非常少。2020 年 12 月在周敏老师的帮助下，老舍文学院出版了 8 个学员的诗集，其中有伽蓝的《加冕礼》。我为这本诗集写了序言。一些朋友看到以后给我发短信，说你又发现了一个优秀诗人，我说不是我发现的，是周敏老师发现的。实际上，出版、发表的瓶颈也限制了诗歌批评和学术研究的视野。当代诗歌批评和学术研究对当代诗歌存在不少片面的、偏颇的认识，与此有很大关系。我们希望《白鲸文丛》的出版对此有所纠偏、有所补正。关于《白鲸文丛》就介绍到这里。下面请李洱谈谈对几位诗人的认识。当然，批评也可以，严厉的批评也可以，他们都能够接受……

李洱：诗人和小说家好像是两种人，虽然外人通常把他们放在一起谈论。小说家通常是藏污纳垢，跟世俗生活的关系更密切，诗人相对更加精神化一些，至少他们自认为如此。小说家中读诗的人很多，但很多诗人却声称，自己很少读小说。就是读小说，读的也大都是外国小说。也就是说，诗人与小说家可以在一起开会，喝酒，但真正的对话却比较少。这种状况，好像不太正常。这个责任，该由谁来负？各打五十大板？我们都用汉语写作，应该有真正的交流。我先表达一下对诗人的敬意。我读过很多诗人的诗，也读过很多诗人写的小说，国内的和国外的。刚才一些朋友说，听过我朗诵诗歌，也听过我朗诵小说。岂止是朗诵，我还会背呢。但我会背的小说，全是诗人的小说。比如帕斯捷尔纳克的《日瓦戈医生》，里尔克的《马尔特手记》，以前还能背很多蒲宁的小说。并不是我下了功夫要去背，而是他们的小说有着诗歌的一些特点，运思奇特，下笔玄妙，遣词造句都非常讲究。比如举个例子，帕斯捷尔纳克在《日瓦戈医生》结尾写道："又过了五年或十年，在一个宁静的夏日的傍晚，戈尔东和杜多罗夫又遇到了一起。"这句话就不得了。我们通常会说，五年过去了，十年过去了，他们在一个夏日傍晚又遇到了一起，而不会说"又过了五年或十年"。这个"或"字不得了啊。一个"或"字，就把日常变成了传奇，把平庸的生活变成了伟大的传说，把匀速的时间运动变成时光飞逝，把写实变成了抽象，把特殊变成了普遍，把事件变成了存在。坦率地说，它比"红杏枝头春意闹"的"闹"字还要精彩。这个功夫，是诗人的独门绝技，小说家没有，或者说只有具有诗人禀赋的小说家才能写出来。我也喜欢读诗人写的诗学随笔、诗评，常常受到启发。帕斯的诗，你读起来可能比较费力，甚至可能读不懂，但他的诗学随笔你却可能读懂。诗人的诗学随笔，是一座桥梁，首先是通向他的诗歌的桥梁，也是通向一颗敏感的心、一颗复杂的灵魂的桥梁。走上这座桥梁，可以增加你对人性的理解，对艺术和世界的体悟。所以，我要向诗人们表达敬意和谢意。我顺便也提个建议，这套《白鲸诗丛》如果包括诗人的随笔，可能更完整一些，有利诗人阐述他们的看法，也有利于读者阅读。最近我帮助联系和策划了一套书，是西苑出版社出版的。出版社的总编知道我喜欢读诗，希望我来编一套诗集，我说我可不敢。我建议由诗人、批评家张清华教授来编，后来我看到名单，看到西川、臧棣、王家新、敬文东都是这套书的作者。我当时只是提了一个建议，就是把他们的诗学随笔也收进去，就像帕斯的诗集那样。长江文艺出版社也要组一套诗集，我也向他们提了这个建议。有利于读者的事，我们为什么不做呢？这对诗人也有益处啊。

这一辑作者中的杜绿绿的诗我比较熟悉。她办的公号"人类理解研究"我经常看，也在不少刊物上读到她的诗歌，非常喜欢。杜绿绿写过一篇关于《应物兄》的评论，那篇评论也让我很惊讶。她不仅诗歌写得好，而且小说评论也写得好。小说评论写得好，不是我一个人说的，我听好几个人说过，向我打听杜绿绿是谁。诗人写的评论，跟批评家、小说家写得不一样。她侧重于文本分析，而且能把自己的好恶放进去。我阅读杜绿绿的诗歌，进而扩展到阅读杜绿绿这代诗人的诗歌。我首先感觉到，他们写作的数量很让人吃惊。这个数量太多了是吧？我感觉他们每天都在写诗。我们通常认为，诗歌是一种提纯，经验的提纯，是一个结晶体，所以数量不能太多。但杜绿绿这批诗人，似乎有一个重大的变化，似乎像写日记一样写诗。诗歌成为表达感受、经验的最重要的、日常性的方式，是艺术的生活化，就像唐代诗人一样，什么都可以入诗，什么都可以用诗歌的形式来表达，写诗成为生活本身。所以，我想，杜绿绿的诗，就是艺术的生活化，是生活的唐诗化。（西渡：臧棣带来了当代诗歌写作的劳动竞赛，后来的诗人产量都大了。）我跟杜绿绿说，你的写作方式、发表方式，跟臧棣不一样，但你们的这个方式却是相似的，就是诗歌写得更多。就像白居易、杜甫，他们当时就是走到哪写到哪，诗就是日常生活的随感，他们把生活艺术化，把艺术生活化，这其实是非常高的境界，我甚至想说，这是诗人和小说家都试图达到的境界。在她这里，已经实现了。莫非，这就是当代诗歌写作的一个重要变化？以前的诗歌，里尔克讲得很清楚，就是要有很多生活，然后这些生活会被遗忘，然后那些被遗忘的生活重新回到你面前，栩栩如生，难以名状。里尔克说，只有在这个时刻，一首诗的诞生才成为可能，你才可以写下你的第一句诗：我是一个诗人。里尔克甚至认为，一个诗人，如果他足够幸运，如果他的生命足够漫长，那么到了他的老年，他才可以写下十句好诗。所以，里尔克说，诗歌写的不是生活，而是经验。现在，这种情况似乎已经变了。为什么会有这种变化？这种变化对诗歌是好还是不好？这种写作与现实、与时代，构成了什么样的关系？对杜绿绿来说，当然敏感、天赋、才情是第一位的，有话要说，而且能够用诗歌说出来，说出来还让很多人喜欢读，读起来还常常会有很多启发。她所代表的这种现象，我觉得确实值得关注。

最后发一句感慨：不被小说家关注的诗人不是著名诗人，诗人的诗歌只有被小说家读到，我认为对文学的贡献才算落到实处了。

西渡：李洱刚才谈到诗歌写作和小说写作的不同。诗歌是期待重读，小说、小说家也期待重读，但是这个难度很大，如果他不向诗人学习的话。李洱说他能背的都是诗人写的小说。这是李洱老师对诗和诗人的抬爱，但李老师也说了，诗只有被小说家读到对文学才有真正的贡献，你看回头他还是自我表扬。这就是小说家的狡猾之处。诗人跟小说家打交道永远占不了便宜。李洱说小说家要向诗人学习，但是现代诗歌非常重要的一个传统，其实是诗人向小说家学习。如果一个诗人不善于从小说家那里汲取营养，他可能永远不会成为一个成熟的、心智健全的诗人。所以，诗人和小说家的身份某种程度上应该有一种交汇，即使一个诗人只写诗不写小说，他也要有小说意识，一个小说家可能也需要有诗歌意识，有诗的意识。

李洱：我补充几句。现代诗歌对警句比较排斥，但是诗歌有时候确实需要一些警句。西渡有一句诗，"身体是花瓣，歌声是花蕊"，那么同样的一个主题，在欧阳江河那里就是"早晨是孩子，傍晚已是垂暮之人"。我有时会把同一个主题的诗句做个归类，把这些诗句重新组合起来，就像读古诗时我们喜欢集句。

坦率地说，在小说家眼里，诗人通常比较单纯。小说家对黑暗现实的认识比诗人更具体、更细致。昌耀说，一首诗常常在临近于、平行于历史时刻的地方漂流。小说家就不仅是漂流了，还要成为河流本身，成为河床，成为河泥，成为鱼鳖。相对而言，他对世俗生活卷入比较深，小说家对人性，对那个黑暗，对那个暧昧，可能有更复杂的感受和理解。

当艺术发展到极致的时候——小说家跟诗人关注的对象虽然不同，各方面程度不同——实际上他们关注的点是非常一致的。我们也可以把托尔斯泰的《战争与和平》看成一首长诗。有位台湾学者李辰冬把《诗经》重新编了一遍，我一看完全是《战争与和平》，它的第一首是《击鼓》。那么你就发现这些东西、这些思考，是历史的源头，是中国文学的源头，诗歌也好，小说也好，史传也好，都有共同的源头。这个从一开始就决定了。所以，小说家和诗人，说到底，还是同一批人。我觉得在这个时代写作，在所谓的全球化时代写作，在多媒体时代写作，在这个时候有可能形成一种综合性写作，文体的划分不是那么清楚，或者说同时包含几种文体。所以有时候，我前段时间对欧阳江河说，我们现在应该出现很棒的诗剧啊，像《浮士德》那样的诗剧，它是诗歌，也是小说，也是戏剧，也是神话。

西渡：其实很多优秀诗人一直很认真地读小说。刚才李洱谈到跟黑暗打交道的能力，处理黑暗的能力，也是诗人应该向小说家学习的重要部分。李洱的眼光真的非常敏锐，他刚才谈到当代诗歌写作上的一个非常重要的变化，非常专业。这种变化，臧棣在90年代末已经观察到了。臧棣当时写过一篇文章，发在《郑州大学学报》，叫《90年代诗歌：从情感转向意识》。我们过去认为诗歌是主题写作，诗或者表现情感，或者表现经验，浪漫主义表现情感，里尔克提出诗表现经验。臧棣认为，90年代诗歌写作突破了里尔克"诗是经验"这样一个框架，它主要表现意识。意识是瞬息万变的，比情感，比经验都要丰富，都要活跃，而且更难处理。里尔克说写诗的人要经历很多事，还要能够遗忘，然后又回想起来，这时候一行诗的第一个字才会突然出现。但是，对于臧棣来说，写诗不是这样的过程，他是去呈现瞬间的意识状态。李洱老师刚才讲到了杜绿绿写作上的类似变化，开始把意识作为主题。以意识为主题，实际上就是无主题。因为意识是不断变化的，是流动的，是一个漩涡，旋转它才有，不旋转它就没了，所以它不是一个可以抽象化、概念化的东西，你要去捕捉意识特别难。处理意识是特别难的一个事情。昨天晚上，我跟康赫聊天，康赫也谈到这个问题，他说臧棣和普鲁斯特之间有一种相似。这和李洱老师刚才谈论的话题，诗和小说的关系，有关联。从表面看，这两个人写作差异非常大，但是他们内里有某种相通之处。他们都从世界中心转向了感受力中心，他们的世界都不是一个客观的世界，而是一个意识的世界。臧棣和普鲁斯特有这样一个共同的取向，把世界看成是主观的、意识的一个世界，是内在和外在交融的结果。我觉得康赫这个说法非常有意思。诗歌从处理情感、处理经验到处理意识，从主题到无主题，区别在哪？主题写作不得不中断，像里尔克。一个诗人处理情感主题、经验主题，写过一个时期，他都会面临危机，你的经验、你的情感被处理完了，这个时候你怎么办？里尔克很典型，他的办法就是停顿，很长期的一个停顿。冯至、卞之琳也是这样，写了一个时期之后，都不得不停顿。所以，主题写作是间歇性的。像臧棣这样一种持续性的写作，在主题写作中是很困难的。从处理情感到处理经验是一个解放，从经验到意识，又是诗歌的一次解放，表现的题材更丰富了，能够处理的东西更多了，而且处理的方式也对作者的能力提出了更高的要求，但是它提供了持续写作的可能，不断发现的可能。

李洱：你刚才说情感到经验到意识，你这个说法我特别赞同。我也感觉到诗歌的这样三个阶段，甚至三种形式，它们的不同，它们的各自特点，我觉得非常有道理。你说普鲁斯特和臧棣在表现意识上有相似性。我觉得还不一样。普鲁斯特是回忆，回忆妈妈给他小点心啊什么的。这个是对过去的召回。他们这个写作不是像普鲁斯特，而是像乔伊斯，像乔伊斯的学生贝克特。乔伊斯的《尤利西斯》，开头就写到羊腰子，他说布罗姆闻到那个羊腰子，羊腰子的骚味总是微微地撩拨着他的神经，非常感官化。然后，他写布鲁姆在一天的所思所想，他去过的地方，他的一些感悟，他对老婆偷情的回忆和想象。这些感悟看上去是实录，其实里面包含了很强的隐蔽的戏剧性，意识空前复杂。它不是里尔克所说的经验，也不是什么浪漫主义的情感，它是一种——就像你说的意识，意识流和非意识流。到了贝克特，意识更碎片化，有更多的断裂，更多的沉默。你把贝克特的戏剧分行排列起来，你会发现，那就是现代诗歌啊。所以，我在前面提到，这个时代可能需要诗剧。如果不是浮士德那样的诗剧，也是贝克特式的诗剧。杜绿绿的诗有没有可能写成诗剧？我觉得，比如《城邦之谜》，这首诗本身包含了很丰富的戏剧的因素，如果有意识地写成诗剧，表现力可能更强。当然，这是我作为门外汉的猜测。贝克特学乔伊斯，但他没有写小说，他小说很一般，他写戏剧，他的戏剧就类似于诗剧。我觉得以杜绿绿的才华，如果改换一种方式，诗变成戏剧，内部的空间可能更大。

西渡：谢谢李洱。请张桃洲老师回应一下李洱的话题吧。也请你谈谈对三位诗人的认识。

张桃洲：两位谈得非常精彩。这个话题其实是百年新诗史上一个重要议题，涉及袁可嘉所说的"新诗戏剧化"。在你们刚才的谈论里，按照我的理解，戏剧不仅是一种文体形式，而且是现代诗歌的内在构造方式。我给杜绿绿的诗歌写过一篇短评，谈到她的诗中书写了自我的多重性，她在诗中往往把"我"分成很多个，戴着不同的面具、呈现不同的形象、发出不同的声音，这使得她的诗显现为叠加的多声部。这个多声部恰恰是诗歌戏剧化的一种方式，或者说其中一个特别突出的特征。我这里所说的，还不是戏剧这种形式或者诗歌对戏剧的表面借用（比如诗剧），而是内在于一首诗里的一种结构方式，其中包含了从不同角度的发声。杜绿绿的诗比较迷惑人的地方，实际上就是自我的不断裂变、自我的面具化，令人一时难以捕捉诗中的真切之"我"。她这本诗集《城邦之谜》收录的作品，在出版之前大部分我已经看过，主要为了写那篇短评。我分析过《城邦之谜》这首诗，认为诗的表层显示为一种叙事性，那只是一层外壳，而诗的内里有大量别的东西，就是刚才你们谈到的意识。她的诗里充满了这种意识，它来自从自我分化出来的另一个主体，那个主体处于一种游离状态，他观察甚至审视、反思着那个叙事性的外壳，以及其中的一些素材。诗中的意识实则就变成了一种自我省察的机制，这使得杜绿绿的很多诗具有元诗倾向。比如《城邦之谜》这首诗，就借用木匠的手艺，谈论写诗的诗艺，指向了"诗歌是一门手艺"这个话题；同时它也采用了戏剧化的结构方式，全诗尽管篇幅不长，但就像一出戏，木匠是主角，他的行为、思绪串起了很多情景。

如果在新诗史上追溯这种写作方式的源头，它最早出现在 20 世纪 20 年代朱自清的《小舱里的现代》等诗中，当然最重要的还是我刚才提到的 40 年代袁可嘉的"新诗戏剧化"理论和穆旦等的实践。即便放在今天，袁可嘉谈"新诗戏剧化"的一些观点和表述仍然具有启发性，称得上是对新诗理论和创作的贡献。概括起来说，新诗的戏剧化体现出三个方面的优点：第一是克服或去掉诗歌中的伤感，你们二位刚才谈到从情感到经验再到意识，情感在诗歌中是一种即时的、短暂的存在，而伤感是情感泛滥后形成的状态，对于诗歌来说是一种弊端，一种障碍；为了去除这种弊端，里尔克提出了"诗是经验"，并且由罗丹的雕塑作品悟得"物诗"的写作；当然我们知道，在现代诗歌发展过程中，这还不够，到了艾略特那里，戏剧化就比较明显了。在 40 年代袁可嘉、穆旦等诗人看来，需要运用一种新的写作方式取代当时十分流行而他们极力反对的那种感伤写作，那被袁可嘉描述为一种政治性感伤，具体表现就是将诗歌变成了一种群体的口号，在他看来那种口号式写作是空洞无力的，根本不具感染力、打动不了人，原因之一在于它是单向的、独断的，戏剧化恰好是一剂良药，消除感伤带来的弊病，这是很有现代意识的。第二个方面，就是戏剧化所具有的包容性和拓展性，戏剧化让诗歌能够包容更多的东西，把各种芜杂的东西容纳进来，刚才李洱兄说小说可以抵达人性的幽深之处，把历史、社会、文化里一些混浊的、黑暗的、恶的东西揭示出来，诗歌似乎难以触及和处理这些，那么倘若采用戏剧化的方式，诗歌就能够把很多无法表现的素材、主题囊括进来，丰富自己的表现力。这不仅是诗歌取材的扩容，而且是一种写作意识的拓展和扩大，随着包容量的不断增大，诗歌的视域、经验域也将变得更加开阔和厚实。第三方面与第二方面紧密相关，就是戏剧化改造了诗歌的语言，是对诗歌语言的一种锻造或重新塑造，由于包容性和拓展性，诗歌语言不再是单一的、单向度的抒情语言，也不再是孤立的单个轨道的声音，而是混合的、多声部的、多个向度的表达，这就极大增强了语言的弹性、韧性和可塑性。

杜绿绿的诗刚才已经谈得比较多了，下面说说我对另两位诗人的观感。伽蓝是我们策划《白鲸文丛》过程中的一个发现，是西渡挖掘出来的隐匿诗人。就在我们筹备《白鲸文丛》期间，写诗近二十年的伽蓝才有机会出版他的首部诗集《加冕礼》，加上这本《磨镜记》，仍然只是从他数量惊人的诗作中择取的很少一部分。伽蓝诗歌给我印象深刻的是两个方面：一个是他的写作与他长年生活的门头沟大山——大自然之间的关系，现在很多人谈诗歌和自然的关系，并且自诩为自然诗人，在我看来伽蓝的诗才是真正从大自然中来的，虽然所谓自然诗并非他诗歌的全部，但他写作的根基是在大山里面的，他长期与自然相伴，并从自然那里汲取写作的灵感，吸收大量的诗学养分；不仅如此，我觉得更重要的是他的沉静心性与自然的贴合，还有词语的纯朴与天然的内在质地，所以我说他是真正的自然诗人。这本诗集让我尤其感兴趣的是后面的两个部分，一个是"变奏"，辑录了他一些不分行的散体文字，这一部分体现了他作为诗人的写作能力的转换。刚才李洱兄也谈到，一个诗人需要读一点小说，向小说家学习写作。而从一个诗人的随笔类的散体文字中，也能见出他的写作功夫。当然，伽蓝的这部分文字不能说就是一般意义的随笔，它们其实仍然是诗，写得非常别致，看似散淡，但里面蕴含着一种浑然不觉的诗性，我很看重这一部分文字，它们彰显的是一个诗人的更细密的写作能力。还有一个部分是他的诗论，陈述了他对诗歌的见解。我也很留意一个诗人对诗歌的见解，因为其中包含了他如何看待写作本身、看待诗歌在他生活和生命中的位置；从这部分文字看得出来，他是一个非常虔诚的、发自内心热爱诗歌的写作者，他对诗歌的思考还是很深入的，眼界也很开阔，不乏具有启发性的洞见。总之，作为自然之子，伽蓝对诗歌写作抱有真诚的执着，这么多年默默无闻地独自写作，不求发表，也不求关注，这是非常令人敬佩的。

池凌云的诗我读得比较多，以往读过她的好几部诗集，也给她的诗写过短评。新出的这部诗集相对于她前面的诗集，既有延续又有所拓展。这部诗集的总主题正如它的标题所显示的，就是"永恒之物的小与轻"。我觉得这是一种具有张力的主题：一方面体现了诗人对永恒的追求，这是人类作为有限者对无限者永恒的一种向往；但另一方面，诗人的求索态度又是谦卑的，"小与轻"，既是对她所追求的"永恒之物"的内在认知，又是某种程度的自我确定，这两个方面又构成了一种巨大的对峙关系，一种诗性的张力。我想，这似乎也是诗人对自己写作姿态的一个定位，多年来池凌云的诗歌写作一直保持一种谦和、安静、低调的姿态，绝无那种高昂、大开大合的气势和调子。这是我很认可和尊敬的一种姿态。这部诗集里，她继续以纤细之笔，书写着一些看起来非常细小的、卑微的事物，以及一些日常事件、内心的隐秘波动等等，笔触绵密，读之令人沉静。诗人通过这些书写力图表明，正是众多"小与轻"承载着永恒和无限，"小与轻"的事物是有分量的，"小与轻"的文字也是有力量的。

西渡：谢谢张桃洲对三位诗人的精彩评论。三位诗人中，伽蓝是个无名者。三本诗集只有伽蓝的是有序的。如果没有一篇序把伽蓝介绍一下，一般的读者可能根本就不知道伽蓝是谁。所以我当时虽然很忙，还是答应给伽蓝写序。伽蓝的前一本诗集《加冕礼》，也是我写的序。那篇序写得更长。发现伽蓝，对我来说是一个惊喜。我读了之后，就推荐给桃洲、文东等朋友，之后也没有听到桃洲的反馈。今天听了桃洲一席话，我才放心了。桃洲谈到伽蓝诗集后面不分行部分的重要性，这个其实又回到我们刚才讨论的诗和散文、诗和小说的关系上了。现代诗人面临的一个重大挑战，就是散文的挑战，能不能过散文这个关，是对诗人的诗歌能力的一个重要考量，你如果是一个非常优秀的人，一定要在散文上过关，只有过了散文这关，你的诗才能更上层楼。因此诗人必须向李洱学习，必须向小说家学习。

伽蓝的诗里，自然是重要题材和主题，也是重要的品质，但他的诗不限于自然。伽蓝的感受力和一般的当代诗人、现代诗人，有一个非常重要的差别。现代诗人往往敏感于破碎的、零碎的、虚无的东西，而伽蓝有一种把这些破碎的东西还原成一个完整的东西的能力，还原成一个完整的世界的能力。这种能力，我觉得体现了现代诗所缺乏的一种肯定的力量。现代诗歌很长一个时期，都是在否定的传统当中推进的，否定成为推动诗歌进程的最重要的力量。对于这样一个传统，其实我们也有必要做出某种反省。在伽蓝的诗里，我看到了一种重新构筑一个完整世界的努力。我觉得这个努力非常可贵。

伽蓝、池凌云、杜绿绿三位诗人，每个人都有非常独特的东西。前天，在《白鲸文丛》的发布会上，我说他们三个是两种情况，一种是在故乡写作，伽蓝和池凌云都是在故乡写作。池凌云长期生活在温州，跟伽蓝的成长经历有类似之处，他们都长期生活在一个狭小的、没有给文学和诗歌提供多少成长空间的环境里头，通过持续的自我教育，通过自己顽强的努力，成长起来，成为一个诗人。当然，他们两个人虽然都在故乡写作，但情况又不太一样。池凌云的诗更多的是处理在故乡的不适感，甚至某种"呕吐"，在与故乡的那种狭窄、黑暗、反诗性、压抑诗性的力量的长期抗衡中，通过自我教育成长起来。伽蓝的诗更多地处理自然带来的那种肯定的东西。当然，伽蓝也有很多非常敏锐的具有批判性的作品，但是从整体的倾向来说，伽蓝更倾向于表现这个世界背后的那种肯定力量。也许正是自然唤醒了他心中那种肯定的力量。杜绿绿是另一种，我觉得杜绿绿是在异乡写作。绿绿是安徽人，然后漂流到广州，生活在异乡。如果说池凌云、伽蓝写的是存在，杜绿绿写的则是不存在。她写的都是不存在的东西，虚构的东西。虚构、梦想、幻想，是杜绿绿诗歌的主要题材，也是她倾力处理的主题。杜绿绿通过虚构来完成自己，她虚构了很多个自我，显示了一种多面的存在。这种多面性是杜绿绿诗中非常迷人的一个东西。很多人跟我说，杜绿绿的诗不好懂。这个不好懂，跟我们刚才讲的从情感、经验的诗歌到意识的诗歌，从主题诗到无主题诗的转向是有关系的。杜绿绿的诗表现的是意识甚至是无意识、梦幻，如果我们仍然以阅读主题诗的方法、态度来对待它，就会觉得难懂。另外，杜绿绿的习惯——也是一种心理趋势——是倾向于隐藏自己。伽蓝、池凌云都倾向于呈现自我，杜绿绿则是能藏则藏，把自我隐身在形象后面。在杜绿绿的诗里，你能感觉到叙述者、叙述对象的感受，但你很难把这种感受还原为一个诗人的自我。前天的会上，路东说我善于隐身，我说我不善于隐身，杜绿绿才是隐身大师。杜绿绿最迷人的东西是她诗歌中的声音，这个声音让人着迷，却又像幽灵一样飘忽不定。有点像荷马笔下的塞壬，吸引你，迷惑你，但又非人间所有，"此曲只应天上有"。杜绿绿的诗歌虽然往往处理非现实的题材，但有她自己统一的东西，这个声音、语调是其中非常重要的一个方面。臧棣也是这样。臧棣的作品那么多，把它们统一起来的是一个独特的声音，这个声音虽然在不同时期有所不同，但是我们总能从中辨认出臧棣独特的音质。在那些风格非常不一样的作品中，从《咏荆轲》《在埃德加·斯诺墓前》到最新的植物诗，不同的题材，不同的主题，不同的方法，但是仍然有一个统一的东西，一个独特的声音。这个声音维持了臧棣的统一性，证明诗人仍然拥有一个完整的自我。有的诗人，他的声音可能不够统一。我觉得我自己就是这样，我写很不一样的诗，也有朋友向我指出这一点，并表示惊讶。我自己的诗，有很多是我不喜欢的。我写过一篇短文，叫《在两首诗之间》。我有两首诗，有一首是我想写的，还有一首不是我想写的，是各种情况迫使我去写的。这首我被迫去写的诗，很多时候我自己并不喜欢，我甚至没有办法把它纳入自己的声调之内来处理。这可能是个问题。好的，两位还有什么补充？

李洱： 我刚才提到这个诗和诗剧，我觉得桃洲兄说的比我说的好得多。在诗歌发展史上一些关键的时刻，确实容易出诗剧，包括《女神》是吧？我们现在想一下，《女神》的发生以及《女神》的影响，跟当时的那个文化环境关系非常密切。时代需要这样一种诗歌体裁，需要一种能够容纳各种各样不同经验的体裁，而且这些经验之间可能是互相排斥、互相悖反的，但郭沫若驯服了这些相反的力量，把它们纳入一个整体中。《凤凰涅槃》中凤歌、凰歌之间的唱和，就让各种经验、各种矛盾，甚至互相悖反的关系，复杂的这种关系，得到一种呈现，而这种呈现是真实有效的。我们现在都知道，如果一篇小说里面只有一种声音的话，这个小说其实是很难成立的，所以小说它是个世界。诗歌是个语言世界，但是小说它是个世界，这个世界里面确实藏污纳垢，存在各种复杂的、互相悖反的矛盾，互相排斥的经验，不同的人物都是以不同的声音的形式出现的。所以，我觉得诗歌和小说两种艺术形式确实有可能互相启发。一些伟大的诗人没有写诗剧，比如说我非常喜欢的一个诗人，巴勒斯坦的达尔维什。我跟他还有短暂接触。达尔维什长得非常帅，令男演员相形见绌，我认为比加缪还要帅。达尔维什参与了巴勒斯坦解放运动，他其实应该去写诗剧，但是他没写。达尔维什参与巴勒斯坦解放运动，并且对整个运动有很多反省。巴勒斯坦建国宣言就是他写的，但他反对阿拉法特，他说阿拉法特这个人只搞破坏，不搞建设。我们可以设想一下，在这样一个文化冲突非常厉害的中东地区，在以色列、在巴勒斯坦，一个具有广阔的文化视野的达尔维什，这种人应该写诗剧，但他没写，就像鲁迅没有写长篇小说一样，是个让人感到遗憾的事。如果鲁迅有一部长篇小说，同时包含了《呐喊》《野草》和杂文，里面还有杨贵妃的故事，我们的中国文学会是什么样子？想一想就让人激动。我觉得现在中国诗人可能会出现这样的具有综合写作能力的人。我们这个文化环境已经达到这种地步，各种冲突频仍，各种撕裂频发，确实需要小说家和诗人来做一个比较全面地处理。相对于五四，相对于郭沫若写《女神》，相对于帕斯写《太阳石》的那个时候，我们现在更有理由去写诗剧。至于西渡刚才你说的声音的分裂，我认为对诗剧来说是好现象。我们可能没办法把所有声音纳入西渡的声音中去，但我们可以把西渡的声音纳入一个伟大的诗剧中去，并在这样的诗剧中感到文化的分裂以及对于弥合分裂的强烈愿望。

西渡：好，谢谢两位。我们三个其实是给三位作者做铺垫的，现在我们正式请出三位作者。

池凌云：非常感谢今天到场的朋友们，年底大家都很忙，还能来现场支持，很难得。非常感谢李洱、桃洲、西渡老师，一直关注我们的写作。《白鲸文丛》第一辑出来时，就显现了这套书的高品质。我的诗集能够加入第二辑，也是值得高兴的事。实际上，这十多年，我的写作一直得到西渡、桃洲、文东，包括另外一些诗人朋友的关心，得到很多勉励，很温暖，也很感谢。我这本诗集，距前一本诗集的出版，已经隔了七八年时间，这七八年没有出诗集，一方面是自己出诗集的积极性不高，中间有几年身体亚健康，所以就一直放在那里。这次有机会出这么一本书，而且装帧很漂亮，自己也挺高兴。对于这本诗集，可能有些朋友问，为什么是《永恒之物的小与轻》？我要解释一下，这句诗是我之前一首《雨夜的头像》里的一个句子，我喜欢这句诗，我觉得这跟我的写作内容比较契合，所以还是想用这个题目，因为诗集要用全新的诗歌，所以就以这句诗重新写了一首，就是开篇的《献诗》。我写的事物在现实当中位置都是偏低的，在旁人看来可能是不起眼的，而且我的诗歌的音调也是以低声部为主，所以我觉得选择这个作为标题会比较契合。我做这个解释，也是想说明一下，同样一句诗为何会在两首诗重复出现。回想起来，我一直喜欢写一些小事物，不起眼的事物，偏爱这种低处的、相对弱的声音。我觉得那种高音、高处的事物，已经有很多人听到、看到，我不必再去凑热闹，我还是喜欢关注那些声音比较低的，听到的人很少的这一类，我愿意去倾听这些人，倾听这些东西。我的诗歌里也不太喜欢用宏大的词汇与句子，我觉得那些与我的气质不符合，我也驾驭不了那些东西。相比之下，低处的小事物更能吸引我。其实，不只是这本诗集，我前面的几本诗集，也是偏爱小事物的，那些废弃的灯塔、蜻蜓折断的翅膀、灰烬，这些都真实地存在于我生活的环境中。我自己是小人物，我的感情自然地倾向于这些小事物，这些看起来比较轻的事物。我曾经写过这样的诗句："那站在后面的一个/没有名字，也没有肖像，/慈悲的创造者，愿你/ 保住记忆里的果园，/ 双目护住泪水，让幼树生长。"我引用这首没有太多人注意的诗，是想说，那个站在后面的人，是我，也是无名的无数的他者，这是那些我愿意与之对话的人。

我也曾问自己，为什么要写那么多的小事物？我想表达一种生命经过的痕迹，一种相遇与回响，也是对一种消逝的挽留。在我这里，小事物不会真的只是小与轻的存在。希腊诗人塞弗里斯，在诗歌中写过很多雕像，有一次他见到一个古典的雕塑家，他上前致意，那个雕塑家跟他说，"雕像不是废墟，我们才是"，这就是塞弗里斯的诗句。他很惊讶，雕塑家能这样理解他的诗句，他觉得很欣慰。读到这些，我也很有感触，我觉得从生活中获取诗意，我们做任何选择都是值得的。而且这些小事物就是我要写的东西，是我要在诗歌中处理、要面对的东西，我想让它们尽可能得到呈现。它们是小事物，在我眼里，也是隐秘的永恒之物。

对我来说，让这些小的、很轻的事物得到诗意的呈现，是一件有意义的事。我很多年前写过一篇小文章，里面提到过以强力负载抵达精神最深处，挑战艺术的最重物。这虽然是年轻的时候写的，但我现在还是愿意秉持这个愿望。记得我有一次去参观一个企业，就是生产起重机零部件的一个企业，看到展示产品的墙上挂了很多起子，就是吊起集装箱的那种吊钩，有各种形状、各种颜色，我当时有点惊呆了，我觉得写作者选择词语，就像重物寻找吊钩一样，我知道那种感受。虽然我不知道我写下的内容是否能够抵达我期望的那种维度，那种低处的时刻、那种弱的低语的时刻，但我想表达这些东西。

人和万物之间的那种联系，还是有待于被说出、被辨认、被发现。在写作中，我们需要那种承载物，所以我要做这样的选择。但有一点我很清楚，我不是要为那种低处的事物代言，我并不是要代言，它们有它们的声音，它们的世界非常神秘。我只是要写作，就这么简单。我还想说明一点，我写的并不是小事物，这些事物的背后是人，我想说的是人，是我们生存的这个世界，是我的种种不舍。对消逝的那种不舍，是一种祈祷，是一种留恋，是一种碰撞和回想。这是我选择的一种表现方式。我写的是永恒之物的小与轻，不是小与轻的事物，这是不一样的。我觉得诗歌是留住消逝之物的那种艺术，有一些我们平时不注意的东西与我们是平行的，我们行走着，同时也置身于它们的苦难和欢乐之中。

杜绿绿：池凌云老师是我非常尊重的一位诗人。伽蓝是西渡老师推荐给我们的，以我有限的了解，伽蓝的诗和他的人非常一致。他是有君子之风的诗人。

谈自己，对于我来说，是非常害羞的一件事情。分析自己的写作，更让我感到不安。不安的来源有很多——挥之不去的方方面面的自我质疑——或许我还不够出色，从未坚定地相信自己。这种怀疑始终伴随着我的写作。写诗，就是在怀疑中引导对自我的信任和更进一步的怀疑。无穷无尽。有点折磨，也有点迷恋。因此在诗中，对自我的发现与隐藏是顺理成章的事情，而对他者的观察与理解也是必需的工作了。意识中的每次波动多来自怀疑。抓取意识那刻，便是迎接怀疑、说服怀疑、取悦怀疑、打败怀疑……，诗人用诗行来完成这场沉默的战争。此刻，我不得不谈自己，而在怀疑的暗影中，我更想隐藏。诗人写诗，无论写什么，那都是祭献出了自我之一——个体分层太多，每一层都有个自我——所以诚实地说，我只在写某首诗时献出了某个自我。但即使自我众多，这每一个也是我的隐秘。我着实很难与人分享。那么，我简单谈谈我写作的外壳，写作的趣味。趣味是一个导向、一个乐趣。

先回应一下西渡老师的说法。在谈到异乡人这个问题的时候，我说待会要来反驳你，后面的话我不反驳，我只怀疑家乡和异乡的概念，或者说怀疑异乡人这个词是否适用于所有未生活在家乡的人身上。诗人在精神上永远处在异乡。仅从地理概念来把我称呼为异乡人，我感到稍微的不满足，或者说我期待批评家们能找出一个更准确的词，而不是延续精神的异乡人说法。然后，第二个呢，很多人说我的诗写得像谜，不知道有多少人说过呀，包括一些诗人也这么说，小说家也说。普通读者我不知道，但我曾在网络上看到一些普通读者的留言，他们似乎能敏锐地捕捉到诗行深处维护的一种情感，尽管他们并不了解这首诗在做什么。作为读者，我觉得够了。正因为他们放弃分析，用自我参与阅读，反而获取了诗。另外，实际上，我觉得我写得很仔细，从第一句开始，就留下指引，每一首诗都不止一次。为什么不直接说出来，这个就涉及我个人写作的一个趣味，以及我的性格中的确有克制而隐忍的一面。我喜欢深入后再发现时的那种明澈。刚才大家说起面具，面具使诗中的自我安全，而且很复杂，复杂也有趣。（西渡：还不仅是面具啊，面具我们可以揭开，你是隐藏在空气中，我们找不到你是吧？）做任何一件事情，哪怕你搭乐高积木，你都是需要那个艰难的过程才觉得有趣。刚才我想去买一杯咖啡，店员告诉我他们现在做不了，那我现在就更加渴望喝那杯咖啡了。写作也是，对于我来说，如果我把一件事情直接呈现给别人，我觉得没有意义，没有意思。但我绝对不是否定直接的诗。直接是非常珍贵的诚意。我认为我诗的中心依然是直接的，表层上我就希望读者能够像逛大观园一样，到一些假山上面逛一逛，河边逛一逛，最后跟着我留下的石子找到了我这首诗要写什么，所以我觉得我的诗，如果说看不懂，那他没有认真看。不同的读者读到的肯定也不是同样的诗。我怀疑很多，但我坚持认为，读者在读诗时是参与再次创作的。这就是我说的第二点。刚才老师们说过的我不想再重复。那第三点就是，这里我还是要重复一下刚才桃洲说到的地方，他给我的评论里面有一些观点我非常认同。他提出我这本诗集的同名诗《城邦之谜》中谈到了手艺、诗艺的问题，这是我非常大的一个趣味，不能叫恶趣味啊，但是我确实非常喜欢在诗里面讨论诗艺、如何来写诗、为什么写诗等等。我现在文章写得不多。但为什么很少写文章？有一个很大的原因，我对文学的种种想法，基本上都在我的诗里面说了。即使那首诗貌似是一首情诗，其实它可能也是在尝试谈写诗的方式。让一首诗尽可能表达更多"歧义"，这也是我的趣味。我从不和人说我某首诗在写什么，那是因为我本身给它设定的方向就很多。当然，我不一定做好了，但这是我的一个想法。最后一点就说一下，因为写诗对于我来说，非常有趣，并且给了我通向过去与未来、通向自我与他人、通向光明与黑暗等等的各种渠道。诗也教导我保护好善良、诚实、勇气。我写诗，因为我需要写。我觉得我可以写到 100 岁啊，如果我能活到 100岁的话。我说不想谈自己，还是说了不少。我就谈到这里。

西渡：我其实同意杜绿绿的想法，她既不是一个广州诗人，也不是一个安徽诗人，安徽和广州都不能限制她，地球也不能限制她，她是个宇宙诗人——我认为一流的诗人都是宇宙诗人，他能够把宇宙的无限纳入自身。但是你在安徽写作还是在广州写作还是不同的。这也是诗的一种命，不光是诗人的命，也是诗的一种命。假如我生活在浙江——我跟你一样，我也不承认自己是浙江诗人，也不承认自己是北京诗人——我写的东西恐怕和现在就大不一样。实际上，写作和诗人的时空状态有非常密切的关系，假如你现在想好了一个题目，那么你在今天写、此时此刻写，还是到晚上写，到明天写，写出来的东西肯定是有差异的。虽然你已经预先有一个构思，但写作的这个具体时空、这种偶然性都会带来一首诗的变化。

杜绿绿：我读一首《幽灵》。我刚才说不喜欢分析自己的诗，但其实真的很多诗里面都在谈写作，这首诗也是。这是我非常大的一个趣味。这首诗，如果手上有书的读者可能会觉得不一样。因为这首诗被出版社改了一个词，"说汉话的人将学会灵活的兽语"，"汉话"不让用……

伽蓝：参加这次分享会，我很激动，也很紧张。桃洲老师对《磨镜记》的肯定，让我忐忑的心稍微安定下来。《磨镜记》这本诗集收入将近两百首诗，可能有一些读者会觉得我的创作量有点虚高，或是创作的速度过快。我的创作方式就是这样一个"泥沙俱下"的方式。大家翻开这本诗集看到这些作品大多是比较短小的，这跟我自身的生活、环境相关。因为我在学校工作，节奏非常快，我基本上就是在时间的夹缝里写一点作品，再不断地修改，作品都带着即兴的特点。事实上，《磨镜记》这本诗集是我从一千多页诗稿里选出来的一部分，跟我上一本诗集《加冕礼》的创作是在一个同样的时间段，大致在2015年至2020年之间。2021年以后，我的写作也有了一定的变化。刚才李洱老师、桃洲老师他们提到的这种戏剧化的方式，包括对小说的借鉴，都是非常值得研究的。第二点我想说的是刚才桃洲老师说我是"自然之子"，我觉得这个评价确实非常高，可能我现在还担不起这样的评价。不过，我在深山里工作生活的时候，确实有一个不断突破环境的过程。从内心来讲，我一直都有一个写作的梦想。但是 15 岁之前，我一直在我们镇子（斋堂镇）的周围生活，15 岁上师范学校，3 年以后又回到镇子上工作，这一工作就是 19 年。在工作期间，节假日还经常到地里干活。因为我父亲就是京郊的一个地地道道的农民，并且是本事不大的一个农民。他在地里干活，农活干得非常好，收获的果实却很难换成劳动的报酬。即便是现在，他自己在乡下独居，还在养蜂，养了好几次都失败了，收获的蜂蜜也就是送送人，他还是不能把收获的成果变成钱，这一点上我觉得自己跟他是很相似的。诗歌写作和种地都带着徒劳和无用的特质。对于我自己的诗歌写作，我觉得第一个就是突破了土地的限制。我看到了我的父辈这代人，他们在突破自己命运禁锢的时候，大多数是无能为力，很痛苦很困难，但是在他们的心中仍然保持着对自然的热爱。比如说在地里干活的时候，一场雨下过以后，山里突然有了很多的瀑布、鸟鸣声，这些对内心就是一个抚慰。这可能也是我写这些自然诗的一个最直接的来源，我在逃避劳动的时候，同时也看到了自然的美，这是第一层。第二层，就是同时我在镇上当一名小学老师。小学老师的工作也很累，备课、上课、批改作业什么的。我面对学生，就像农民面对地里的庄稼，是这些学生对我实行了第二次的启发和拯救，因为跟学生在一起，他们的心灵那么纯洁，就让我能够保持一个很天真的状态。我觉得学生对我的帮助很大，有时候我想不是我在教育学生，而是学生反过来在教育我，把一个桀骜不驯的青年教育得沉稳起来，能够在写作这条路上走下去。到 2004 年，我开始专注地投入写作，业余时间基本上全用来阅读和写作，文学成了我的一块责任田或者说是自留地。刚才西渡老师也提到说我的写作量很大。其实 2004 年开始诗歌写作时，我基本上就不会写，但是我竟然写了 10 万字，多少行我都不知道，当然值得保留下来的极少，所以我是在失败当中不断地前进。在文学的这块田地里，通过写作不断突破环境对自己的限制，让一种自我的表达成为可能，这是我写作的一个非常重要的动力。最后，我想谈一下桃洲老师提到的散文体作品。我写这些散文体的东西，实际上还是当作诗歌来看。其实诗歌的形式应该不拘一格，正如李洱老师谈到的，诗人应该读小说。在我看来，小说其实是更广阔意义上的诗歌，具有更广阔的诗意；而诗歌写作也可以向跨文体的方向尝试，包括刚才杜绿绿说到她的创作，我觉得她跟卡尔维诺、博尔赫斯那种感觉特别像，都是非常迷人的文本，非常值得借鉴，非常棒。在写作这条路上，还是要有这种技术吧。其实，很久以前我就在思考这个问题。大家如果翻看到《磨镜记》这本诗集第六辑《变奏》部分的最后一篇，这是我在 2009 年创作的，实际上这首诗是组诗《旧物志》里面的最后一篇，我单独把它拎出来放在这里。从那个时候开始，我一直就想怎么能突破诗歌这个文体的限制，让表达产生更丰富的意蕴。如果说看诗歌形式的话，以前西渡老师也谈到，就是废名先生在《谈新诗》里谈到的：一首诗的语言是散文的，关键要看它是否具有诗的内容。古体诗有诗的形式，内容却是散文的；现代诗形式是散文的，内容却是诗的内容。我想一首诗有了诗的内容，形式是可以突破的，这样就能够让诗歌创作更加自由。

（录音整理：王家铭）

本辑作者简介

李心释 原名李子荣，浙江瑞安人。南京大学文学博士，美国哈佛大学访问学者，现为西南大学文学院教授、博士生导师。出版个人诗集《非有非无》《诗目所及》，诗学随笔《黑语言》，以及学术专著《当代诗歌语言问题探赜》等。

张桃洲 首都师范大学文学院教授、博士生导师。出版著作《现代汉语的诗性空间》《中国当代诗歌简史》等，译诗集《耶路撒冷十四行诗·秋之书》。

张光昕 中央民族大学文学博士，现为首都师范大学文学院讲师，出版论著《昌耀论》等。

王威廉 文学博士，中山大学中文系副教授、创意写作教研室主任，广州市作家协会副主席。出版小说《野未来》《内脸》《非法入住》《听盐生长的声音》《倒立生活》等，文论随笔集《无法游牧的悲伤》等。部分作品译为英、韩、日、意、匈等文字在海外出版。曾获首届"紫金·人民文学之星"文学奖、十月文学奖、花城文学奖、茅盾文学新人奖、华语科幻文学大赛金奖、中华优秀出版物奖等数十个文学奖项。

班　宇 1986年生，沈阳人，小说作者。有小说集《冬泳》《逍遥游》《缓步》出版。

李　唐 1992年生于北京；高中写诗，大学开始小说创作。著有小说集《菜市场里的老虎》《热带》，长篇小说《上京》《身外之海》等。

西　渡 诗人、批评家，浙江浦江人，现为清华大学人文学院教授、博士生导师。著有诗集《雪景中的柏拉图》《草之家》《连心锁》《鸟语林》《天使之箭》，诗论集《守望与倾听》《灵魂的未来》《读诗记》，诗歌批评专著《壮烈风景》。

曲晓楠 清华大学人文学院硕士研究生。

吴丹鸿 中国人民大学文学博士，美国加州大学戴维斯分校访问学者，现为中央民族大学文学院师资博士后。

李　娜　清华大学人文学院博士研究生。

李　春　1981 年生，北京大学文学博士，现任教于暨南大学翻译学院。出版专著《文学翻译与文学革命——早期中国新文学作家的翻译研究》（获第九届广东省哲学社会科学优秀成果二等奖）、译著《空间与政治》《策兰与海德格尔：一场悬而未决的对话（1951—1970）》和《正常与病态》，以及 *Chinese Painting: An Intellectual History*（《中国绘画思想史》，合译）。

綦文多　清华大学人文学院硕士研究生。

王宇轩　首都师范大学文学院本科毕业，现为自由职业者。

李海鹏　1990 年 3 月生于辽宁沈阳，中国人民大学文学博士，现为南京大学中国新文学研究中心助理研究员。曾获未名诗歌奖、光华诗歌奖、樱花诗赛奖、诗东西（DJS）青年诗人奖、江苏省十佳青年诗人奖，参加第 34 届"青春诗会"。出版诗集《转运汉传奇》《励精图治》，译著有但丁《新生》（合译），学术专著《1990 年代以来汉语新诗中的语言本体论研究》。

姜　涛　北京大学中文系教授，诗人。研究领域为现代文学、中国新诗等，出版学术及批评专著《从催眠的世界中不断醒来》《公寓里的塔》《巴枯宁的手》《新诗集与中国新诗的发生》，诗集《洞中一日》《鸟经》等。

李　洱　河南济源人。曾任《莽原》杂志副主编、中国现代文学馆副馆长，现为北京大学文学讲习所教授。出版《饶舌的哑巴》《遗忘》等小说集多部，长篇小说《花腔》《石榴树上结樱桃》《应物兄》。曾获第十届茅盾文学奖等。

池凌云　浙江瑞安人，现居温州。著有诗集《永恒之物的小与轻》《池凌云诗选》《潜行之光》《飞奔的雪花》《一个人的对话》。曾获《十月》诗歌奖、东荡子诗歌奖·诗人奖。

杜绿绿　安徽合肥人，现居广州。著有诗集《近似》《冒险岛》《她没遇见棕色的马》《我们来谈谈合适的火苗》《城邦之谜》。曾获珠江国际诗歌节青年诗人奖、十月诗歌奖、现代汉语双年十佳等。

伽　蓝　本名刘成奇，1976 年出生，北京市门头沟人。著有诗集《半夏之光》《加冕礼》《磨镜记》。

编后记

这个"诗歌批评"专辑的编成，缘自某次《新诗评论》编委会会议上的倡议。会上大家谈到《新诗评论》在多年的办刊过程中，已经形成较为固定的取向与面貌：注重文献的累积和诗学问题的探讨，在行文上显出相对稳健的风格，总体上显得不够活泼，可谓学术性有余、跟踪当下诗歌写作的现场感不足。于是提出：倘若一年编两辑的话，可考虑其中一辑侧重于"研究"，另一辑偏于"批评"。会后即着手组织稿件。

本辑的各篇既在形式上体现为批评，又聚焦批评本身展开讨论，力图贯穿"批评"意旨、呈现"批评"特点。故而在栏目设置上有所考量：

"批评何为"直接就批评发问，是针对当前逐渐趋于封闭、单一而板滞的诗歌批评现象而设。本辑从李心释以断片方式书写"无边诗学"的《路边口袋》中节选了部分段落，并对其进行了分析和回应，认为"路边口袋"这一怪异题目标识了其文字得以生成的特别空间与状态（"路边"开敞、空阔，"口袋"随性、自如），其惊警的言辞显示了激活批评心智和创造力的可能。相较之下，黄怒波的论著《虚无与开花——中国当代诗歌现代性重构》显现为另一种"怪异"，书中各种理论、诗歌文本被"生吞活剥"地征引和相互穿插，其作为批评实践在观点与方法上的得失有必要检讨。

"各家谈诗"邀请诗歌之外的其他文类作者，谈谈对诗歌的理解和批评，以期形成某种跨界对话的格局。本辑由三位新锐小说家王威廉、班宇、李唐，分别讲述自己与诗歌的相遇以及读诗、写诗的体验，其中的感受与年轻诗人们所拥有的，也许相通又相异。

"诗人论评"里所收的是对当前较为活跃的诗人的评论，各有新的切入点：西渡的文章注意到臧棣最新诗集《诗歌植物学》中的"语言创新"，曲晓楠的文章剖析了王小妮诗歌"不透明"中的"透明"，吴丹鸿的文章着眼于朱朱诗歌中的"爱欲"及其修辞，李娜的文章从性别入手透视了周瓒诗歌对性别拘囿的突破，都颇具启发性。

"文本重释" 的初衷是对某个诗人的诗歌作品做出重新阐释，本辑有三篇即致力于此，分别解读张枣的《大地之歌》《望远镜》和《卡夫卡致菲丽丝》。近年来，张枣及其诗歌受到众多年轻诗人和读者的 "追捧"，也进入了不少研究者的选题范围，似乎大有被塑造为一种新的 "诗歌神话" 之势。这成为一个值得关注的现象，这一现象同其人其诗一样，理应得到更为深入的反思性探讨，李海鹏的文章对此做了审慎的尝试。

需要指出的是，"诗人论评" 和 "文本重释" 栏目期待的，并非一般意义上的诗人作品评论，而是要将批评和阐释与一定的诗学问题或话题联系起来，或从诗人、作品出发衍生出可以延展的论题，同时对已有的相关批评进行回应或辨析。

"圆桌讨论" 是一个开放性的栏目，本辑刊发的是六位诗人、小说家、批评家围绕新近出版的 "白鲸文丛" 的几部诗集，就诗歌出版、诗歌戏剧化、文体互渗等议题展开的批评性对话，希望能够引发对相关议题的进一步讨论。

《新诗评论》向来留意吸纳年轻作者的成果，本辑格外明显，好几位是毕业不久的博士和在读的硕、博士生（甚至有一位是刚毕业的本科生），均显示了不俗的洞察力和表达力。诗歌批评本是需要不断注入新鲜活力的事情。无论如何，新生力量总是让人寄予厚望，但愿他们已经握住了诗歌批评的接力棒……